백제 무사 2

백제 무사 2

초판1쇄 인쇄 | 2016년 12월 21일
초판1쇄 발행 | 2016년 12월 27일

지은이 | 이원호
펴낸이 | 박연
펴낸곳 | 한결미디어

등록일자 | 2006년 7월 24일
등록번호 | 제313-2006-000152호
주소 | 서울시 마포구 모래내로 83 한올빌딩 6층
전화번호 | 02 · 704 · 3331
팩스번호 | 02 · 704 · 3330

ISBN 979-11-5916-032-5 979-11-5916-030-1(set) 04810

百濟武士

백제무사 ② 왜국정벌

한결미디어
HANGYEOL MEDIA

내용

5장 마적

상태진과 기중 등 1백 구가 넘는 시신은 마른 나무로 덮고 화장을 했다. 바람을 탄 불길이 검은 하늘로 솟아오르면서 불꽃이 떠다녔다. 백제 군사의 혼(魂)이다. 남은 군사들이 하늘을 떠다니다가 스러지는 불꽃을 올려다보았다.

"나솔, 저 불똥이 장덕의 혼이오."

마석이 가장 큰 불덩이를 손으로 가리키며 말했다.

"원통한지 쉽게 꺼지지 않소."

"가자."

머리를 내린 사청이 주위를 둘러보며 말했다. 치열한 전투를 치른 후라 모두 지쳤다. 군사들이 남은 말에다 감곡군 기마군의 말 떼까지 끌고 왔으므로 말은 1백여 마리나 더 남았다. 감곡군 군사는 3백여 명이 화공(火攻) 싸움에서 죽고 2백여 명이 도주했으니 곧 전황이 알려질 것이었다. 말에 오른 백제군은 다시 해안을 향해 질주했다.

"나솔, 살을 빼야 되지 않겠습니까?"

말을 달리는 사청의 옆으로 마석이 다가와 소리쳐 물었다. 사청은 왼쪽 어깨에 박힌 화살을 아직 빼지 않고 있었다. 임시변통으로 살 주위에 재를 뿌린 후에 헝겊으로 눌러놓았다. 살을 뺀다면 피가 쏟아질 것이고 잘못되면 썩는다.

"바닷가로 가서 뺄 것이네."

말에 박차를 넣으면서 사청이 말했다.

"살을 박은 채 나흘을 견딘 적도 있어."

"이젠 전력(戰力)이 50여 기가 남았소."

마석이 말을 잇는다.

"마적대가 되었습니다, 나솔."

"이제 알았나?"

사청이 소리치듯 말했다.

"대왕이 항복한 후부터 우리는 주인 없는 군사였네. 그때부터 마적대야."

"나솔, 호리가 배를 갖고 돌아오면 바람을 기다릴 것 없이 그냥 타십시다."

마석의 말소리가 어둠 속에 울렸다.

"바람에 밀려 남쪽으로 흘러가더라도 타는 것이 나을 것 같소."

사청은 대답하지 않았다. 아직도 대륙에서는 거센 남서풍이 불고 있다. 동남풍이 불어야 본래의 목적지인 탐라에 닿겠지만 이미 난민은 모두 대륙에 풀어놓은 터라 갈 필요가 없어졌다. 그렇다면 다시 신라에 점령당한 구(舊) 백제령으로 돌아갈 것인가? 아직도 복신과 도침은 부흥군을 이끌고 제각기 신라 왕과 전쟁 중인가? 90여 기가 된 기마군의 전진 속도는 느리다. 30여 명의 부상자가 끼어 있었기 때문이다. 그래서 50리를 나가는 동안 부상자가 낙오했다. 기마대를 따르지 못하고 대열에서 이탈한 것이다. 정상적인 부대에서는 있을 수가 없는 일이지만 사청은 낙오자를 내버려 두었다. 피눈물을 흘리며 멀어져 가는 본대를 바라보다가 자결하는 군사도 있을 것이고 상처를 치료하는 동안 숨었다가 대륙의 백성으로 귀화하는 군사도 있으리라. 사청과 마석, 연중과 또 하나의 조장 원곤이 이끄는 기마대가 바닷가에 도착했을 때는 묘시(6시) 무렵이다. 그때는 기마군이 55기로 줄어들어 있었는데 이것이 적귀대의 전력(全力)이 되었다. 마을을 피해 바다가 보이는 산골짜기에 진을 쳤을 때는 이미 아침이 되어 있었다. 바닷가로 정탐병을 보낸 사청이 둘러앉은 55명의 군사들에게 말했다.

"배가 언제 올지 알 수 없는 데다 감곡군의 추격대가 곧 낙오병의 뒤를 따라 이곳에 올 것이다."

모두 숨을 죽였고 사청의 목소리가 골짜기를 울렸다.

"그동안 너희들의 무공(武功)을 보상해줄 길이 없구나. 이제 우리는 나라를 잃었으니 백제인(百濟人)으로만 살아야 한다. 그러니 이곳에서 부대를 해산한다."

사청이 눈을 부릅떴다.

"알겠느냐? 나는 너희들을 살려 백제인의 혼(魂)을 이 땅에 더 심고 싶은 것이다. 너희들도 살아남아야 한다. 그래서 해산시키는 것이다."

군사들이 웅성거렸으므로 사청이 손을 들어 막았다.

"50여 명의 기마군으로 몰려다니다가는 놈들의 표적이 될 뿐이다. 그러니 너희들은 흩어져서 이 땅의 주민이 되어서 살아남아라. 살아서 뿌리를 박아라."

"나솔."

그때 마석이 소리쳤다.

"이제 나솔의 뜻은 알았으니 군사들에게 맡겨주시지요."

마석의 두 눈이 번들거렸고 목소리가 떨렸다. 사청이 입을 다물었으므로 군사들이 흩어졌다. 그때 사청의 옆으로 연중이 다가왔다. 손에 약초를 들고 있다.

"나솔, 어깨의 화살을 빼야 합니다."

상처를 치료한 사청이 잠시 잠을 자고 깨었을 때는 사시(10시)가 되었을 때다. 산골짜기 바위틈에 앉아 있던 사청의 옆으로 연중이 다가왔다.

"나솔, 24인이 남았습니다."

연중이 외면한 채 말을 잇는다.

"계덕이 살아남으라면서 달래어 보내려 했지만 나머지는 쫓아도 가지 않습니다."

"너는 왜 안 가느냐?"

사청이 묻자 연중이 검은 얼굴을 펴고 웃었다.

"제가 좌평 의직의 목을 베어드렸지 않습니까? 나솔께도 제가 필요할 것이오."

쓴웃음을 지은 사청이 머리를 돌렸을 때 조장 원곤이 마른 풀에 싼 음식을 들고 왔다. 삶은 말고기 냄새가 맡아졌다.

"나솔, 이제 마적대나 같습니다."

원곤이 웃지도 않고 말고기를 사청의 앞에 내려놓더니 허리에 찼던 물통도 함께 놓았다.

"너도 떠나지 않았느냐?"

사청이 묻자 원곤이 외면하고 대답했다.

"본래 이곳도 백제 담로였던 백제령이었지만 이곳에서 떠도는 혼이 되기는 싫소."

원곤은 14품 좌군(佐軍) 벼슬로 35세, 남방(南方)의 은장성에서 수문장을 지냈다.

골짜기를 훑고 가는 바람이 거칠어지고 있다. 바닷가여서 물 냄새가 진하다. 그때 연중이 말했다.

"떠나는 군사들에게 남은 말을 두세 필씩 나눠주었습니다."

"잘했어."

"언제 배가 올지 알 수 없으니 답답합니다."

정탐병은 내보냈지만 아직도 남서풍이 불고 있으니 배가 온다고 해도 남쪽으로 밀려갈 것이었다. 동풍(東風)이 불려면 두 달은 더 기다려야 한다. 백제 땅 연안에서는 내륙 쪽으로 동풍이 불지만 바다 건너에서는 서풍이 부는 것이다. 저녁 무렵이 되었을 때 서쪽 바닷가로 보냈던 정탐병이 달려왔다.

"나솔, 호리가 왔습니다!"

놀란 사청이 벌떡 일어섰고 마석은 배를 보려고 산 위쪽으로 올려가려는 시늉을 했다. 그때 숨을 고른 정탐병이 손으로 뒤쪽을 가리켰다.

"저기 뒤에 옵니다!"

"벌써 배에서 내렸단 말인가?"

마석이 혼잣소리처럼 말했을 때 과연 호리가 수하 셋을 데리고 다가왔는데 한눈에 보아도 옷차림이 남루했고 지친 행색이었다. 호리가 사청을 보더니 땅바닥에 털썩 무릎을 꿇었다. 뒤를 따르던 수하들도 꿇어앉는다.

"호리, 배는 어디에 두고 걸어오느냐?"

다가간 사청이 묻자 호리가 수염투성이가 된 얼굴로 올려다보았다.

"배를 놓쳤습니다."

"무슨 말이냐?"

놀란 사청이 한 걸음 다가섰다.

"배를 놓치다니?"

"예, 제가."

손등으로 추운 날인데도 이마의 땀을 닦은 호리가 말을 이었다.

"겨우 해안가에 배를 붙이고 수하들과 내륙 정찰을 나간 사이에 닻줄이 풀린 배가 바람에 떠내려가 버렸습니다."

"……."

"두 척을 묶어놓아서 함께 남풍을 받고 떠내려간 것 같습니다."

호리가 땅바닥에 두 손을 짚고 이마를 땅에 붙였다.

"그래서 나리께 죗값을 받으려고 2백여 리 길을 거슬러 올라왔습니다."

"……."

"더구나 대부인(大夫人)께서 배를 타고 계셨으니 이런 죄가 없습니다."

"이런."

참지 못한 마석이 잇새로 말하고는 호리에게로 다가가 섰다. 칼자루를 움켜쥐고 있는 것이 금방이라도 칼을 뽑을 기세다.

"배 두 척을 떠내려 보내? 어찌 그런 일이 있을 수 있단 말이냐?"

마석의 목소리가 골짜기를 울렸고 남은 군사들이 모여들었다. 모두 가라앉은 표정이다.

"바람이 셌고 바닷가의 파도가 높아서 닻줄이 바위에 걸려 줄이 끊어졌습니다."

호리가 말하더니 머리를 번쩍 들었다.

"그래서 벌을 받으러 왔으니 부디 소인의 목을 쳐주십시오."

"그래야겠지."

마석이 잇새로 말했을 때 사청이 입을 열었다.

"돌아간다."

모두의 시선이 모였고 사청이 말을 이었다.

"내륙으로."

"내륙 어디로 말씀이오?"

마석이 억양 없는 목소리로 묻자 사청의 얼굴에 쓴웃음이 번졌다.

"마적이 정처가 있겠는가? 재물이 있는 곳으로 가는 것이지."

진남군의 도성(都城) 안현성은 길이가 20리(10km), 성벽 높이는 20자(6m)에 성벽 위에 10자(3m) 넓이의 길이 만들어졌다. 1리(500m)마다 성루가 세워졌고 성루는 30여 명의 수비군이 감시했는데 동서남북 4개 성문 뒤에는 제각기 수문장이 거느린 2백여 명의 군사가 주둔했다. 오후 유시(6시)면 4개 성문은 성안 병영에서 울리는 북소리를 신호로 일제히 성문을 닫는데 다음 날 아침 묘시(6시)까지 출입이 금지된다. 진남군은 20여 년 전까지만 해도 백제령 담로(영지)여서 대륙의 다른 지방보다 군율이 살아 있고 군기(軍紀) 또한 엄정한 편이다. 진남군 태수 연복이 당에 투항은 했지만 군, 관, 민 대부분이 백제인의 기풍을 간직하고 있기 때문일 것이다. 자시(12시) 무렵, 초겨울이어서 바람 끝이 차가운 밤이다. 안현성은 바닷가에서 1백여 리(50여 km) 떨어진 평원에 세워졌지만 바다에서 부는 서풍(西風)이 강하다.

"나솔, 감시병이 망루로 들어갔습니다."

마석의 보고를 받은 사청이 성벽으로 다가가자 뒤를 부하들이 따른다. 모두 15인, 나머지 10인은 말과 함께 이곳에서 10여 리 떨어진 산골짜기에 남았다. 사청이 성벽 밑에 서자 먼저 성벽을 기어오른 부하들이 밧줄을 내려 주었다. 사청은 밧줄을 잡고 성벽을 올라 서둘러 반대쪽 성안으로 뛰어내렸다. 바닷가에서 군사를 해산시킨 지 열흘째가 되는 날이다. 어깨의 상처도 다 나았고 그동안 군사들은 마적으로 변했다. 감곡군 마을을 두 번 습격해서 지금은 모두 차림새가 털옷에 두건을 쓰고 당인(唐人) 행색이다. 단숨에 성벽을 넘어간 15인은 곧장 성안으로 진입했다.

"이쪽 길입니다."

앞장 선 군사 하나가 골목길을 가리키며 말했다. 이미 낮에 성안에 들어와 정탐을 하고 간 터라 익숙하게 앞장을 선다. 깊은 밤이어서 거리에는 인적도 없고 불을 켠 집은 드문드문했다. 종대로 늘어선 사내들은 제각기 무기를 들었는데 접전용으로 칼을 찼고 활을 멘 사내도 있다.

"태평세월을 보낸 흔적이 보이는군요."

사청의 옆을 따르면서 마석이 말했다.

"순찰대도 보이지 않습니다."

사청은 대답하지 않았다. 오늘밤 안현성에 침입한 이유는 태수 연복을 응징하려는 것이다. 연복은 백제(百濟) 대성 8족(大姓八族) 중의 하나인 연씨(燕氏)다. 연복은 대를 이어서 대륙의 22개 담로 중의 하나인 진남군을 통치해 왔다. 그러다 20여 년 전에 당에 투항하여 당령으로 귀속된 것이다. 그 공으로 연복은 진남군 태수직을 유지했고 대를 이어서 부귀영화를 누리게 되었다. 대륙의 담로는 진남군의 투항으로부터 무너지기 시작했던 것이다. 골목을 여러 개 지나자 앞이 트이면서 건너편에 높은 담장으로 둘러싸인 대저택이 어둠 속에서 드러났다. 대문 앞에는 창을 세워 든 군사가 둘이 서 있다. 바로 태수 연복의 저택이다. 골목 어둠 속에 멈춰 선 사청이 저택을 응시하며 말했다.

"내가 다섯을 이끌고 정문으로 갈 테니 계덕은 나머지와 함께 후문으로 진입하라."

마석이 잠자코 다섯을 추려 사청 옆에 남겨 놓더니 어둠 속으로 사라졌다. 두 말이 필요 없는 것이다. 사청이 등에 멘 활을 빼내 손에 쥐었다. 정문 보초와의 거리는 60보 정도, 옆에 모닥불을 펴 놓고 있어서 과녁이 환하게 드러났다. 시위에 화살을 잰 사청이 곧 숨을 들이켜면서 시위를 만월처럼 당겼다. 뒤에 선 군사들은 숨소리도 내지 않는다. 사청은 명궁(名弓)이다. 달리는 말 위에서도 50보 거리의 적 얼굴을 맞히는 데 10발 9중은 한다.

"쌕!"

다음 순간 꽁지 장식도 뗀 화살이 바람을 찢는 소리를 내면서 날아갔고 사청이 두 번째 화살을 시위에 건다. 그 동작이 빨라서 첫 번째 화살에 눈알이 뚫린 오른쪽 보초가 비명도 지르지 못하고 넘어지기도 전에 두 번째 화살이 날아갔다.

"쌕!"

두 번째 화살은 왼쪽 보초의 심장에 박혔다.

"가자."

보초들이 쓰러지기도 전에 사청이 활을 쥔 채로 뛰어 나갔다. 부하들이 소리 없이 뒤를 따른다. 단숨에 저택 앞 공터를 횡단한 사청이 활을 등에 메고는 담장 밑에서 위로 뛰었다. 손이 담장 끝에 닿자 발로 담장을 차면서 몸을 솟구쳤고 곧 다리가 걸쳐졌다. 담장 높이가 10자(3m) 정도나 되었기 때문이다. 다시 몸을 굴려 아래로 떨어진 사청이 건너편 마당 끝 중문(中門) 앞에 쪼그리고 앉은 경비병을 보았다. 중문 경비다. 거리가 20보 정도였으므로 사청은 다시 활을 꺼내 화살을 먹이고는 겨누지도 않고 쏘았다. 화살이 머리를 숙이고 앉아 있는 군사의 심장에 깊숙이 박혔다. 문으로 다가간 사청이 쪽문의 빗장을 밀어 젖히고는 열었다. 그러자 군사들이 쏟아져 들어왔다.

"자, 중문으로."

마당을 달린 사청은 이제 활을 등에 메고는 허리에 찬 칼을 뽑아 들었다. 중문은 정문의 절반 넓이밖에 되지 않았는데 밀었더니 열렸다. 사청은 중문 안으로 들어섰다. 이제 행랑채다. 행랑채 건너편이 안채인 것이다.

목에 찬 얼음덩이가 닿은 느낌이 들었으므로 연복이 잠에서 깨었다. 오늘은 연회가 있어서 술기운이 가시지 않았고 옆에 누워 있는 무희의 체온이 느껴졌다. 그때 목의 찬 느낌이 날카롭게 전해져 왔으므로 연복이 눈을 떴다.

"엇!"

저절로 입에서 외침이 터졌을 때 찬 느낌의 실체를 깨달았다. 칼이다, 칼이 닿았다. 그때 어둠 속에서 목소리가 울렸다.

"연복, 일어나 앉아라."

그러나 목에 닿은 칼날은 치워지지 않았다.

"누, 누구냐?"

연복이 갈라진 목소리로 물으며 상반신을 일으켰다. 무희의 다리가 몸에 걸쳐졌으므로 거칠게 민 것은 의도적이다. 깨우려고 했던 것이다. 그때 어둠 속에서 웃음 띤 목소리가 울렸다.

"교활한 놈, 여자는 이미 기절시켜 놓았으니 두들겨도 깨지 않을 것이다."

그 순간 심상치 않은 느낌을 받은 연복의 목소리가 이제는 떨렸다.

"누구냐?"

"나는 백제 나솔 사청, 한때 광릉군 기마대장을 지낸 적이 있다."

"으음. 그대 명성은 들었다."

연복의 입에서 신음이 터졌다.

"내가 그대 부친도 알지. 남방 방령을 지낸 달솔, 사준 님이 아니냐?"

"닥쳐라."

말을 자른 사청의 칼날이 목에 눕혀졌다. 목에 닿은 면적이 넓어진 것이다.

"넌 진남군 태수로 당왕(唐王)의 직임을 다시 받으면서 백제 주민들에게 더 악랄하게 세금을 징수했고 네 장원에서 백제인을 수백 명이나 노예처럼 부리고 있더구나."

"그, 그것은 그 자들이 아직 거처를 정하지 못해서 내가……."

연복이 당황했다. 이번 백제 멸망으로 수십만의 피난민이 백제 땅을 떠나 사방으로 흩어졌다. 진남군으로 흘러 들어온 백제 유민도 수만 명이다. 신라와 당의 노예 사냥꾼을 피해 옛 백제령으로 필사의 탈출을 해 온 것이다. 그러나 연복도 그들을 잡아 제 장원의 노예로 부리거나 내륙에서 온 노예상들에게 수백 명을 팔았다. 오히려 당인(唐人)이 태수로 있는 다른 지방이 유민들을 주민으로 받아들인 것이다. 사청이 말을 이었다.

"나는 대백제를 배신한 것보다도 유민을 팔아먹고 종으로 부려먹는 네 놈의 소행을 응징하려고 온 것이다."

그때 연복이 버럭 소리쳤다.

"여봐라!"

그 순간에 사청의 칼이 떼어지더니 연복의 외침이 이어지기 전에 목을 쳤다. 핏줄기가 화산의 분출되는 용암처럼 치솟았고 떨어진 머리는 방구석까지 굴러갔다. 그때 밖에서 발소리가 들리더니 마석이 들어섰다. 방 안은 어둡지만 어둠에 익숙한 마석이 둘러보고는 말했다.

"나솔, 두 아들도 모두 베어 죽였습니다."

그때 이곳저곳에서 외침이 일어났고 요란한 발소리가 들렸다.

"가자!"

몸을 돌린 사청이 복도로 뛰어나가면서 소리쳤다.

"연씨 부자(父子)를 베어 죽였으니 백제 주민들은 마음 놓고 살 것이다."

복도를 뛰어 내려온 그들 앞으로 군사 서너 명이 가로막았지만 단숨에 제압되었다. 앞장선 사청이 후문으로 향해 달리면서 소리쳤다.

"백제 마적이다! 비켜라!"

어둠 속에서 어른거리던 군사들이 비켜섰다.

"백제의 반역자 연복과 그 자식들을 죽였다! 너희들은 비켜라!"

뒤를 따르던 군사들도 소리쳤다.

"우리는 백제 마적이다!"

후문을 빠져 나온 사청은 곧 거리의 어둠 속으로 숨어들었다.

"나솔, 연복과 두 부자를 죽였으니 진남군은 어떻게 될까요?"

마석이 물었지만 사청은 대답하지 않았다. 이미 당령(唐領)인 것이다.

배신자인 백제 태수가 다스리거나 당인(唐人)이 영주가 되어 오거나 마찬가지다. 그러나 연복처럼 오히려 동족의 피를 빨아먹는 악독한 인물은 처형하여 한을 풀어야 한다. 사청 일행이 골짜기로 돌아왔을 때는 인시(오전 4시) 무렵이다. 15인이 출정하여 태수 연복과 두 부자까지 참수했으니 대공(大功)을 세웠지만 사청과 마석까지도 기색이 좋지 않았다. 이번에도 셋이 죽고 넷이 부상을 입었기 때문이다. 15인이 떠났다가 12인이 돌아왔다. 골짜기를 떠나면서 사청이 뒤를 따르는 수하들에게 말했다.

"당분간은 감곡군으로 옮겨가 마적 노릇을 하면서 쉬기로 하자."

사청의 목소리가 골짜기를 울렸다.

"이젠 백제 마적이란 말도 필요 없다. 그냥 마적이다."

그때 옆으로 다가온 호리가 사청을 보았다. 호리는 말을 지키는 임무를 받아 골짜기에 남아 있었다.

"나리, 마적이 산이나 들판에서만 사는 것이 아닙니다. 대성(大城)으로 가시지요."

"진남군 태수와 두 아들까지 참살했다고 합니다."

중랑장 요문수가 어깨를 부풀리며 감곡군 태수 공위를 보았다. 오전 사시(10시) 무렵, 감곡군의 집무청은 순식간에 물벼락을 맞은 것처럼 조용해졌다. 요문수가 소리치듯 말을 이었다.

"대감, 도적들은 제각기 백제 마적이라고 소리를 쳤다는데 그 수가 수백이라고도 하고 수천 명이라는 소문도 있습니다."

공위가 상반신을 기울이고 요문수를 보았다. 주름진 눈이 잔뜩 찌푸려져 있다.

"마적단이란 말인가?"

"지난 날 경단진 해안가에 상륙했던 백제군일지도 모릅니다."

"그놈들이 어디로 갔다는가?"

"그건 모릅니다."

요문수가 한 걸음 물러섰을 때 옆에 서 있던 호장 주식이 말했다.

"진남군 태수 이하 자식들까지 몰사했으니 곧 경(京)에서 감찰관이 내려올 것이오. 큰 사건인 만큼 경군(京軍)도 이끌고 올 터이니 그때까지 기다리는 것이 나을 것 같습니다."

"경군이 오려면 하루 이틀 걸리는 게 아니야. 한두 달 걸릴 텐데 그동안 우리는 앉아만 있으란 말이냐?"

공위가 발을 구르며 소리쳤다. 불안해진 것이다.

"서부 병마사께는 파발이 갔는가?"

"진남군에서 보냈겠지요."

중랑장 요문수가 대답했다. 서부 병마사는 대장군 주영관으로 이곳에서 3백여 리 북쪽의 태정군에 주둔하고 있다. 진남군과 감곡군을 포함한 서부 8개 군(郡)의 방위를 총괄하는 부대다. 그때 호장 주식이 또 나섰다.

"대감, 서부군(西部軍)의 병력은 5만 남짓이었는데 지난번 백제 정벌 때 신구도행군대총관께서 4만여 명을 빼 가시고 지금은 5천여 명밖에 남지 않았다고 합니다."

"이런."

공위가 그것이 또 주식의 탓인 양 소리쳤다.

"그렇다고 가만있으란 말이냐?"

신구도행군대총관 소정방은 백제를 멸망시키고 나서 의자왕을 포로로 잡고 귀국했지만 서부 병마사 휘하의 병력은 돌아오지 않았던 것이다. 죽거나 아직도 백제에 남아 있다. 그때 판관 벼슬의 채기영이 한 걸음 나서서 공위를 보았다.

"대감, 백제 마적이 수백이라고도 하고 수천이라고도 하지만 진남군에서 이곳까지는 6백여 리, 이곳까지 오는데 30여 개의 검문소와 성 7~8개를 거칠 텐데 흔적이 남을 것입니다. 그러니 척후병을 사방으로 보내 먼저 동향을 살피도록 하시지요."

"네 말이 길지만 구구절절 다 옳다."

공위가 칭찬하고는 중랑장 요문수를 보았다.

"중랑장 휘하의 기마군이 얼마나 되는가?"

"끌어 모으면 2백 남짓 될 것입니다."

요문수가 우물쭈물했다. 감곡군의 군(軍) 총감은 요문수가 맡고 있는 것이다.

"끌어 모으면 2백 남짓이라니? 지난번에 조 태위 마을에 있던 백제군을 기습하라고 보낸 기마군이 몇이었지?"

"2백이었습니다."

"백제군과 접전을 하고 2백이 그대로 돌아왔지 않는가?"

"그렇습니다."

"그대가 본래 기마군 5백이 있었지 않은가?"

"예, 대감."

"3백은 어디에 두었나?"

요문수가 숨을 들이켰다. 지난번 조 태위 마을에서 나온 적귀대를 기습한 것이 요문수 휘하의 기마군 5백이었던 것이다. 요문수는 그날 산 위에 있다가 수염까지 태우고 간신히 도망쳐 왔다. 3백이 몰사한 것이다. 그러나 공위에게 패전했다는 보고는 하지 않았다. 2백으로 정찰 나갔다가 백제군과 부딪쳐 30여 명을 죽이고 도망치게 만들었다고 한 것이다.

"예, 요즘은 날씨가 갑자기 서늘해져서 말들이 병이 많습니다. 그래서……."

"내일 그대의 기마군 5백을 청 앞으로 도열시키게. 내가 직접 순시를 하고 백제 마적을 막을 테니, 알겠는가?"

"예, 대감."

"병든 말, 병든 군사도 모두 데리고 나오도록. 나오지 않는 병사는 군무 이탈로 간주해서 참형을 시키겠네."

청 안 분위기가 살벌해졌고 숨소리도 들리지 않았다. 요문수가 어깨를 부풀렸다가 내렸다. 40대 중반의 요문수는 무관(武官)으로 감곡군에 부임하기 전에는 근위군 부장(部將)이었다. 그래서 장안성에 연줄이 있다는 소문이 났다. 문관(文官)으로 이부상서 공치명의 인척이 된다는 공위가 지금까지 요문수를 함부로 하지 못했던 이유다. 그때 요문수가 단상에 앉은 공위를 보았다.

"대감, 그럼 제 휘하의 군사는 모두 대감께 맡기겠습니다."

공위의 시선을 받은 요문수가 허리를 꺾어서 인사를 했다.

"중랑장 직을 대감께 인계하고 저는 장안성으로 복귀하지요. 대감께서 직접 군무도 맡으신다니 장안성으로 가 병부상서께 보고하겠습니다."

"말도 안 되는 소리."

했지만 공위의 얼굴이 굳어졌다. 그것도 가능한 일이고, 전례도 있다.

감곡군에도 백제인(百濟人)이 많다. 이번 전쟁에서 백제가 멸망한 후에 배를 타고 감곡군으로 넘어온 백제 유민만 3만여 명이다. 그중 절반이 내륙으로 들어왔는데 대부분이 대도(大都)를 택했다. 그것은 사람이 많은 곳에 일자리와 먹을 것이 많기 때문이다. 더욱이 백제인은 일찍이 해외 무역에 눈을 떠 사업 수완이 뛰어났고 안목이 넓었던 것이다. 사청 일행이 감곡군 집무청이 위치한 도읍의 여관에 투숙했을 때는 저녁 무렵이다. 여관 주인 안창은 백제인으로 대륙에 정착한 지 3대째였지만 백제어를 잊지 않았다.

"어디서 오셨소?"

장사꾼 행색의 사청의 기마대는 이제 18인으로 줄어들었다. 50여 필의 말에 짐을 실은 대상(大商)을 맞은 여관이 떠들썩해졌다. 안창이 그중 두목급으로 보이는 사내에게 물었는데 바로 연중이다.

"우린 광릉군에서 내려온 비단 장사요."

연중이 말에서 짐을 내리면서 말했다.

"서항군에서 비단을 사서 이제 장안성으로 북상하는 길이오."

"먼 길을 가시는구려."

백제인끼리의 대화여서 안창은 얼른 물러나지 않았다. 50대 중반의 안창은 감곡군에서 유지 행세를 한다.

"그런데 물주는 젊은 공자이신데 백제 가문이시오?"

"아, 당연하지요. 우리 대상단 모두가 백제인이오."

"그렇군요."

안창이 말고삐를 잡아주며 다시 묻는다.

"오시는 길에 진남군을 거치지 않으셨소?"

"우린 거치지 않고 왔습니다."

“진남군 태수와 자식 형제가 백제 마적에게 몰살당했습니다.”

“저런.”

짐을 수하에게 넘겨준 연중이 안창을 보았다. 놀란 듯 눈이 크게 떠졌다.

“백제 마적이라니 처음 듣소. 그런데 왜 태수 부자를 죽였다오?”

“죽어도 싸지요.”

어깨를 부풀린 안창이 옆에 사람들이 많은데도 거침없이 말했다.

“백제인이면서 동포를 팔아먹고 종으로 잡아 부리는 짐승 같은 놈들이었소. 백제인들은 모두 그 소문을 듣고 천벌이 내렸다고 좋아합니다.”

“진남군 태수가 그런 짓을 하다니, 난 처음 듣소.”

“그런데 며칠 묵으실 거요?”

“서항군에서 엿새 만에 이곳에 왔더니 인마가 모두 지쳤소. 나흘은 묵을 예정이오.”

만족한 안창이 머리를 끄덕이며 돌아갔을 때 옆으로 마석이 다가왔다.

“밖에 나가서 이곳 주민의 소문부터 알아보도록 해야겠어. 백제인이라고 다 믿을 수는 없어.”

“그럴 작정이었습니다.”

“상인 노릇이 마적 노릇보다 배나 힘이 드는군.”

마석이 투덜거리며 여관 안으로 들어갔을 때 마구간 뒤쪽에서 얼쩡거리던 하인 행색의 사내가 옆에 선 사내에게 말했다.

“말에는 비단이 가득 실렸군. 저 비단 값만 금화 3천 냥은 되겠다.”

“거상(巨商)이야. 마부들이 모두 힘깨나 쓰는 놈들 같다.”

"서항군에서 왔다니 진남군은 거치지 않았겠군."

수군거리며 말한 둘이 여관을 나가 곧장 감곡군 수비대 집무소로 들어섰다. 둘은 수비대의 정보원인 것이다.

"보고할 것이 있나?"

당직 비장이 둘을 보고 물었으므로 하나가 대답했다.

"대광여관에 광릉군의 대상단이 말 50여 필을 끌고 왔습니다."

"그래서?"

"비단이 실렸는데 금화 3천 냥 가치는 넘게 보입니다."

"수상한가?"

그때 사내 하나가 대답했다.

"대상단의 말 중에 대여섯 필에 감곡군의 군마(軍馬) 직인이 찍혀 있었습니다."

"그거야……."

입맛을 다신 비장이 쓴웃음을 지었다.

"우리가 여러 번 군마를 시장에 내다팔지 않았느냐? 이상할 것도 없다."

입맛을 다신 비장이 적을 것도 없다는 듯이 장부를 덮었다.

"중랑장이 업무를 놓고 내일 장안성으로 돌아간다. 그러니 지금은 군사를 풀고 조사를 할 정신도 없다."

둘이 서로의 얼굴을 보고는 몸을 돌렸고 비장의 불평이 이어졌다.

"태수가 혼자 다 할 모양인데 어디 어떻게 되나 두고 보자."

저녁 술시(8시)가 지났을 무렵에 방문 앞에서 인기척이 들렸다.

"대인, 계십니까? 여관 주인입니다."

방에 앉아 있던 사청과 마석, 호리가 서로의 얼굴을 보았다. 사청이 머리를 끄덕이자 호리가 문으로 다가가 물었다.

"무슨 일이오?"

"잠깐 드릴 말씀이 있습니다."

호리의 시선을 받은 사청이 다시 머리를 끄덕였다.

"들어오시오."

호리가 말하고 비켜서자 주인 안창이 들어섰는데 뒤에 하인 둘이 쟁반에 술과 안주를 받쳐 들고 따라왔다.

"이건 소인이 대접하는 것입니다."

안창이 웃음 띤 얼굴로 술과 안주를 가리키며 말했다.

"원, 이런, 대접이 과분하오."

마석이 건성으로 답례를 했지만 아직 서먹한 표정이다. 탁자 위에 술상을 차려 놓은 하인들이 물러갔을 때 사청이 안창에게 자리를 권했다.

"앉으시오, 주인."

"예, 나리."

머리를 숙여 보인 안창이 앞쪽에 앉더니 허리를 펴고 사청을 보았다. 주름진 얼굴이었지만 눈이 맑다. 백제인은 대개 턱수염만 길렀고 콧수염을 깎았다. 그것은 언제부터인가 왕이 콧수염을 길렀기 때문에 모두 콧수염은 왕만의 수염으로 인정했기 때문이다. 안창도 탐스러운 턱수염을 길렀지만 콧수염은 없다. 그때 안창이 입을 열었다.

"나리, 감곡군 군마(軍馬)가 6필이나 나리의 상단에 섞여 있었습니다."

사청의 시선을 받은 안창이 말을 이었다.

"감곡군 수비대에서 가끔 남거나 병든 군마를 시장에 팔았지만 나리께서 끌고 오신 군마는 제 눈에도 익습니다. 지난번에 백제군 소탕 작전에 나갔던 비장이 탄 군마도 있었습니다."

이제 사청과 마석, 호리는 숨도 죽였고 안창의 목소리만 방을 울렸다.

"그 군마들의 낙인은 제가 오늘밤에 불로 지져 없애고 다른 말로 바꿔드리지요. 제 마구간에 역마가 1백여 필 있으니 감곡군 군마는 오늘 밤 중에 바꿔드리겠습니다."

"주인."

마석이 입을 열었다.

"우리를 아시오?"

"1백여 년 전에 제 고조부께서 담로의 기마군 대장으로 오셨고 제 조부 때부터는 이곳에 옮겨 와 대광여관을 운영하게 되었지만 백제인임을 잊은 적이 없습니다."

안창의 얼굴이 숙연해졌다.

"여러분께서 여관에 들어오신 순간부터 저는 짐작하고 있었지요."

"어떻게 말이오?"

다시 마석이 묻자 안창의 시선이 사청에게로 옮겨졌다.

"황산벌에서 살아 나오신 나솔 나리가 아니십니까?"

사청은 시선만 주었고 안창이 자리에서 일어서더니 방바닥에 무릎을 꿇고 엎드렸다.

"달솔 계백의 혼이시여, 황산벌 5천 군사의 혼이시여, 지켜주소서."

머리를 든 안창이 사청을 응시했다.

"나솔께서 놓아 주신 백제 유민들이 이미 소문을 퍼뜨렸습지요. 여관에 있으면 사방의 소문이 다 모입니다."

그때 사청이 자리에서 일어나 안창의 팔을 잡아 일으켰다.

"대인께서도 앉으시오."

"감사합니다."

다시 자리에 앉은 안창이 긴 숨을 뱉으며 말했다.

"이 여관 안에도 수비대의 밀정이 와 있습니다. 이미 나리의 상단을 수비대에 보고를 했겠지만 지금 수비대 책임자인 중랑장 요문수가 태수와의 갈등으로 장안성으로 돌아가는 소동이 일어났습니다. 그래서 조사를 나오지는 못 할 것 같습니다."

"고맙소, 대인."

"지금 상단의 말을 바꾸고 다시 오겠습니다. 그동안 술을 드시고 계시지요."

안창이 일어났으므로 호리가 서둘러 따라 일어났다. 둘이 방을 나갔을 때 마석이 어깨를 늘어뜨리며 말했다.

"나솔, 마적단에서 상단 흉내를 내기가 어렵습니다."

"누가 장안성으로 간다고 했던가?"

불쑥 사청이 물었으므로 마석이 눈썹을 모았다.

"중랑장이라고 들었습니다."

"장안성이면 대왕께서 가 계신 곳이 아닌가?"

사청의 눈동자에 초점이 멀어졌다. 의자대왕은 포로가 되어 끌려가 있다.

정보원 둘은 그냥 돌려보냈지만 비장 호진은 꺼림칙했다. 그래서 수하 군사 30명을 이끌고 대광여관에 들어선 것은 밤 해시(10시)가 조금 지났을 때다.

"서항군에서 온 대상이 들었다지?"

현관에 들어선 호진이 떠들썩한 목소리로 묻자 집사 구병이 다가왔다.

"그렇습니다만 왜 그러시는지?"

"어느 방이냐? 내가 조사할 일이 있다."

"그러시지요."

고분고분 대답한 구병이 옆에 선 하인에게 말했다.

"어사 나리 하인께 말씀드려라. 감곡군 수비대 비장 나리께서 어사 나리를 조사하신다니 서둘러 나오시라고 전해라."

"예."

하면서 하인이 몸을 돌렸을 때 호진이 손짓으로 불렀다.

"잠깐만."

하인이 머리만 돌렸을 때 구병이 눈썹을 치켜떴다.

"이 때려죽일 놈아! 비장 나리께서 서둘지 않으시냐! 어서 가!"

"잠깐만, 잠깐만."

손을 까불어댄 호진이 아예 하인을 막아서더니 구병에게 물었다.

"방금 뭐라고 했나? 어사 나리라고?"

"맞습니다. 서항군에서 대상 행색을 하고 오신 금부의 어사 태위님이신데, 바로 불러드리지요."

"자, 자, 잠깐."

눈을 치켜 뜬 호진의 입 끝에 게거품이 일어났다.

"어사 태위께서 대상 행색을 하셨다고?"

"황제의 밀명을 받고 서항군에서 비단을 싣고 가시는 길이시오."

"그, 그것을 누가……."

"우리 주인께서 어사 태위의 부친과 어릴 적 친구였기 때문에 신분을 밝히신 거요."

"그, 그런가?"

"그런데 갑자기 이 늦은 시간에 왜 오신 거요?"

"그 빌어먹을 놈들이 대상단에 감곡군 군마가 끼어 있다고 해서……."

"어디, 가 보십시다."

어깨를 부풀린 구병이 마구간 쪽으로 발을 떼었다.

"우리 마구간에 말이 수백 필이오, 감곡군 군마도 수십 필이 섞여 있소."

그로부터 반 식경쯤이 지난 후에 사청의 방으로 다시 주인 안창이 들어섰다. 기다리고 있던 사청에게 안창이 말했다.

"나리께서 황제의 특명 어사 태위가 되셨습니다. 비장이 혼비백산을 하고 건성으로 말만 살펴보고 갔는데 말은 이미 바꿔치기 한 것이라 염려하실 것 없습니다."

"고맙소."

사청이 사례하자 안창이 손에 들고 있던 붉은색 비단 주머니를 탁자 위에 놓았다.

"나리, 이걸 지니고 계시지요."

"무엇이오?"

"안에 황제의 어사 태위 직인이 찍힌 금마패가 있습니다. 이 마패는 30년 전 태종이 12개 만들었던 마패 중의 하나입니다. 내 조부께서 당시의 어사 태위 유청한테서 받은 것인데 유청도 태종 이세민의 폭정에 반발하여 마패를 제 조부께 건네주고 담로를 거쳐 백제로 들어갔지요."

사청이 머리를 끄덕였다. 유청은 웅진성에서 살다가 죽었는데 그 자손은 백제 관리가 되었던 것이다. 사청이 마패를 불빛에 비춰 보면서 물었다.

"이렇게 귀한 보물을 내가 지녀도 되겠소?"

"오늘 나리께 이 마패를 드리려고 제 가문에서 30년을 기다렸던 것 같습니다."

안창이 흐려진 눈으로 사청을 보았다.

"진남군 태수 3부자를 처단하신 것이 나리 아니십니까?"

순간 옆에 서 있던 마석과 호리, 연중까지 숨을 들이켰다. 안창이 알고 있으리라고는 예상하지 못했기 때문이다. 사청의 시선을 받은 안창이 말을 이었다.

"나리께서 백제 마적단을 이끌고 계시는 동안 이곳을 기지로 삼으셔도 됩니다. 저는 그것을 보람으로 여기겠습니다."

"이것으로도 과분하오."

마패를 들어 보이면서 사청이 쓴웃음을 짓고 말했다.

"어설픈 대상단 노릇을 하느니 어사 태위가 낫겠소."

이것이 백제인의 음덕이다.

"장안성에 가서 대왕을 뵙겠다."

다음 날 아침, 방 안으로 17인을 모두 모은 사청이 말했다. 오전 진시(8시) 무렵, 방 안에는 문 밖 감시병도 남겨놓지 않고 모두 모였다. 순간 방 안에 가득 들어찬 대원들은 숨소리도 내지 않았다. 대왕이 누구인지를 아는 것이다. 바로 의자대왕, 멸망한 대백제의 왕, 의자다. 사청은 장안성에 포로로 잡혀 있는 의자왕을 만난다는 것이다. 모두의 시선을 받은 사청이 말을 이었다.

"나는 대왕께 인사를 드리고 내 갈 길을 물으려고 한다. 너희들은 나를 따라도 좋고 이곳에서 흩어져도 된다."

숨을 고른 사청의 시선이 지금까지 생사를 함께한 부하들을 훑어보았다.

"방에는 황금 3천 냥 가치의 비단과 재물이 쌓여 있다. 이곳에서 살길을 찾는다면 모두 나눠 줄 것이다."

그때 선임 마석이 나섰다.

"나솔, 함께 있을 때 대답하면 거북할 것입니다. 그러니 지금까지 싸운 보상으로 알고 떠나고 싶은 사람은 말에 재물을 싣고 떠나라고 하시지요."

"그렇다, 오히려 보상이 적다."

사청이 머리를 끄덕였다.

"너희들을 보낸 뒤에 떠날 테니 그 안에 가고 싶은 사람은 방에 들어가 얼마든지 들고 나오면 된다. 마구간의 말은 풀어 가거라."

사청이 머리를 끄덕이자 모두 흩어졌고 방에는 호리만 남았다.

"나리, 소인은 나리를 따르겠습니다."

호리가 낮은 목소리로 말했다.

"그리고 다른 장수들도 마찬가지일 것입니다."

"알고 있다."

외면한 채 사청이 말을 이었다.

"하나씩 둘씩 떨어지고 이제는 열일곱이 남았다. 열일곱이 이제는 내 형제다.

"……."

"바다 건너 내륙까지 수천 리를 나만 따라온 군사들이다. 난 그들의 목숨을 가볍게 취급하지 않겠다."

"……."

"이제는 충성을 바칠 왕국도 없고 임금도 없다. 나를 위해 목숨을 바치라니 당치도 않다."

그때 방 안으로 좌군(佐軍) 원곤이 들어섰다. 기중이 죽은 후부터 원곤이 사청의 위사장 노릇을 하지만 위사는 한 명뿐이다.

"나솔, 군사 둘이 뵙겠다고 합니다."

사청의 시선을 받은 원곤이 말을 이었다.

"나솔의 말씀을 듣고 결심을 하겠다는 것입니다."

"들라 해라."

원곤이 방을 나가더니 곧 군사 둘과 함께 들어섰다. 백제령에서부터 함께 전장을 누비던 군사들이다. 이제는 사청도 이름을 외운다. 장연수와 고명이다. 사청이 부드러운 시선으로 둘을 보았다.

"그래, 말해라."

"나리, 저희들 둘은 몸이 시원치 않습니다. 소인은 잘 뛰지를 못하고 고명은 복통이 자주 일어납니다."

그 말을 하는데도 장연수의 얼굴이 땀으로 덮였다. 장연수가 말을 이었다.

"그러나 전투에는 전혀 지장이 없습니다. 각각 칼을 쥐면 서너 명은 충분히 상대합니다, 나리."

어깨를 부풀렸다가 내린 장연수가 흐려진 눈으로 사청을 보았다.

"나리께서 부족한 군사는 떠나라고 하셨다면 떠나겠습니다. 하지만 시킨 일은 틀림없이 할 테니 적귀대 마적으로 죽게 해주십시오."

"내가 부족한 군사는 떠나라고 한 것이 아냐. 잘못 들었구나."

사청이 흐려진 눈으로 두 군사를 보았다. 둘은 척후 전담 기병으로 언제나 본대와 떨어졌고 말을 잘 탔다. 전령으로 전장을 수없이 오가면서 살아남았다.

"우리는 왕국도 잃고 목숨을 바칠 왕도 없다. 나를 따르다가 목숨을 잃게 하는 것이 미안해서 그랬다."

"나리."

그때 고명이 어깨를 부풀리며 말했다.

"저희들은 나리가 바로 왕국이오, 임금이올시다. 그저 대가는 없어도 좋으니 대백제군답게 나리와 함께 싸우다 죽게 해주십시오."

"오냐, 알았다."

사청이 커다랗게 머리를 끄덕였다.

"내가 너희들의 대백제가 되고 너희들의 임금이 되마. 같이 가자."

"고맙소이다, 나리."

둘이 동시에 무릎을 꿇고 소리쳤을 때 원곤과 호리도 머리를 끄덕였다. 둘도 감복한 표정이다.

열여덟이 그대로 떠난다. 목적지는 당 제국의 도성 장안(長安). 안창한테서 어사 태위 마패를 얻은 후에 사청의 마적단은 밀명을 받고 암행하는 미복 차림의 관원 행색으로 변신했다. 말에 실린 재물은 그동안의 약탈물인 터라 안창에게 맡기고 필요한 만큼만 지녔다. 이른 새벽, 남의 눈에 띄면 이상할 것 같았으므로 대상단이 이제 관원 행차가 되어서 감곡군을 소리 없이 떠난다. 군 경계까지 배웅을 나온 안창이 그늘진 얼굴로 사청을 보았다.

"나리, 오실 때 들러 주시겠소?"

"기약할 수가 없습니다."

사청도 가라앉은 시선으로 안창을 마주보았다. 겨울이다. 일행은 모두 털 겉옷에 털토시까지 끼었고 말 등에도 천을 덮었지만 삭풍에 피부가 굳었다.

"나리, 무운장구하시기를."

안창이 마상에서 머리를 숙였다. 그는 사청이 의자왕을 만나러 가는 줄을 아는 것이다. 안창과 헤어진 18기의 마적단은 삭풍을 헤치고 내륙으로 들어선다.

"나솔, 태종 이세민이 만들어 놓은 '어사 태위' 마패를 우리가 쓰는군요."

마석이 소리치듯 말한 것은 뒤를 따르는 이들에게 기운을 돋우려는 의도다. 당 태종 이세민은 제 아비와 형제까지 모두 제거하고 황제에 올라 20여 년을 통치했다. 이세민이 죽은 것은 11년 전이었지만 그때 백제 담로 대부분은 당 제국에 병합되었던 것이다. 감곡군을 떠난 기마대가 속보로 하루 종일 달려 도착한 곳은 성우현의 거리다. 미복의 암행 관원 행차였으므로 일행은 거리에서 가장 큰 여관에 여장을 풀었다. 오후 유시(6시) 무렵이다. 식당에서 둘러앉아 저녁을 먹는 일행 옆으로 관원 행색의 사내들이 지나갔다. 그쪽은 저녁을 마치고 나가는 것이다. 그때 사청의 옆으로 원곤이 다가와 말했다.

"나리, 방금 지나간 관원 행색이 감곡군 중랑장 요문수 일행입니다."

사청이 사내들의 뒷모습에 시선을 주었고 원곤이 말을 이었다.

"중랑장 요문수와 심복 비장 둘, 집사와 시종까지 10여 명이 장안성으로 가는 길입니다."

"……."

"요문수는 감곡군 태수 공위와 불화를 일으키고 중랑장 직을 내놓고는 장안으로 올라가 병부에 직소한다고 합니다."

"잘되었군."

사청이 천천히 머리를 끄덕였다.

사청의 시선이 앞에 앉은 마석에게로 옮겨졌다.

"계덕, 어사 태위 노릇만 하기에는 너무 위험한 것 같지 않은가?"

"그렇습니다."

금방 말뜻을 알아차린 마석의 눈빛이 강해졌다.

"나솔, 제가 중랑장 행세를 합니까?"

"연배로 보면 그래야지."

"그럼 내일 저녁부터 중랑장이 되어야겠습니다."

사청이 머리를 끄덕이자 마석은 서둘러 자리에서 일어섰다. 요문수 또한 장안성으로 가는 터라 도중에서 만나게 된 것이다. 때는 12월 초였으니 백제가 멸망하고 다섯 달이 되었다. 백제는 7월 10일에 황산벌에서 5천 결사대가 전멸한 후에 7월 18일에 멸망한 것이다. 다섯 달 동안 사청과 적귀대는 백제 땅을 헤매다가 마침내는 대륙으로 흘러들어와 이제 18기의 변복한 마적단이 되어서 장안성으로 향하고 있다. 다음날 아침, 여관에서 두 무리의 여행자가 한 식경(30분) 간격을 두고 출발했다. 늦게 출발한 무리는 감곡군의 구(舊) 중랑장 요문수 일행으로 모두 12명, 고관(高官)이지만 미복 차림으로 바쁘게 마을을 벗어나더니 인적이 드문 황야로 들어섰다. 아직 오전 진시(8시) 무렵이다. 모두 기마인이어서 짐말까지 대여섯 필이 따르고 있다.

"오늘은 대궁령까지 닿아야 한다."

앞장을 선 비장 왕치유가 바람을 거스르듯 소리쳐 일행에게 말했다.

왕치유는 요문수의 경호장이다. 7척 거구에 쌍검술이 능란했고 기운이 장사여서 천하무적이다. 왕치유가 다시 소리쳤다.

"대감, 다행히 뒤바람을 받게 되어서 좀 빨리 닿겠습니다."

그 순간 뒤쪽에서 외침 소리가 났으므로 왕치유가 머리를 돌렸다.

"아앗!"

왕치유가 말 머리를 틀었지만 이미 늦었다. 뒤통수에 살이 박힌 요문수가 말에서 떨어지고 있는 것이다.

"대감!"

왕치유가 악을 쓰듯이 요문수를 불렀다. 그러나 땅바닥에 굴러 떨어진 요문수는 이미 이 세상 사람이 아니다.

"이, 이놈들."

눈을 부릅뜬 왕치유가 말고삐를 채어 말을 돌렸다. 그 순간 왕치유는 이쪽으로 달려오는 3기의 기마인을 보았다. 그중 앞장선 사내가 손에 활을 쥐었는데 거리는 50여 보.

"이놈!"

머뭇거릴 여유가 없다. 박차를 넣은 왕치유가 내달리면서 허리에 찬 칼을 뽑았다. 무서운 기세, 그 순간 화살이 날아왔지만 칼등으로 쳐내었다. 가까운 거리였지만 왕치유의 검술이 그만큼 뛰어났기 때문이다. 순식간에 거리가 좁혀졌고 10보 거리가 되었을 때 왕치유는 사내가 다시 활시위를 튕기는 것을 보았다. 숨을 들이켠 왕치유가 상반신을 비튼 순간.

"억!"

왕치유가 머리를 젖히면서 신음을 뱉었다. 왼쪽 눈에 깊숙이 화살이 박혔기 때문이다. 훌떡 머리가 젖혀진 왕치유는 옆을 스치고 지나는 기마인을 의식하지도 못하고 낙마했다. 연거푸 화살 두 대를 날린 기마인은 사청이다. 첫 화살이 박히기도 전에 두 번째 화살이 날아가는 속사술(速射術)은 백제 기마군의 장기다. 사청은 2백 보 거리를 내달려 가면서 3사(三射)를 한다. 그것은 2백 보 거리의 목표에 첫 살이 박히기 전에 2개의 화살이 더 날아간다는 뜻이다.

"죽여라!"

사청의 뒤를 따르는 기마인은 마석과 원곤, 둘은 일당백의 용사였으니 요문수가 이끄는 나머지 무리는 추풍낙엽이다. 이미 비장 왕치유와 요문수가 떨어져 죽은 터라 말 엉덩이를 보이며 도망치는 무리는 처참하게 살육되었다. 어느새 앞쪽에서 매복하고 있던 백제군이 가로막고 몰살시킨 것이다.

"여기 있습니다."

중랑장 요문수의 품에서 상아로 만든 중랑장 표신을 찾아낸 부하가 마석에게 건넸다. 흰 상아에 붉은색으로 글씨가 파여 있다.

"이제 내가 당(唐)의 중랑장이다."

쓴웃음을 지은 마석이 표신을 가슴에 넣으면서 말했다. 이제 사청과 마석은 어사 태위와 중랑장 행세를 번갈아 할 수 있게 되었다.

그날 저녁, 일행은 계양군의 도성에 들어섰다. 계양은 대도읍으로, 장안성으로 통하는 요지(要地)다. 내륙의 물산이 모이는 데다 옆에 황하가 흐르고 있어서 수륙 양면으로 사통팔달이 되는 곳이다. 그러니 인구가 많고 각지에서 몰려온 상인들이 들끓었다. 성안 중심부의 태호여관에 투숙한 사청 일행은 관인 행세를 했다. 중랑장 요문수의 짐말에 황금 3천 냥이 실려 있었으니 노자는 쓰고도 남았다. 요문수는 그 황금으로 장안성(長安城)에서 뇌물을 쓰고 요직으로 옮겨갈 작정이었던 것 같다. 연중이 집사에게 호기 있게 말했다.

"우린 감곡군 중랑장 행차네. 오늘 하룻밤을 자고 바로 떠날 터이니 말을 배불리 먹여 주게."

"그러지요."

집사가 굽실거리며 대답했다.

"모두 미복을 하고 가시는군요."

"중랑장 모친상 때문에 가는 것이니 관원 행세를 하지 말라는 분부시네."

"청렴하신 분이시군요."

집사가 안내해준 방은 관원 대우를 해주려는지 여관 안쪽 별채다. 방이 6개에 정원까지 갖춰져서 일행이 쉬기에는 딱 맞았다. 정원 구석에는 작은 연못도 있다.

"집사 놈이 사람을 알아보는 모양이다."

만족한 마석이 별채를 둘러보며 말했을 때 사청이 쓴웃음을 지었다.

"별채가 안채 구석에 박혀 출입문이 한 곳뿐이군. 저 연못은 작은데도 깊다. 20자(6m)쯤 되겠구나."

놀란 마석이 연못으로 다가가 돌을 던져 보더니 사청에게 말했다.

"나솔, 무슨 말씀이시오?"

"내가 광릉군에 있을 때 이런 대성에서 여관에 함정을 만들어 도둑이나 반역자를 잡는다고 들었다."

사청이 주위를 둘러보며 말을 이었다.

"대문만 꽉 닫으면 이곳이 감옥이 되는 구조야. 우린 지금 함정에 들어왔어."

그러나 아직 대문은 열려 있고 하인들도 오가고 있다. 별채의 뒷문은 없는 것이다. 그때 마석이 다가섰다.

"나솔, 제가 나가서 보고 오지요."

"저도 함께 가겠습니다."

호리가 나섰으므로 사청이 머리를 끄덕이며 말했다.

"사람을 많이 겪은 놈들이어서 우리보다 눈치가 빠를 테니 주의해야 할 것이다."

"마적단이다."

집사 궁포가 눈을 치켜뜨고 말했다.

"너, 빨리 금부로 달려가서 당직 사령에게 신고해라. 내가 놈들을 별채에 가둬 놓았다고 전해."

"예, 그렇게만 전합니까?"

하인이 묻자 궁포가 목소리를 낮췄다.

"모두 18명에 병장기를 짐으로 감추었는데 활에 화살, 유황까지 실린 것을 보면 장비를 잘 갖춘 마적단이라고 전해라."

"예, 중랑장을 사칭한 마적단이라고……."

"될 수 있는 한 빨리 오라고 전해."

궁포가 손을 젓자 하인이 몸을 돌려 뛰어 나갔다. 다실 옆의 집사 집무실에는 궁포 혼자 남았다. 저녁 유시(6시)가 되어서 여관은 소란하다. 아래층 식당으로 손님들이 내려왔고 옆쪽 유곽은 술손님을 맞을 준비로 분주했다. 그 때 방 안으로 하인 유석이 들어섰다.

"나리, 놈들 13명이 나왔습니다. 7명은 유곽으로 들어갔고 6명은 식당으로 갔습니다. 별채에는 4명이 남았습니다."

"이놈들이 별채에서 저녁을 먹지 않는 건가?"

짜증이 난 궁포가 물었다. 별채에 식당이 있는 것이다. 18명 중 13명이 밖으로 나갔다면 금부 군사들을 데려와도 잡기가 힘들어진다. 식당과 유곽의 규모가 커서 수백 명이 포위해도 빠져나갈 구멍이 많기 때문이다.

"놈들이 다 들어오기를 기다려야 될 것 같구먼."

혼잣소리로 말한 궁포가 유석에게 다시 지시했다.

"방금 금부로 함반수를 보냈는데 네가 다시 가서 놈들이 별채 밖으로 나왔다고 해라. 식당과 유곽으로 흩어져 있으니 와서 기다리고 있다가 잡아야겠다."

"그러지요."

유석이 방을 나갔을 때 궁포가 입맛을 다셨다. 조금 늦겠지만 오늘 밤 안에는 모두 잡힐 것이다. 지금까지 궁포는 여관에 들어온 마적, 도적, 죄를 짓고 도망치는 관원까지 놓친 적이 드물다. 40년 동안 여관 일을 하면서 온갖 인간을 다 겪은 터라 궁포는 금부에서 태호(太湖) 판관으로 불리었다. 태호여관에서 죄 지은 자들을 잡는 판관인 것이다. 그리고 그 죄인들이 갖고 있는 소지품은 모두 궁포의 몫이다. 일부는 금부의 판관과 도사에게 나눠 주지만 대부분이 궁포의 소유가 되는 것이다. 궁포의 눈앞에 별채 일행의 짐이 떠올랐다. 놈들은 자루 5개를 별채로 옮겨갔는데 분명히 금화가 들어 있는 자루였다. 5천 냥쯤 될 것이다.

"이놈들이 무모한 것인지 순진한 놈들인지 알 수가 없군."

궁포가 혼잣소리를 했다. 중랑장 모친상을 당해서 미복으로 행차한다는 말은 그럴듯하지만 33년 동안 그런 인간을 본 적이 없는 것이다. 중랑장이면 그래도 고급 군관이니 관복을 입고 관리들이 묵는 역관에 투숙하는 것이 경비도 들지 않고 대접은 대접대로 받을 수가 있는 것이다. 중랑장 집 개가 죽었다고 해도 마찬가지다. 그런 핑계를 대고 여관에 돈 자루, 그리고 무기를 싣고 투숙하다니, 궁포의 눈에는 너무 허술했다. 그때 방문이 열리더니 사내 둘이 들어섰으므로 궁포가 숨을 들이켰다. 별채에 든 사내들이다. 그중 하나는 기골이 큰 데다 왠지 위엄이 풍겨서 눈여겨본 사내다. 중랑장 행세를 하던 사내도 이 사내를 어려워하는 분위기였다. 50대 후반의 궁포는 눈치가 빤한 것이다.

"아, 아니, 여긴 웬일로……."

놀란 궁포가 자리에서 일어서며 말을 더듬었다. 갑자기 기습을 받은 느낌이 들었기 때문이다. 그때 위엄이 풍기는 사내가 입을 열었다.

"네가 방금 보낸 하인을 잡았다."

다가선 사내가 궁포를 쏘아보았다.

"먼저 하인 한 놈을 보냈으니 곧 금군이 오겠구나."

궁포가 사내가 쥐고 있는 칼을 보았다. 아직 사내는 칼의 손잡이 밑부분만 쥐고 있을 뿐이다.

"여관 집사로 당연한 일을 했을 뿐이오."

궁포가 기를 쓰고 말했을 때 사내가 가슴에서 번쩍이는 물체를 꺼내 궁포에게 보였다.

"이것이 뭔지 아느냐?"

눈을 가늘게 뜬 궁포가 사내가 내민 황금 마패를 보았다. 황금에 '어사 태위'라는 글자가 선명했다.

"아앗."

숨을 들이켜면서 외침을 뱉은 궁포가 마패에 바짝 얼굴을 붙였다.

"본 적 있습니다. '어사 태위' 마패가 맞습니다, 나리."

사청이 궁포의 눈동자가 흔들리는 것을 보았다. 머리를 돌린 사청이 옆에 선 호리에게 물었다.

"호리, 넌 어떻게 생각하느냐?"

"이미 금군을 불렀으니 금군한테도 마패를 보여야 될 것 같습니다."

호리가 차분한 표정으로 말했다.

"이놈이 경솔한 대가를 받아야지요."

"나리, 소인이 금군이 오면 해명을 하지요. 염려하지 마십시오."

궁포가 다급하게 말한 순간이다. 사청이 장검의 손잡이를 쥔 순간 검광이 번쩍였다. 다음 순간 궁포의 목이 잘리면서 핏줄기가 솟았다. 머리통이 뒤로 젖혀진 궁포가 방바닥에 넘어지기도 전에 숨이 끊겼다.

"떠나야겠다."

사청이 장검에 묻은 피를 궁포의 옷에 닦으면서 말했다.

"서둘러라."

그로부터 1각(15분)도 되기 전에 태호여관에서 한 무리의 기마대가 쏟아져 나왔다. 아직 이른 저녁이어서 거리에는 행인들이 많았지만 기마대는 거침없이 내달려 곧 계양의 번화가를 빠져나갔다.

"우리가 방심했다."

성을 나온 기마대가 인적이 딱 끊긴 황야를 지날 때 사청이 앞쪽을 향한 채로 말했다.

"중랑장 표찰이나 어사 태위 마패를 믿고 대도읍의 여관에 숙소를 잡다니."

"나리, 오늘밤은 꼬박 달려야 할 것 같습니다."

마석이 다가와 말했다. 어둠 속에서 말굽 소리만 울리고 있다. 달도 없는 짙은 어둠 속을 달려가고 있는 것이다.

"금군이 집사와 하인 둘을 베어 죽인 것을 보았을 테니 곧 사방으로 통문을 보낼 것입니다."

"앞으로는 2개 조(組)로 나뉘어서 행동해야 되겠다."

사청이 소리쳐 말을 받았다.

"계덕, 그대가 좌군(佐軍) 원곤과 함께 1진을 맡고 나는 2진이다."

"예, 나솔."

마석의 눈 흰자위가 어둠 속에서 번들거리고 있다.

"군사들이 대왕을 만나러 가신다는 말을 들은 후부터 눈빛이 강해졌고 원기가 넘치고 있습니다."

"첩첩산중이야, 갈 길이 멀다."

"대왕을 뵙고 죽는 것이 소원이 되었소이다."

마석의 목소리가 어둠 속에서 떨려 나왔다.

"대백제(大百濟)의 군사로서 이런 광영이 어디 있겠습니까?"

사청이 숨을 들이켰다. 입을 열려고 했지만 목이 메어서 말이 나오지 않는다. 패망한 왕국의 대왕을 만나려고 적중(敵中)을 뚫고 적의 도성을 향해 나아가는 것이다. 어둠 속을 노려보던 사청의 머릿속에 문득 대왕의 얼굴이 떠올랐다. 달솔 계백과 함께 출전(出戰) 인사를 하러 갔을 때의 그 모습이다. 그때 대왕이 계백 옆에 서 있던 사청에게 물었다.

"네가 사준의 아들이냐?"

"예, 대왕."

감격한 사청이 머리를 숙였더니 대왕이 다가와 다시 물었다.

"네가 어릴 적에 네 아비가 안고 왔던 기억이 난다. 너도 아느냐?"

"소장은 아비로부터 이야기만 들었습니다."

"그랬겠지. 너는 그때 돌이 갓 지난 아이였다. 네 아비는 남방 방령이었고."

나당 연합군이 몰려와 국운이 풍전등화인 상황, 사비도성의 청 안, 도열한 장군, 관리들의 분위기가 흉흉한 와중에 의자왕과 나솔 사청의 사담이 길어졌다. 그때 의자왕이 정신을 차린 듯이 얼굴을 일그러뜨리며 웃었다.

"그때가 바로 어제 같구나."

사청이 다시 말에 박차를 넣었다. 그때 의자대왕을 만난 것이 바로 어제 같은데 이제 다섯 달이 지났다.

"나리."

뒤에서 부르는 소리에 사청이 머리를 돌렸다. 호리가 따라붙고 있다. 왜인, 야마토 조정의 밀정으로 백제 땅에 왔다가 이제 사청의 복심이 된 기이한 인연. 호리가 번들거리는 눈으로 사청을 보았다.

"대왕을 뵈면 뭐라고 말씀하실 겁니까?"

"내가 모시고 가겠다고 하겠다."

말굽 소리보다 크게 사청이 말했으므로 옆을 따르는 마석은 물론 뒤쪽 군사들도 다 들었을 것이다. 사청의 목소리가 다시 울렸다.

"그래서 함께 대륙을 누비자고 말씀 올리겠다."

호리는 대답하지 않았고 마석도 거들지 않는다. 꿈이다. 그러나 그 장면을 떠올리면 목이 멘다.

"노가 장원에 백제 노예가 50여 명이 있다고 합니다."

마한현 거리에서 돌아온 군사 하나가 분개한 얼굴로 말했다. 이곳은 현성에서 2리(1km)쯤 떨어진 주막 방 안, 사청의 2진은 주막 방 2개를 빌려 행상인 행색으로 묵는 중이다. 말에 황금이 3천 냥이나 실려 있으니 여관에서 고관대작 행세를 할 수도 있지만 마석이 이끄는 1진도 근처 주막에 자리 잡고 있다. 군사는 행상 행색이어서 무기도 차지 않고 거리에서 정탐을 마치고 돌아온 것이다. 오후 유시(6시) 무렵, 군사가 말을 이었다.

"노가는 마한현 호족으로 하인이 2백여 명에 부려먹는 소작농가가 70여 가구나 되는 대가(大家)라고 합니다. 백제 노예는 이번에 당군(唐軍)이 끌고 온 포로들로 노가에게 50여 명을 팔고 갔다는 것입니다."

방 안에는 사청과 연중이 앉아 있었는데 얼굴에 그늘이 졌다. 그때 머리를 든 사청이 군사에게 물었다.

"노가 품성(品性)이 어떻다더냐?"

"그건 모르겠습니다."

머리를 끄덕인 사청이 연중에게 말했다.

"계덕에게 내가 오늘 밤 노가의 장원에 간다고 전해라."

"예, 나솔."

대답한 연중이 물었다.

"계덕에게 따르라고 할까요?"

"우리 서넛이면 넉넉하지 않겠느냐? 먼저 백제인부터 만나려고 한다."

"예, 나솔."

"사는 것을 물어보고 일을 치르는 것이 낫다."

연중이 머리를 숙였다. 말뜻을 안 것이다. 탐라로 싣고 가던 백제 유민을 어쩔 수 없이 대륙에 풀어놓은 사청이다. 이런 상황에서 백제 노예를 사들였다고 해서 장원의 호족을 무조건 베어 죽일 수가 있겠는가? 농장의 일꾼으로 사들인 것은 당연하다. 그것이 멸망한 왕국 백성의 운명인 것이다. 그날 밤 해시(10시)가 되었을 때 노가 장원 산기슭에 세워진 창고의 문이 열렸다.

"누구시오?"

안에서 짚신을 삼던 위백이 물었다. 사내 둘이 들어섰기 때문이다. 마룻방에는 위백과 소진, 마공 셋이 둘러앉아 있었는데 기둥에 기름등 하나만 붙여놓아서 문 앞이 어두웠다. 그때 두 사내가 다가섰는데 처음 보는 얼굴이다.

"누구시오?"

위백이 다시 당어(唐語)로 묻자 앞에 선 사내가 대답했다. 백제어다.

"우린 백제 무사(百濟武士)다."

그 순간 숨을 들이켠 셋이 일손을 놓고 몸을 굳혔다. 그때 사내가 말을 이었다.

"나는 달솔 계백의 위사장이었던 나솔 사청, 지금은 백제 무사로 대륙에서 마적 노릇을 한다."

"소인은 사비도성 동방에서 대장간을 하던 위백입니다, 나리."

마룻방 바닥에 엎드린 위백의 눈에서 눈물이 쏟아졌다.

"달솔 계백의 혼을 모시고 있었더니 마침내 나솔께서 대신 나타나 주셨습니다그려."

위백은 40대의 장년이었지만 기골이 컸고 눈빛도 강했다. 노예 무리의 우두머리가 될 만한 재목이다.

"저는 서방 대곡성에서 잡혀온 소진이올시다."

"저는 사비도성 동문 수비병이었던 마공입니다, 나리."

제각기 내력을 밝힌 사내들의 얼굴에도 눈물이 맺혔다.

"어떠냐? 너희들이 살기 어려우면 우리가 노가 일족을 몰살하겠다. 우리가 해줄 일은 그것뿐이구나."

사청이 말하자 연장자인 위백이 머리를 저었다.

"나리, 노공이 재물 욕심이 많아서 제 소유물을 끔찍이 아낍니다. 우리 백제 노예들도 길게 부려먹으려고 잘 먹이고 아프면 먼 곳의 의원까지 불러줍니다."

위백의 얼굴에 일그러진 웃음이 떠올랐다.

"그러고는 엊그제 우리더러 소출을 잘 올리면 분가시켜 소작농으로 만들어준다고 약속을 하더군요."

"……."

"전란에 시달려 굶주리다가 결국 패망하여 대륙에 노예로 팔려 왔습니다만 이제 전란이 없고 일한 만큼 먹여주는 이곳에 벌써 길든 사람이 여럿입니다."

"그렇구나."

사청이 커다랗게 머리를 끄덕였지만 외면하고 있다. 사청이 자리에서 일어섰다.

"내가 오히려 노가에게 사례를 해야겠구나. 등 따시고 배부르면 극락이다."

"저것이 백성의 소리다."

주막으로 돌아오면서 사청이 어둠 속을 향한 채 말했다.

"하지만 나는 그럴 수가 없구나."

연중은 잠자코 옆을 따른다. 이번 노가 장원에는 사청과 연중, 호리와 부하 둘만 수행했다. 어둠 속을 걷는 다섯의 주위로 눈발이 흩날리고 있다. 어느덧 깊은 겨울, 백제가 멸망했을 때는 한여름이었다. 사청이 말을 이었다.

"훗날의 인간들은 대백제가 멸망한 이유를 대왕의 탓으로 돌릴 것이다. 역사는 승자의 기록이니까."

그때 뒤를 따르던 호리가 말했다.

"나리, 대왕을 왜국으로 모시지요."

사청이 발만 떼었으므로 호리가 말을 이었다.

"왜국에는 백제방(方)의 기반이 굳은 데다 아직 무사(武士)의 틀이 잡혀 있지 않고 각 호족들의 군사 운용이 서툽니다."

눈보라가 심해졌지만 추위는 매섭지 않다. 어둠 속에서 호리의 목소리가 울려 나왔다.

"더구나 천황께서도 대왕을 친형님처럼 생각하고 계십니다. 왜국에서 말년을 보내시는 것이 좋을 것이오."

"네 생각이 가상하다."

어느덧 눈이 쌓인 황무지를 걸으며 사청이 말했다. 호리는 고토쿠(孝德) 천황의 시종장 다카야마가 보낸 밀정이다. 야마토 조정의 내막은 환하게 알고 있는 것이다. 왜국은 조정 주위의 기반은 굳건했지만 지방은 수백 개의 소국(小國)으로 나뉘어 약육강식의 세상이다. 오늘 일어난 나라가 며칠 후면 없어지고 새 나라가 일어났다가 또 망한다. 사청이 주막으로 돌아왔을 때는 축시(오전 2시)가 되어 갈 무렵이다. 노가의 장원으로 출정한 것을 아는 터라 주막으로 와서 기다리고 있던 마석이 사청을 맞았다.

"백제인들은 이곳에 발을 붙이고 살게 될 거야."

사청이 위백으로부터 들은 말을 해 주었더니 마석의 얼굴에 쓴웃음이 떠올랐다.

"이미 22개 담로의 백제인 수백만이 대륙인으로 동화되었습니다. 이상할 것도 없습니다."

"이 대륙을 대백제로 만들 수가 있었을 텐데."

자리에 앉은 사청의 얼굴에도 일그러진 웃음이 떠올랐다.

"운이 따르지 않았는가?"

"백제인의 후예가 대륙을 정벌할 수도 있지요."

"눈이 많이 쌓이는구나."

반쯤 열린 문밖으로 시선을 주면서 사청이 말 머리를 돌렸다.

"호리는 나한테 대왕을 모시고 왜국으로 가자고 하네."

마석이 입을 다물었다. 왜국은 세상의 동쪽 끝인 것이다. 마석이 눈길을 헤치고 제 숙소로 돌아갔을 때 밖을 살피고 돌아온 연중이 말했다.

"나솔, 눈이 벌써 한 자가 넘게 쌓였습니다. 날이 밝으면 길이 막힐 것 같습니다."

"어쩔 수 없지."

눈 타령을 했더니 천재지변이다. 노가 장원의 위백으로부터 들은 말이 머리와 가슴에 박힌 사청은 거의 뜬눈으로 아침을 맞았다. 오전 진시(8시)인데 눈이 두 자 반(75cm)이 쌓여서 읍내의 길도 통행할 수가 없게 되었다. 주막 주인의 말을 들으면 이곳 내륙지방에서는 겨울에 흔한 일이라고 했다. 항상 밖에 정탐꾼을 세워 놓는 터라 사시(10시)가 되었을 때 정탐병 하나가 방 밖에서 보고했다.

"건너편 여관에 웅진도독부로 부임하는 안찰사 일행이 묵고 있는데 눈에 길이 막혀 발을 구르고 있다고 합니다."

"웅진도독부라고 했느냐?"

"예, 일행이 30여 명인데 그중에는 투항한 백제 관리, 장군도 끼어 있다고 합니다."

웅진도독부는 백제를 멸망시킨 당이 세운 점령지 통치기구다. 사청이 머리를 끄덕였다. 투항한 백제 장군, 관리는 이제 다시 백제로 부임하는 것이다. 현지 물정을 잘 아는 터라 당의 하수인이 되어 움직인다. 머리를 돌린 사청이 연중에게 말했다.

"계덕을 부르라."

연중이 말없이 일어서자 사청의 눈빛이 강해졌다.

"당의 관리가 되어서 금의환향하는가?"

호리가 머리를 들었지만 말을 받지는 않았다. 충신들은 다 죽었다. 지금도 부흥군이 백제 땅에서 싸우고는 있으나 이미 꺼진 불길이다. 지난날 왜국에서 건너온 부여풍 왕자는 나당 연합군에 의해 패퇴되었고 왜선 3백여 척은 격파되었다. 부흥군에서도 투항자가 늘어나는 상황이다.

연부(燕夫)가 쓴웃음을 짓고 말했다.

"풍 왕자는 이제 왜국으로 돌아갈 수도 없을 거네."

어깨를 편 연부가 앞에 앉은 진덕(眞德)을 지그시 응시했다.

"이보게, 낭장."

"예, 별감."

머리를 든 진덕이 연부와 시선이 마주쳤다. 오후 해시(10시) 무렵 지금 둘은 여관방에서 마주보고 앉아 있다. 주위는 조용하다. 안찰사 유광익은 방에서 기녀 둘을 데리고 술을 마시는 중이었고 수하들도 제각기 흩어져 주색잡기에 빠져 있을 것이다. 연부가 말을 이었다.

"신라군의 악행이 극에 달해 있다니 그것을 막을 사람은 우리들뿐이네."

진덕은 외면한 채 대답하지 않았다.

연부는 47세, 웅진성주 겸 동방 방령을 지낸 좌평(佐平)이었으니 백제의 최고위 관등이며 백제의 마지막 군(軍) 총사령이었다. 그러나 지난 7월 의자왕이 사비성에서 웅진성으로 피신해 왔을 때 당장(唐將) 소정방에게 투항을 권유했다. 그러고는 의자왕의 허락도 받지 않고 성문을 열어 버린 것이다. 진덕은 연부의 휘하 장수로 3품 은솔(恩率) 벼슬이었는데 지금은 당(唐)의 낭장이 되었다. 하급 무장 벼슬로 백제 관등으로 치면 11품 대덕(對德) 품위쯤 될 것이다. 좌평이었던 연부가 역시 하급 무장인 별감 벼슬을 받고 웅진으로 돌아가는 형편이니 벼슬 타령은 사치다. 다시 연부가 입을 열었다.

"나를 역적이라면서 손가락질하던 위인들은 다 죽어서 흙이 되었어, 낭장."

"……."

"역사는 산 자, 승자(勝者) 측에서 전해주는 것이라네. 사자(死者), 패자(敗者)는 죽어서, 패해서 입이 없으니 역사에 기록되지도 않고 묻히는 법이지."

"……."

연부가 짙은 수염을 손으로 쓸어내렸다. 동방(東方)은 신라와 접경 지역이어서 연부는 수백 번 전투를 치렀다. 그중 8할을 승리로 이끌었기 때문에 신라 왕 김춘추는 물론이고 김유신도 연부를 잡으면 장졸들의 원수를 갚는다면서 이를 갈고 있었던 것이다. 그러나 연부는 소정방에게 투항하는 바람에 김춘추는 손을 대지 못했다.

"좌평."

진덕이 부르자 연부가 정색했다. 투항한 후로 둘은 백제 관등을 잊고 있었기 때문이다. 진덕이 말을 이었다.

"저는 백제로 돌아가면 관직을 내려놓고 산속으로 들어갈 작정입니다. 그러니 미리 알고 계시지요.

"예상은 했어."

연부가 머리를 끄덕이며 말을 이었다.

"그대가 꼭 같이 가겠다고 하길래 짐작은 하고 있었어. 그대가 부흥군에 낀다고 해도 말리지 않겠네."

"전쟁은 이미 끝났습니다."

진덕이 머리를 저었다.

"저는 더 이상 백제 땅에서 전란에 끼어들지 않겠습니다."

"복신과 도침 둘 중 하나가 제거될 것이고 또 풍 왕자의 기반도 약하네. 백제는 이미 기둥이 뽑힌 폐가가 되었네."

진덕은 입을 다물었다. 당의 도성 장안(長安)에는 투항한 백제 장군, 고관이 수백 명이나 끌려가 있는 것이다. 그러나 감시를 받고 있었기 때문에 둘은 이런 이야기를 나누지 못했다. 그때 문 밖에서 인기척이 났으므로 둘은 긴장했다.

"누구냐?"

방 주인인 연부가 묻자 대답 없이 문이 열렸다. 사내 둘이 들어섰는데 둘 다 털 조끼에 털 각반을 신었다. 허리에 장검을 찼는데 하나는 칼을 빼어 들고 있다. 숨을 들이켠 연부와 진덕이 몸을 일으켰다.

"너희들은 누구냐?"

진덕이 어깨를 펴고 물었다. 칼을 차지 않았지만 진덕은 무장(武將)이다. 두 손을 늘어뜨려 칼을 막으려는 자세를 갖췄다. 그때 앞장선 사내가 눈을 가늘게 뜨고 진덕 뒤쪽의 연부를 보았다.

"동방 방령 아니시오?"

백제어다. 그 순간 연부가 진덕을 제치고 한 걸음 앞으로 나섰다. 기둥에 붙여 놓은 양초 불꽃이 흔들렸다.

"그대는 누군가?"

연부가 백제어로 물었는데 목소리가 갈라져 있다. 그때 사내의 얼굴에 쓴웃음이 번졌다.

"좌평 연부 님이 맞군. 나는 나솔 사청이오."

"사청이라면……."

숨을 들이켠 연부가 눈을 크게 떴다.

"달솔 계백의 위사장 아닌가?"

"그렇소."

"아니, 그대가 어떻게 이곳에 와 있는가?"

"좌평 연부의 목을 베려고 왔다면 믿겠소?"

연부가 몸을 굳혔고 사내의 시선이 진덕에게로 옮겨졌다. 그때 진덕이 말했다.

"나솔, 먼저 내 목을 베어 주시게."

진덕이 마룻바닥에 털썩 앉더니 목을 늘였다.

"죽고 싶으면 자결을 해."

바로 말을 받은 사청이 허리에 낀 단검을 빼어 던졌다. 단검이 진덕의 무릎 앞 마룻바닥에 박히더니 자루가 부르르 떨었다. 사청의 눈썹이 치켜 올라갔다.

"아느냐? 나는 달솔 계백의 명을 받고 황산벌 명천을 건너 살아 돌아왔다."

사청의 목소리가 낮게 울렸다.

"5천 기마군으로 5만 신라군을 네 번 밀어젖히고 다섯 번째에 다 죽었다."

이제 연부와 진덕은 시선만 주었고 사청의 말이 이어졌다.

"우리는 생사(生死)를, 승패(勝敗)를 염두에 두지 않았다."

숨을 들이켠 사청의 얼굴에 일그러진 웃음이 떠올랐다.

"우리는 오직 달솔 계백만 따랐으니까."

"이보게, 달솔."

그때 연부가 사청을 불렀다.

"무슨 변명을 하겠는가? 우리는 역적이고 반역자네. 그대의 뜻대로 하게."

그때 사청이 앞쪽 걸상에 앉았다. 뒤에 서 있던 마석이 옆쪽 벽으로 옮겨 갔는데 손에 쥔 칼은 칼집에 넣지 않았다. 사청이 연부에게 말했다.

"장안에서 왔다면 대왕이 계신 곳을 알 테니 위치를 알려 주시오."

"대왕이 계신 곳을 말인가?"

연부가 눈을 크게 떴고 아직도 마룻바닥에 앉은 진덕도 숨을 들이켰다. 사청이 머리를 끄덕였다.

"그렇소. 갇혀 계신 곳의 약도와 경비 상황까지 말이오."

"왜 그러는가?"

"모시고 갈 거요."

"모시고 간다고? 백제로 말인가?"

"그렇소."

"군, 군사는?"

"그걸 알아서 뭐하시려고? 당 황제에게 밀고할 거요?"

"아, 아니네."

"내가 알고 있소, 나솔."

갑자기 진덕이 말했으므로 시선이 모였다. 진덕이 상기된 얼굴로 사청을 보았다.

"내가 떠나오기 전까지 대왕이 계신 저택 옆에서 마구간 관리를 했소."

사청은 시선만 주었고 진덕이 말을 이었다.

"저택의 경비는 보군 1백 명 정도요. 태감과 비장 둘이 경비를 맡고 있는데 정문과 후문의 초소만 지나면 되오."

"……."

"담장 높이가 10자쯤 되지만 뒷문 근처의 나무를 타고 담장 안으로 뛰어 내릴 수도 있소."

"……."

"나도 한 번 저택 안으로 들어가 대왕을 뵙고 나왔소."

진덕이 얼굴을 일그러뜨리며 웃었다.

"마침 시장에서 백제 떡을 팔길래 사서 대왕께 갖다 드렸던 거요. 그랬더니 대왕이 기뻐하십디다."

"……."

"왕자와 공주들도 모두 떨어져서 혼자 시녀 둘의 시중을 받고 계셨소."

"……."

"낮에는 가끔 저택을 나와 시장 거리를 구경하시기 때문에 근처 주민들의 구경거리가 되시오."

진덕이 일그러진 얼굴로 사청을 보았다.

"아이들이 나무 막대로 대왕의 뒤를 건드리며 장난질을 할 때도 있소. 그러면 대왕은 웃고 마십디다."

"……."

"담로 백성이었던 백제인 하나가 그 모습이 기가 막혀서 대왕 앞에 엎드려 통곡을 했소. 그랬더니 대왕이 어깨를 잡아 일으키며 말씀하십디다."

"……."

"난 근처에 살고 있어서 대왕이 바람 쏘이러 나오셨다는 말만 들으면 바로 나왔기 때문에 옆에서 다 들었소."

마침내 진덕이 손등으로 눈물을 씻었다. 뒤쪽에 앉은 연부도 숨을 죽이고 있다. 진덕이 말을 이었다.

"무능한 왕은 없느니만 못하다. 이젠 전쟁이 끝났으니 백성들이 곧 안돈될 것이다……."

딸꾹질을 한 진덕이 붉어진 얼굴로 사청을 보았다.

"그러더니 말씀하십디다."

사청은 눈을 부릅뜬 채 기다렸고 진덕이 기를 쓰듯 말했다.

"황제 폐하께서는 백제 백성들에게 자비를 베풀어 주실 것이다……."

그 순간 외면한 사청의 입에서 신음이 뱉어졌다. 주변에서 듣고 있을 당(唐)의 밀정들에게 한 말이다. 그리고 그것은 진심일 것이다. 그때 뒤쪽 연부가 말했다.

"이보게, 나솔, 나는 구차한 삶을 이어가기 싫네. 오늘 만난 김에 명줄을 끊어주고 가게."

그때 머리를 든 사청이 말했다. 두 눈이 번들거리고 있다.

“사는 게 죽는 것보다 더 어렵소. 웅진으로 가서 대왕의 말씀대로 하시오.”

눈이 쌓인 지 사흘 후가 되어서야 사청은 주막을 나와 북상(北上)했다. 웅진도독부로 떠나는 당(唐)의 관리 일행은 안찰사 유광익이 술병이 났기 때문에 다음 날에 떠난다고 했다. 사청은 연부와 진덕을 살려둔 것이다.

“나솔, 대왕께서 떡을 좋아하시오?”

마석이 불쑥 물었을 때는 일행이 눈이 무릎 위까지 쌓이는 황무지를 한 걸음씩 딛고 나갈 때였다. 신시(오후 4시)쯤 되었지만 흐린 하늘은 어둡다. 또 눈이 쏟아질 것 같다. 사청의 시선을 받은 마석이 발을 떼며 말했다.

“대왕을 뵐 때 들고 가는 것이 나을까 생각하고 있소.”

“모르겠네.”

말고삐를 당겨 말을 끌면서 사청이 한 걸음씩 떼었다. 이제 2개 조는 다시 한 곳에 뭉쳐 걷는다. 마을이나 성(城)이 보이면 떨어질 것이다.

“이곳에서는 백제 떡이 귀하겠지.”

겨우 그렇게 대답했을 때 뒤에서 말의 중간만 들은 호리가 끼어들었다.

“나리, 왜국에 백제 떡이 퍼져 있습니다. 이제는 전장에 꼭 갖고 다니는 군량이 되었지요.”

“백제에서는 왜국에서 가져온 무 조림을 찬으로 쓴다.”

마석이 말을 받았을 때 뒤를 따르던 연중이 말을 받았다.

"백제에서 가져간 버선을 왜국에서 신관(神官)들의 모자로 쓰고 있지요."

"그게 무슨 말이야?"

호리가 묻자 연중이 헛기침을 했다.

"백제방에 부임했던 백제 관리가 짐을 풀 때 옆에서 지켜보던 야마토 조정의 신하가 새 버선을 집고 물었다는군."

"그래서?"

"이게 뭐냐? 구멍이 크고 위가 둥글게 휜 것이 색깔도 흰데 어디에 쓰는 물건이냐?"

"그랬더니?"

"그 관리가 짜증이 났는지 그건 제사 때 쓰는 모자다. 그랬더니……."

"금 두 냥을 줄 테니 팔라고 해서 팔았다는군."

앞에 선 사청과 마석은 서로의 얼굴을 보면서 쓴웃음을 지었고 연중의 말이 이어졌다.

"다음에 가서 보았더니 신관들이 제사를 지낼 때 버선들을 쓰고 있었다는 거야."

"설마."

호리가 입맛을 다시며 말했을 때 사청이 머리를 돌려 연중을 보았다.

"누구한테서 들었느냐?"

"백제방에서 온 동료한테서 들었습니다."

정색한 연중이 말했으므로 마석이 거들었다.

"그럴 수도 있지요. 서로 풍속이 다르니까요."

그때 앞쪽에서 척후가 달려왔다. 눈이 쌓인 황무지여서 눈보라를 일으키며 달려온다.

"나리!"

말에서 뛰어내린 척후가 소리쳤다.

"마적입니다!"

"뭐? 마적?"

어처구니없다는 표정을 짓고 연중이 되물었을 때 척후가 소리쳤다.

"앞쪽 산기슭에 아예 진을 치고 기다리고 있습니다. 약 40~50명쯤 되는 마적단으로 말은 모두 세워 두고 앞을 막았습니다."

"이놈들이 우리 일정을 아는 모양이군."

혼잣말처럼 말한 마석이 사청을 보았다.

"주막에 오래 머물렀더니 오가는 놈들 속에 마적 정탐꾼이 끼어 있었던 것 같습니다."

사청이 머리를 끄덕였다.

"거리는 얼마나 되느냐?"

"5리(2.5km) 앞입니다."

사청의 얼굴에 쓴웃음이 번졌다. 진퇴유곡(進退維谷)이다. 궁지로 들어와서 앞으로 나갈 수도 뒤로 물러날 수도 없는 상황인가? 뒤로 물러나기에는 너무 늦은 것이다. 지리에 익숙한 마적단은 차분히 기다리고 있었던 모양이다. 사청이 머리를 들자 모두의 시선이 모였다.

"궁수가 앞서서 도보로 전진한다."

사청의 눈빛이 강해졌다.

"백제 궁수의 솜씨를 보여라."

그러자 몸을 돌린 마석이 짧게 지시했다.

"궁수, 앞으로!"

"뒤는 횡대로!"

사청의 한마디면 나머지는 조장들이 일사분란하게 움직인다. 모두 숙련된 전사들인 것이다. 전열이 갖춰지자 7명의 궁수를 앞세운 대형이 전진했다. 7명이 횡대로 서서 전진하는 것이다. 궁수의 중심에 사청이 섰고 20보 정도의 거리를 두고 역시 횡대로 선 보군이 따른다. 보군이지만 뒤에 빈 말 떼를 몰고 따라가고 있어서 언제든지 기마군으로 변할 수 있는 것이다.

"보입니다."

눈이 밝은 궁수 하나가 소리쳤다. 4리쯤을 전진한 후다. 과연 5백 보 정도의 앞쪽 산기슭에 모여 선 마적단이 보였다. 그들도 모두 말을 매어 놓아서 말 떼들도 드러났다. 황야는 눈이 깊게 쌓인 터라 오히려 기마군의 행동이 더 불편한 때문이다. 250보 거리가 되었을 때 사청이 손을 들자, 모두 걸음을 멈췄다. 이제 신시 끝(5시) 무렵이어서 황무지에 그늘이 덮이고 있다. 사청은 산기슭에 벌려 선 마적단을 보았다. 산천이 흰 눈에 덮인 터라 마적단의 윤곽은 뚜렷하게 드러났다. 50여 명, 이쪽은 18명이다. 말 떼도 50여 필, 황무지에 뚫린 길을 딱 막고 있어서 돌파를 해야만 한다. 눈이 깊게 쌓여서 일반 여행객은 아직 길을 떠날 엄두도 내지 못하는 상황이다. 그때 사청이 발을 떼며 말했다.

"내가 신호할 때까지 기다려라."

그 순간 연중이 눈보라를 일으키며 뛰어와 사청의 옆에 붙었다. 사청의 시선을 받은 연중이 가쁜 숨을 뱉으며 말했다.

"나리, 제가 모시고 있어야 됩니다."

"이놈, 내가 널 막아줘야 되겠느냐?"

"제 몸은 제가 감당합니다."

어깨를 부풀린 연중이 말을 이었다.

"13년을 전장에서 보냈으나 겨우 마두(馬頭)가 되었을 뿐인데 나리 휘하에서는 대뜸 10품 계덕(季德)과 같은 조장(組長)이 되었소."

"말이 많구나."

"나리, 목은 꼭 소인이 갖지요."

"이놈, 지금부터 넌 11품 대덕(對德)이다."

어느덧 둘은 마적단과 200보 거리로 다가가 섰다. 마적단은 움직이지 않고 다가오는 둘을 주시하고만 있었는데 서로 이야기를 나누고 떠들썩했다. 가끔 웃는 소리도 들렸지만 긴장한 것은 분명했다. 벌려 선 대형이 전혀 흔들리지 않았기 때문이다.

"나리, 잘 훈련된 놈들이오."

옆에 선 연중이 말했다. 연중은 30대 초반으로 사청보다 더 많은 전장을 겪었다. 대오만 봐도 전력(戰力)을 알 수 있을 정도다. 사청이 살통에서 화살 3대를 뽑아내고 우선 시위에 한 대를 걸었다. 두 대는 셋째와 넷째 손가락 사이에 끼고 다시 다섯 걸음을 눈밭을 헤치고 전진했다. 이제 마적단의 얼굴도 드러났다. 좌우를 쭉 훑어본 사청이 목청을 높여 소리쳤다.

"왜 길을 막느냐!"

한어다. 그 순간 앞쪽 마적단이 일제히 입을 다물었으므로 산기슭 주위는 무거운 정적에 덮였다. 뒤쪽 골짜기는 이미 어둠에 덮이고 있다. 그때 마적단 속에서 사내 하나가 소리쳤다.

"너희들 말에 실린 금화 때문이다!"

그 순간 마적단이 왁자하게 웃었다.

"금화 냄새가 진동을 했거든."

사내가 계속해서 소리쳤다.

"주막 두 곳에 두 무리가 묵고 있었는데 각각 금화 자루가 두 개씩이나 되더군!"

그때 연중이 사청에게 말했다.

"소리친 놈이 두목 같습니다."

"아니다."

사청이 앞쪽을 응시한 채 말했다.

"교활한 놈이다. 소리치는 놈 뒤쪽에 서 있구나."

연중이 숨을 들이켰을 때 사청이 말을 이었다.

"소리치는 놈은 졸개다."

그러고는 다시 사청이 소리쳤다.

"금화를 주면 우리를 보내 주겠느냐?"

목소리가 짧게 메아리로 울렸지만 잠깐 동안 저쪽은 대답하지 않았다. 사청이 활을 들어 올리면서 웃었다.

"두목 또 한 놈을 찾았다. 뒤쪽 황갈색 모자를 쓴 놈이다."

소리친 마적 뒤쪽에 서 있던 장신의 사내가 그 왼쪽 두 번째의 황갈색 털모자를 쓴 사내와 의논을 했던 것이다. 그때 소리꾼 졸개가 다시 소리쳤다.

"먼저 금화를 가져오너라! 그럼 살려줄 수도 있다! 눈밭이라 도망칠 수도 없다는 걸 알 수 있겠지?"

그 순간 사청이 활을 들었고 만월처럼 시위를 부풀렸다가 살 끝을 쥔 손을 놓았다.

"쌕!"

파공음이 들리자마자 셋째 손가락에 낀 화살을 바로 시위에 걸고 나서 다시 만월, 그리고 살을 놓는다.

"쌕!"

다시 넷째 손가락에 걸린 화살이 시위에 걸렸다가 놓인 순간은 더 짧았다.

"쌕!"

사청이 세 대의 화살을 연사하는 장면은 뒤쪽에 벌려 선 여섯 궁사와 10명의 보군까지 모두 보았다. 그들이 숨을 들이켰다가 내뿜는 한 호흡도 안 되는 순간에 세 대의 화살이 날아간 것이다.

"앗!"

놀란 외침은 마적단 속에서 울렸다. 먼저 첫 화살은 모두 사청을 응시하고 있었던 터라 발사되는 장면을 보았다. 그래서 눈들을 부릅뜨고 있었지만 아뿔싸, 뒤쪽 골짜기에 어둠이 짙어지고 있다. 화살이 보이지 않는다. 첫 화살이 몸을 웅크린 소리쟁이 졸개의 어깨를 스치고 지나 뒤쪽 사내의 눈에 박혔다. 화살 끝이 눈을 뚫고 뇌에 박히는 바람에 장한은 소리도 없이 뒤로 넘어졌고 두 번째가 여우털 모자를 쓴 사내의 목에 꽂혔다. 세 번째는 소리쟁이의 가슴이다.

"와앗!"

함성, 뒤쪽 백제군이 외친 함성이다. 백제 땅에서는 좀처럼 함성을 지르지 않았지만 어느덧 대륙에 온 후부터는 달라졌다. 사청도 제지하지 않았으므로 백제 마적은 자주 함성을 지른다.

"쏘아라!"

그때 사청이 소리치자 뒤쪽 여섯 궁사가 앞으로 내달려 오면서 활을 쏘았다. 강궁(强弓), 2백 보가 넘는 거리였지만 유성처럼 날아간 화살이 마적단에게 맞았다, 6발에 3명. 그때 마적단에서도 화살이 날아왔지만 이쪽에서 비키고 사거리가 짧았기 때문에 한 발도 맞지 않았다. 마적단은 이제 혼란에 빠졌다. 두목 둘이 동시에 사살되었기 때문이다. 이제는 사청이 다시 활을 쏘아 둘을 더 죽였고 여섯 궁사가 또 셋을 쏘아 넘어뜨리자 마적단은 뒤쪽으로 물러가기 시작했다. 화살로 쏘아 죽인 숫자가 벌써 열하나다. 그때 사청이 소리쳤다.

"말을!"

2백 보 거리에 멈춰 선 사청이 앞쪽을 응시했다. 골짜기로 들어가는 것은 함정에 제 발로 들어가는 것이나 같다. 그때 말 떼를 끈 마석이 다가왔다.

"나솔, 돌아가십시다."

지금까지 전장을 같이 누빈 터라 마석도 이미 사청의 전략을 읽는다. 말 등에 오른 사청이 소리쳤다.

"돌아간다!"

두목들을 잃은 데다 이쪽 궁사들에게 놀란 마적단은 따라오지 못할 것이다. 이미 10여 명이 살상된 터라 숫자도 30여 명으로 줄어든 오합지졸이다. 말 머리를 돌린 사청이 다시 마상에서 활에 살을 먹이고는 힘껏 시위를 당겼다가 놓았다.

"쌕!"

이제는 어둠에 덮인 산기슭을 향해 날아간 살이 막 말에 오른 마적의 머리통을 꿰어 떨어뜨렸다. 2백 보 거리다. 백제 궁사는 2백 보 거리에서 살상을 한다. 당(唐)의 활은 길고 화살도 길지만 유효 사거리는 170보가 최대인 것이다. 백제 궁(弓)의 위력을 모르는 마적단이 방심했다가 당한 셈이다. 18기는 곧 오던 길을 돌아가기 시작했는데 후퇴가 아니다. 우왕좌왕하다가 마적단도 곧 골짜기 안의 어둠 속으로 숨어들었고 황야에 어둠이 덮였다.

"나솔, 오늘 밤에는 강행군을 해야 할 것 같습니다."

옆으로 다가온 호리가 말했다.

"길을 비틀어 오른쪽 강가를 따라 전진하면 50여 리 앞쪽에 마을이 있습니다."

"그래야겠다."

사청이 머리를 끄덕였다. 오던 길로 돌아갈 수는 없다. 좌우로 틀더라도 장안성(長安城)에 조금이라도 더 다가가야 한다. 흐린 하늘에서 바람이 불기 시작하더니 곧 눈이 내렸다.

"또 눈이구나."

누군가 뒤쪽에서 투덜대는 목소리가 들렸다.

"이곳은 눈이 많구나."

"그렇다. 어떤 때는 10자도 넘게 쌓일 때도 있었다네."

누군가 대륙 생활을 했는지 하나가 말을 받았다.

"그래서 길을 굴처럼 파놓고 다녔다니까."

"살 곳이 못 되는군."

"왜국의 북쪽에는 이보다 더 심한 눈이 내리지."

호리 목소리다. 호리는 조장이어서 말을 받는 사내는 없다.

"그곳은 집도 눈에 파묻혀서 다섯 날이 지나야 지붕이 나온다네."

"왜국 군사들은 사타구니만 가린 채 맨발로 원숭이처럼 뛰어다닌다던데 정말이냐?"

연중의 목소리다. 그러자 호리가 벌컥 화를 내었다.

"그건 가난한 종을 보고 한 소리야. 왜국 장수는 갑옷과 무구가 휘황해서 백제 무장보다 오히려 차림이 낫다."

"그렇군. 유명한 무장이 있느냐?"

"영주가 수백이라 제각기 뽐내는 무장들을 몇 명씩 거느리고 있지."

그때 사청이 머리를 돌려 연중을 보았다. 연중은 이제 11품 대덕이다. 사청이 관직을 준 것인데 연중은 무겁게 받아들였다.

"대덕, 네가 군사 다섯을 데리고 마을로 먼저 들어가라."

"예, 나솔."

"눈에 또 길이 막히겠으니 서둘러라."

연중이 서둘러 떠났을 때 사청이 마석에게 지시했다.

"계덕, 계속해서 눈이 내릴 것 같은데 아무래도 눈이 그칠 때까지 은신할 곳을 찾아야겠어."

여관을 피해 주막에 묵었어도 일행이 많아서 의심을 받은 것이다. 마석이 다가와 말했다.

"가장 은신하기 좋은 곳이 마적단 소굴이지요. 그 다음이 민가를 차지하는 것입니다."

그때는 민가 주민을 회유하든지 아예 없애든지 해야 할 것이다.

6장 의자대왕

장안성 북쪽 기재현, 현청에서 2리(1km) 거리에 제법 규모를 갖춘 저택이 세워져 있었는데 대문 기둥이 붉어서 주가(朱家)라고 불리었다. 본래 현청에서 영빈관으로 사용되던 저택이 지금은 백제 왕 의자의 처소가 되었다. 의자는 소정방에게 끌려 장안성에 온 후에 당 황제 앞에 끌려가 50여 보 밖 땅바닥에서 9번 이마를 땅에 부딪치는 절을 한 후에 곧장 이곳에 유폐된 것이다. 당 조정의 문무백관이 도열한 황궁에서 벌어진, 망국(亡國)의 포로가 된 왕이 승자에게 행하는 예식이다. 그때 당 황제 고종이 옥음(玉音)을 내렸다.

"내, 미천한 네 목숨은 살려주마."

엎드려 있던 의자는 옥음이 끝날 때마다 이마를 땅바닥에 부딪치며 사례를 해야만 했다.

"그러니 남은 생(生)은 짐에게 감사하며 살아라."

의자가 다시 머리를 부딪쳤다.

"가거라. 네가 죽으면 백제 왕으로 장례는 치러 주마."

뒤에 선 시위가 이번에는 세 번 절을 하라고 했으므로 의자는 이마를 세 번 부딪치고 나왔다. 그 후부터 이곳 기재현의 영빈관 생활이다. 함께 끌려온 태자 효와 서자들은 종적을 알 수 없고 오직 시녀 둘, 하인 셋과 함께 생활해 온 의자다. 저택 밖에는 별감, 별장, 비장 휘하의 1백 명 가까운 군사가 감시를 했지만 저택 안까지 들어오지는 않았다.

"나리, 또 어딜 가시오?"

하인 중에서 집사 역할을 하는 왕천이 뒤에서 소리쳐 물었다. 40대의 왕천은 목소리도 크고 체격도 크다. 하인 셋은 모두 밀정 역할도 겸하는 터라 의자의 일거수일투족이 별감에게 보고된다.

"거리를 한 바퀴 돌겠네."

의자가 말하자 왕천이 혀를 찼다.

"또 애들한테 옷이나 찢기지 마시오."

한때 일국의 제왕이었던 의자는 이제 하인한테 나리 소리를 들으며 괄시를 당하고 거리에 나가면 아이들의 놀림감이 되는 것이다. 왕천은 의자가 그것을 즐기는 것 같아서 놔두고는 있다. 출입을 금지시키지는 않았기 때문이다. 의자는 지팡이를 짚고 저택을 나왔다. 시골 농부처럼 무명 바지저고리에 겨울이어서 낡은 개털 조끼를 걸쳤고 버선에 가죽신을 신었다. 이제 나이가 66세여서 두건 밖으로 흰머리가 나왔고 얼굴은 주름으로 덮였다. 영락없는 시골 노인이다. 수행원 하나 없이 지팡이를 짚고 세 발 걸음으로 거리에 나온 의자가 주위를 둘러보았다. 오후 미시(2시) 무렵이다. 겨울 햇살이 비치고는 있었지만 추운 날씨다. 그래서 시장 길에는 인적이 드물었는데 대장간 앞에 모여 선 서너 명의 농부가 보였다. 의자가 그쪽으로 다가가자 저택 앞에 서 있던 경비 군사들의 시선이 돌려졌다. 대신 저택 앞쪽 주막에서 나온 사내 하나가 의자의 뒤를 따른다. 주막이 감시 초소 역할이고 안에 있던 미복 차림의 군사가 붙은 것이다. 대장간 안에서는 도끼를 만들고 있었는데 서 있는 사람 하나가 주문한 농부인 모양이었다.

"날이 넓어야 돼."

사내가 망치질 소리보다 크게 말했다.

"그래야 장작이 잘 빠개져."

그때 사내 옆에 선 의자가 머리를 끄덕였다.

"그렇군."

"아니, 백제 왕 영감 아니신가?"

몇 번 의자를 본 적이 있는 농사꾼이 껄껄 웃었다. 50대쯤의 사내다.

"왜, 백제 왕도 농사를 지으려고?"

"할 일이 없으니 그러고도 싶네."

"자식이 40명이 넘는다면서? 자식이나 더 만들지그래."

"이젠 늙어서 안 된다네."

"이런, 그럼 무슨 낙으로 사나?"

"글쎄 말이네."

의자는 여전히 웃는 얼굴이다. 뒤에서 얼쩡거리던 밀정이 대장간 망치 소리가 싫은지 물러서더니 뒤쪽 그릇 가게 앞에 가 섰다. 그때 농사꾼이 떠들썩한 목소리로 말했다.

"이보게, 백제 왕 영감, 아들 낳는 법이나 알려주게. 자네는 아들이 30명이나 된다면서?"

그러자 의자가 쓴웃음을 지었다.

"고맙네."

"뭐가?"

"나한테 벌을 받게 해 줘서."

"그게 무슨 말인가?"

"아직도 멀었네. 내가 죗값을 치르려면."

몸을 돌린 의자가 발을 떼어 대장간 앞을 나왔다. 한 걸음씩 지팡이까지 세 발 걸음을 디디면서 의자가 하늘을 보았다. 그때 옆을 지나던 행인이 말했다.

"대왕, 저쪽 그릇가게로 가시지요."

의자가 머리를 들었으나 행인은 앞으로 지나갔으므로 얼굴은 보이지 않았다. 그러나 백제어다. 의자는 행인을 따라 발을 떼었다. 건장한 체격의 행인은 벌써 그릇가게 앞으로 다가가고 있다. 누구인가? 지난번에는 근처에 유배되었던 은솔 진덕을 만났다. 의자의 눈이 흐려졌다. 아래쪽 그릇가게는 컸다. 안에는 주인이 나와 앉아 있었는데 방금 들어간 사내는 보이지 않았다. 그때 의자의 시선을 받은 주인이 자리에서 일어섰다. 안면이 있는 사내였지만 이런 대우는 처음이다. 전에는 본척만척했다.

"안쪽 문을 여시면 마루방이 나옵니다."

주인이 백제어를 썼으므로 의자가 숨을 들이켰다. 주인이 말을 이었다.

"미행해온 군관은 소인이 처리하겠습니다. 안에서 기다리고 있습니다."

"고맙소."

의자가 안으로 들어서며 말했다. 안쪽 문을 열었더니 옆을 스치고 지난 행인이 기다리고 서 있다가 허리를 숙여 절을 했다.

"대왕, 부여복신이 보낸 장덕(將德) 고채진이옵니다."

"오."

의자가 주름진 얼굴을 들고 사내를 보았다. 그러나 감동이 일어나지 않는 표정이다. 고채진은 농부 행색이었다. 추위를 막으려고 개털 덧옷을 껴입고 발에는 가죽신을 신었다. 헐렁한 덧옷 속에는 무기를 숨겨 놓았을 것이다. 고채진이 두 손을 모은 채 말을 이었다.

"이곳까지 오는 데 한 달 반이 걸렸습니다. 대왕, 이렇게 용안을 뵈오니 감개가 무량하옵니다."

고채진의 두 눈에서 눈물이 흘러내렸다. 그때 의자가 옆쪽에 놓인 나무 걸상에 앉았다. 그러고는 지팡이를 두 손으로 짚어 상반신의 균형을 잡고 고채진을 보았다.

"장덕이었나?"

"예, 대왕."

"패망 전에는 무엇을 했나?"

"예, 남방 개진성의 수문장을 했습니다."

"전쟁에는 참여를 못 했구나."

"예, 대왕. 그래서 부흥군에 투신했습니다."

"한 달 반 전에 백제를 떠났다니, 그때의 상황이 어떻던가?"

"사비도성을 공략하다가 물러났는데 신라 왕이 대군을 거느리고 왔지만 일진일퇴 중이었습니다."

"……."

"그러나 나날이 부흥군에 백제 군민(軍民)이 가담하여 결코 사기는 줄지 않았습니다, 대왕."

고채진의 목소리에 열기가 띠었다.

"부여복신은 오직 영토를 회복하여 대왕을 다시 모시는 것이 소원이라고 했습니다. 그 말씀을 전해 드리려고 소인을 보낸 것입니다."

"……."

"지금은 당장 모실 곳이 변변치 않으나 사비도성을 회복하면 꼭 모시겠다고 했습니다. 그때까지 옥체를 보중해주시기를 간절히 바란다고 했습니다."

"그 말을 전하려고 왔느냐?"

"예, 그리고……."

머리를 든 고채진이 품에서 어린애 머리통 절반만 한 가죽 주머니를 꺼내 두 손으로 바쳤다. 묵직한 무게로 보였다.

"부여복신이 이것을 대왕께 드리라고 했습니다."

"뭔가?"

"사금입니다. 필요할 때 쓰시라면서 다음에 또 보내 드린다고 했습니다."

"허어."

"그리고 대왕."

사금 자루를 의자의 발밑에 내려놓은 고채진이 다시 입을 열었다.

"부여복신이 대왕의 뜻을 받들어 부흥군을 지휘한다는 친필 서한 한 장만 써 주시면 부흥군에 1백 배의 힘이 될 것이라고 했습니다."

"……."

"이곳 감시군 군관도 매수해 놓아서 내일 미시(오후 2시)경에 다시 이곳으로 오시기만 하시면 소인이 받아 가는 데 지장이 없습니다."

"……."

"대왕, 복신은 대왕의 친필서를 간절히 기다린다고 했습니다."

"풍은 어떻게 되었느냐?"

불쑥 의자가 물었으므로 고채진의 눈동자가 흔들렸다. 그때 다시 의자가 물었다.

"중 도침은 어떻게 되었느냐?"

"예, 그것이……."

고채진이 입안에 고인 침을 삼켰을 때 의자가 긴 숨을 뱉었다.

"가서 복신한테 전해라."

"예, 대왕."

"더 이상 백성을 사지(死地)로 끌어들이지 말라고, 백제는 더 이상 부여씨의 주머니 속 물건이 아니라고 전해라."

의자가 지팡이를 짚고 자리에서 일어섰다.

"차라리 김춘추가 빨리 안돈시키는 것이 낫다."

군사 둘이 병이 났다. 하나는 지난번 싸움 때 다친 다리의 상처가 덧났고 하나는 식욕을 잃고 말라가더니 말을 탈 기운도 없어졌다. 눈에 발이 묶여 산기슭의 주막에 일행 18명이 사흘째 묵고 있던 중이었다. 사청이 조장들을 둘러보며 말했다.

"다 끌고 갈 필요는 없다. 건강한 군사만 데려가도록 하자."

"그러는 게 좋겠습니다."

마석이 먼저 말했다.

"나머지는 이곳에서 기다리기로 하지요."

산기슭의 주막은 외딴 집인 데다 주인이 백제 담로였던 광릉군에서 이주해 온 백제계다. 음식이 백제식이어서 은근히 떠보았던 사청이 본색을 밝혔더니 눈물바람을 하면서 반겼다. 믿고 묵을 만한 곳이었다. 이윽고 다시 사흘 후에 일행은 11명으로 줄어들었다. 주막에는 조장 좌군(佐軍) 원곤을 포함한 7명이 남아서 사청 일행이 돌아올 때까지 기다리기로 했다.

"그놈의 마적단 때문에 길을 돌아가다가 눈까지 맞아서 8일 가깝게 노정이 길어졌소."

마석이 투덜거리며 말했다. 일행은 눈밭을 헤치며 북상하는 중이다. 당의 도성 장안성은 천년 고도(古都)다. 모든 길이 장안성을 향해 뚫려 있었기 때문에 다소 돌더라도 길 찾기는 쉽다. 저녁 술시(8시) 무렵, 눈길이지만 하루 1백 리(50km)씩 걸어 사흘 만에 하남현에 도착한 일행은 여관을 향해 다가갔다. 이제 대륙 깊숙이 들어온 셈이어서 거리는 한인(漢人) 풍속으로 바뀌었고 홍등가가 즐비했다. 그때 앞장서 가던 연중이 몸을 돌려 사청에게 다가왔다.

"앞쪽에 관인(官人) 행차가 옵니다. 말에서 내리는 것이 좋겠습니다."

이미 일행은 거리 깊숙하게 들어선 참이어서 돌아갈 수도 없는 상황이다. 사청이 마석에게 명령했다.

"말에서 내려 떨어져라."

마석의 신호를 받고 모두 말에서 내려 제각기 말을 끌었다. 거리는 제법 행인이 많았고 말을 탄 행인과 우마차, 짐말 등에 물건을 실은 장사꾼 등으로 혼잡했다. 하남현이 장안성으로 통하는 요지(要地)이기도 해서 사방의 물산이 모이기 때문이다. 사청도 말고삐를 잡고 길가로 붙어 걸었는데 과연 일대의 고관 행차가 다가왔다. 붉은 기를 앞세운 기수가 창기병 둘의 호위를 받고 앞장을 섰는데 붉은 비단에 황금색 글씨로 쓴 '정동대장군(征東大將軍) 유정원'이라는 글자가 선명했다. 깃발을 본 사청이 숨을 들이켰다. 유정원은 신구도행군대총관(神丘道行軍大摠管) 소정방의 부장(副將)이 아니었던가? 곧 기마군 20여 명이 기수의 뒤를 따랐고 금박 갑옷을 입은 장군 모습이 드러났다. 장군은 옆을 따르는 문관(文官) 차림의 사내와 이야기를 하는 중이었는데 자못 위풍이 당당했다. 사청은 상인(商人) 차림으로 말고삐를 쥔 채 외면하고 지나는 중이었지만 옆을 지날 때 유정원의 목소리가 들렸다.

"내가 항주 태수로 부임하러 가는 길에 그대의 청을 들어주기로 하지."

"고맙습니다, 대감."

문관이 마상에서 허리를 굽혀 절을 했다. 문관의 뒤쪽으로 관리 10여 명이 말을 타고 따르는 것을 보니 하남현의 현령인 모양이다. 유정원을 마중 나와서 모시고 들어가는 길인 것이다. 유정원 일행이 지나가자 사청이 옆으로 다가온 마석에게 말했다.

"저놈이 대왕을 포로로 잡은 놈이다. 이것이 무슨 인연인가?"

당연히 당의 영토에 들어왔으니 만난 것이지만 사청의 얼굴에 비장감이 섞였다. 머리를 돌린 사청이 옆으로 다가온 연중에게 말했다.

"대왕을 뵙는 것이 조금 늦어진들 어떠냐? 저놈이 어디에 묵는지 알아보고 오너라."

"예, 나솔."

연중이 서둘러 유정원의 뒤를 따라 돌아갔을 때 사청이 발을 떼었다.

"나솔, 저놈이 항주 태수로 영전이 된 모양이오."

마석이 옆으로 다가서서 말을 이었다.

"일행이 관인(官人)까지 합해서 1백여 명이 됩니다. 하남현에서 대살육이 일어나겠소."

"내륙의 한인들도 피 냄새를 실컷 맡아 봐야지."

사청이 앞쪽 여관 마당으로 들어서며 말했다. 정탐꾼을 시켜 미리 조사해 놓은 여관이다. 여관에는 길주에서 하북으로 가는 장사꾼이라고 했다.

"내가 백제 왕 의자를 잡았지."

술만 마시면 유정원이 버릇처럼 내놓은 말이 이것이다. 그리고 듣는 사람들은 그 말에 현혹되는 것이다. 오늘도 유정원이 하남현 현령 협성을 상대로 반년 전의 무용담을 늘어놓고 있다. 밤, 자시(12시)가 되어 가고 있지만 아직 유정원은 눈동자도 흐려지지 않았다.

"의자가 내 앞에서 무릎을 꿇더니 제발 죽이지만 말라고 빌면서 울더군."

유정원이 거드름을 피우면서 말했다. 거짓말이다. 처음에는 눈물만 흘렸다고 했다가 차츰 변해서 지금은 이렇게 되었다. 협성이 놀란 듯 눈을 크게 떴다.

"의자가 강한 성품인 줄 알았는데 울다니요? 놀랍습니다."

"대당(大唐)의 위엄에 기가 꺾인 게야."

"과연."

"웅진성으로 도망친 의자는 대당군의 기세에 압도당한 상태였어."

어깨를 편 유정원이 한 모금에 술을 삼켰다. 좌우에 붙어 앉은 무희 두 명은 각각 유정원의 다리와 어깨를 번갈아 주무르고 있다. 40대 장년인 유정원은 기골이 컸고 목소리도 우렁차서 장수 재목이다. 그러나 지난 대백제전에서는 단 한 번도 칼을 뽑아 겨눈 적이 없다. 웅진성 싸움에서도 자진해서 병참을 맡아 전선을 피했기 때문에 의자왕의 얼굴은 포로로 끌려갈 때 보았다. 그때 협성이 물었다.

"장군, 백제 장군 계백이 황산벌에서 10배의 신라군을 네 번 싸워 네 번 물리친 이야기가 대륙에 널리 퍼졌습니다. 장안성에서는 노래로도 불린다던데 계백의 백제군을 맞아 보셨습니까?"

"그놈이 나를 피해서 신라군과 부딪친 거야."

"그렇습니까?"

"내가 기마군 5천을 이끌고 쫓았는데 동쪽으로 도망쳐서 김유신의 신라군을 만난 것이지."

"그랬었군요."

"나하고 만났다면 한 번 싸움에 전멸했겠지."

"여부가 있겠습니까?"

앞쪽에서 어지럽게 춤을 추던 무희가 다가와 유정원의 잔에 술을 따르고 돌아갔다. 악공이 다시 피리를 불고 북을 쳤다. 이번에는 청아한 목소리로 가수가 노래를 부른다. 현청의 청은 주연장으로 변해서 유정원의 수행원 10여 명과 현령 협성을 보좌하는 관리 10여 명까지 20여 명이 둘러앉아 있다. 그때 협성이 코를 킁킁거리더니 옆에 앉은 별장을 보았다.

"이게 무슨 냄새냐?"

"예? 이게……."

별장이 숨을 들이마셨지만 취한 터라 제대로 냄새가 맡아지지 않는다. 그때 앞쪽 악공이 북을 내던지고 일어섰다.

"불이야!"

유정원이 눈을 치켜떴지만 놀란 것 같지는 않다. 그때 악공 뒤쪽에서 불길이 솟아올랐다. 그러더니 곧 역한 냄새가 맡아졌다.

"앗! 불이다!"

이곳저곳에서 관리들이 일어섰고 무희와 가수들이 제각기 한 곳으로 몰렸지만 비명이나 외침은 일어나지 않았다. 고관(高官)의 주연이기 때문이다. 그러나 주연 주최역인 협성은 당황했다. 벌떡 일어선 협성이 소리쳤다.

"불길이 번진다! 빨리 밖에다 알려라!"

그러고 보니 청의 사방이 꽉 닫힌 상태다. 본래 청에는 앞뒷문이 있었는데 겨울이어서 뒷문은 잠가 두고 앞문만 통행시켰기 때문이다. 사방 1백자(30m) 규모의 청에 문 하나가 나 있는 셈이다. 이곳은 사방이 두꺼운 나무 벽인데 통풍구로 벽 위쪽에 반 자(15cm)가량의 바람 길을 만들어 놓았을 뿐이다.

"앗! 벽이 탄다!"

유정원의 수행원 하나가 버럭 소리치면서 앞문으로 내달렸다. 이미 닫힌 문 앞에는 서너 명의 현청 관리들이 모여 서 있었는데 문이 열리지 않는 모양이다. 밖에 대고 소리를 치고 있었는데 아직 절박한 표정들이 아니다. 그것은 사각형 청의 오른쪽에만 불길이 붙었기 때문이다. 그것도 밖에서 불이 붙었는지 아래쪽과 위쪽 틈으로 불길이 비치고 있다.

"비켜라!"

버럭 소리친 수행원이 관리들을 젖히고 닫혀 있는 나무문에 어깨를 세게 부딪쳤다. 그러나 나무문은 꿈쩍도 하지 않았다. 그때서야 안쪽 상석에 앉은 유정원이 자리에서 일어섰다.

"수상하다! 함께 문을 부숴라!"

유정원이 소리치자 모두 일어섰다. 그 순간 이제는 오른쪽 벽 틈으로 불길이 스며들기 시작했다. 그때 누군가 소리쳤다.

"우리를 화장시키려고 그런다!"

청 앞에 번을 선 군사 10여 명을 베어 죽이고 나서 앞뒷문을 통나무로 고인 후에 사방에 기름을 붓고 불을 질렀으니 솥 안에 고기를 넣고 삶는 것이나 같았다. 현청 안인 데다 대장군을 모신 현령의 연회장을 누가 기습하리라고 예상이나 했겠는가? 그러나 백제군의 손실이 또 발생했다. 청 앞을 경비하던 유정원의 수하 군사들을 기습하다가 둘이 전사한 것이다. 제각기 제 몫으로 하나씩을 베어 죽이고 당했지만 사청의 백제군은 아홉으로 줄었다.

"벽이 허물어집니다."

마석이 말했을 때는 청에 불길이 오른 지 한 식경(30분)쯤 지났을 때다. 청 밖은 주민까지 수백 인파가 모여 제각기 물을 끼얹거나 흙까지 날라 와 뿌리고 있었지만 바람을 우산으로 막는 꼴이다. 불기둥이 솟아올라 청이 횃불 자루처럼 타오르기 시작하자 모두 멀찍이 물러서서 구경만 하는 상황이다. 그런데 청 안에서도 가만있지를 않았던 것이다. 모두 일심으로 힘을 모아 벽을 부수기 시작했는데 그것은 사청이 앞뒷문에 통나무 등을 잔뜩 쌓아 놓고 기름을 부어서 가장 먼저 불을 지른 터라 밖의 군중들도 접근하지 못했기 때문이다. 그래서 안의 무리가 벽을 부순 것이다. 그때 함성이 일어났다. 불길 속에 옆쪽 벽 일부분이 허물어졌고 군중이 몰려갔다. 사청이 재빠르게 그쪽으로 이동하자 백제군이 뒤를 따른다. 백제군은 군중의 뒤쪽 어둠 속에서 청을 지켜보고 있었던 것이다. 사청이 자리 잡은 곳은 창고의 지붕 위다. 이곳에서 청까지는 150여 보, 지붕 위에 서 있었기 때문에 부서진 청의 벽도 뚜렷하게 보였다. 사청이 시위에 살을 먹이고는 부서진 벽을 향해 활을 겨누었다. 창고 안에서 필사적으로 움직이는 사내들이 보였다. 불길을 뚫고 나오려는 것이다. 다음 순간 사청의 손이 시위에서 떼어졌다.

"쌕!"

옆에 선 마석과 호리는 화살이 바람을 가르는 소리를 들었다.

"아앗!"

무너진 벽 사이로 보였던 사내 하나가 뒤로 벌떡 넘어진 순간 군중들이 놀란 외침을 뱉었다.

"악!"

이번에는 화재 진압을 지휘하던 현의 관리 하나가 뒤통수에 화살이 박혔다.

"적이다!"

군사 하나가 소리쳤고 군중들이 사방으로 흩어지기 시작했다. 그 순간 소리친 군사가 다시 벌렸던 입안에 화살이 박혔다. 목 뒤로 화살이 빠져 나왔고 군사가 벌떡 넘어졌을 때 군중은 비명을 지르며 흩어졌다. 마치 돌멩이에 고기 떼가 흩어지는 것 같다. 사청이 다시 시위에 살을 겨누었다. 벽이 뚫렸으니 유정원은 반드시 밖으로 뛰어 나오려고 할 것이다. 이제 다른 쪽 벽을 뜯기에는 시간이 부족하다. 청은 불덩이가 되어 가고 있었는데 지붕에도 불길이 옮겨 갔다. 안은 지옥이 되어 가고 있을 것이다. 그때 수행원 서너 명에게 둘러싸인 사내가 벽 사이로 모습을 드러내었다.

"쌕!"

150보 거리다. 날아간 화살이 우측 사내의 이마를 꿰뚫고 떼어 놓았다.

"쌕!"

두 번째 화살이 날아가 우측 사내가 부축하고 있던 유정원의 목을 관통했다. 유정원이 목에 박힌 화살을 두 손으로 움켜쥐었다.

"쌕!"

세 번째 화살이 날아가 좌측 사내의 가슴에 박히자 유정원은 혼자가 되었다. 불구덩이에 혼자 서 있는 것이다. 뒤쪽 사내는 안쪽 불구덩이로 돌아간 모양이었다. 그때 다시 화살을 겨누면서 사청이 말했다.

"대왕의 한(恨)이다."

"쌕!"

네 번째 날아간 화살이 유정원의 두 눈 사이에 박혔다. 유정원이 뒤로 넘어지면서 불길에 가려 보이지 않았다.

"화장을 잘해 주었습니다."

옆에 서 있던 마석이 가라앉은 목소리로 말했다.

"저놈에게는 분에 넘치는 일이오."

사청이 몸을 돌려 지붕에서 뛰어내렸고 백제군도 뒤를 따랐다. 그날 밤 사청 일행 9인은 하남현을 떠나 밤길을 간다. 정동대장군 겸 항주 태수 유정원과 하남현령을 청에 가두고 화장시킨 터라 내일 아침이면 하남현에 대소동이 일어날 것이기 때문이다. 다음 날 아침 사시(10시)가 될 때까지 북상했다가 골짜기에서 잠시 쉰 일행은 장안성을 향해 서쪽으로 방향을 틀었다. 이제는 서진(西進)이다. 엿새간을 역참과 검문소를 피해서 다시 100여 리를 주파한 일행은 장안성에서 2백여 리 떨어진 꽤 큰 성안 거리에 닿았다.

"이곳에서 옷을 갈아입고 대오를 정비한다."

사청이 여덟 군사를 거느렸을 뿐인데도 대군(大軍)을 이끄는 장수처럼 말했다.

"대왕이 계신 곳이 이제 사흘 길이야. 먼저 척후를 보내야겠다."

척후를 선봉군처럼 여기는 것 같다.

저택으로 돌아간 의자는 그날 이후부터 외출을 하지 않았다. 사금 주머니도 받지 않고 돌아왔기 때문에 장덕(將德) 고채진은 기다리지 않을 것이었다. 부여복신은 당시 65세, 의자왕의 사촌 아우였으니 왜에서 돌아온 왕자 풍이 조카가 된다. 그러나 복신은 의자왕이 왕좌에 있을 때 배척되어 5품 한솔(扞率) 직에 머물렀다가 패망을 맞았다. 복신이 의자로부터 배척을 당한 것은 욕심이 많았기 때문이다. 그런 복신이었으니 풍에게나 자신에게 애써 이룬 업적을 물려줄 리가 없다.

"나리, 오늘은 나가지 않으시오?"

집사 왕천이 마당에 서서 떠들썩한 목소리로 물었으므로 의자가 시선을 주었다. 지나던 여종이 키득키득 웃었다. 의자의 시선을 받은 왕천이 어깨를 폈다.

"나가서 시장을 한 바퀴 돌고 오시오."

그때 의자가 마루 끝으로 나가 서서 왕천을 내려다보았다.

"네가 나가서 별감을 데려오너라."

그 순간 왕천이 숨을 죽였고 마당에 있던 여종이 이쪽을 보았다. 중문 앞에 서 있던 하인도 움직임을 멈추었다. 지금까지 의자는 '해라'를 하지 않았다. 집사가 시키는 대로 고분고분해서 의자가 종 같았고 집사가 상전 같았다. 그때 의자가 눈을 치켜떴다.

"별감한테 전(前) 백제 왕 의자가 급히 전할 말이 있다고 해라. 이 말을 전하지 않는다면 네 놈은 오늘 중으로 목이 잘릴 것이다."

"무, 무슨 말이오?"

반쯤 기가 꺾인 왕천이 더듬거리며 물었을 때 의자가 발을 굴렀다.

"네 이놈! 내 비록 망국의 왕으로 포로가 되었지만 네 놈 목 하나 자르지 못할 것 같으냐! 별감을 당장 불러오지 못하겠느냐!"

키가 한 뼘은 줄어든 것 같은 왕천이 입도 뻥긋 못 하고 몸을 돌리더니 반 식경도 안 되어서 별감 우중문이 휘하 비장 둘을 데리고 들어왔다. 그때까지 마루 끝에 서 있던 의자를 보자 우중문이 마당에서 묻는다.

"무슨 일이오?"

우중문은 40대 중반의 무장으로 동북면병마사 휘하의 별장을 지냈으니 고구려와 여러 번 싸웠을 것이다. 동방의 강국 고구려는 수 제국에 이어 당 제국과 어깨를 겨루었다. 우중문이 묻자 의자가 정색했다.

"별감, 그대가 집사에게 나를 함부로 대하라고 시켰는가?"

우중문의 시선을 받은 의자의 눈빛이 강해졌다.

"별감, 내, 지금까지 그대에게 존대를 했지만 지금부터는 하대를 하겠다. 대답해라."

그때 우중문이 어깨를 치켰다가 내리면서 대답했다.

"그런 일 없소이다."

"패망한 왕국의 왕을 포로로 잡아 가두고 집사를 시켜 괴롭힌다면 후세의 웃음거리가 되지 않겠느냐? 그럼 웃음거리가 되는 사람은 누구겠느냐?"

"일이 잘못된 것 같소이다."

"폐하께서는 내가 죽으면 백제 왕으로 장례를 치러주겠다고 했다. 후세에 자비로움을 알리실 계획이었다."

"집사를 베어 죽이리까?"

"그대의 수족이 아니라는 증거를 내가 보아야겠다."

머리를 숙여 보인 우중문이 뒤에 선 비장에게 말했다.

"집사를 끌고 오라."

집사를 끌고 말고 할 것도 없다. 바로 위쪽 중문 옆에서 하인들과 함께 서서 듣고 있던 왕천은 이미 새파랗게 질린 얼굴로 굳어 있었기 때문이다. 비장이 왕천의 목덜미를 잡고 우중문 앞으로 끌고 왔을 때 의자가 말했다.

"별감, 그자의 목숨을 나한테 맡겨 주게."

"무슨 말씀이오?"

"별감이 지시한 것이 아니라면 그놈이 무지해서 한 소행이니 내가 지금까지의 수모를 잊으면 되지 않겠는가?"

"그렇다면 전왕(前王)께 맡기지요."

그러고는 우중문이 몸을 늘어뜨리고 서 있는 왕천의 뺨을 주먹으로 내질렀다. 왕천의 체격이 컸지만 전장에서 단련된 장수의 주먹을 견딜 수가 있겠는가? 단매에 왼쪽 이가 10여 대 부러진 왕천이 마당에 뒹굴었다. 기가 질려서 신음도 뱉지 못한 왕천이 어기적거리며 엎드렸을 때 우중문이 발로 굴리면서 호통을 쳤다.

"이놈, 지금부터 네 목숨을 백제 전왕께 맡기겠다. 전왕께서 네놈을 때려 죽이셔도 나는 상관하지 않는다."

우중문이 이제는 절도 있게 의자를 향해 군례를 해 보이더니 비장들을 끌고 중문을 나갔다. 그때 마당에 엎드려 있던 왕천이 의자를 올려다보았다. 입에서는 피가 흐르고 있다.

"대왕, 목숨을 살려 주신 은혜는 잊지 않겠소이다."

"조심해야 될 것이다."

의자가 이맛살을 모으고 왕천을 내려다보았다.

"만일 나한테 조그만 불상사가 있더라도 사람들은 네가 나한테 해코지를 한 것이라고 생각하지 않겠느냐?"

"예에."

의자가 문득 소리 죽여 숨을 뱉었다. 무지한 집사 한 놈을 데리고 희롱하는 자신이 씁쓸했기 때문이다.

"대왕, 주무십니까?"

침소 밖에서 낮게 부르는 소리에 의자가 눈을 떴다. 깊은 밤, 자시(12시)가 넘었을 것이다. 저택은 정적에 덮였지만 의자는 잠을 이루지 못하고 뒤척이던 중이었다. 그때 다시 문밖에서 목소리가 울렸다.

"대왕, 소인은 달솔 계백의 위사장 나솔 사청이 보낸 사자이옵니다."

놀란 의자가 몸을 일으키면서 물었다.

"무엇이? 계백? 위사장 사청?"

침상에서 일어선 의자가 곧장 문으로 다가가 문을 열었다. 사내 하나가 문 앞에 무릎을 꿇고 앉아 있다가 머리를 들었다. 겨울이어서 당인(唐人) 차림으로 토끼털 저고리에 머리에는 검정색 두건을 쓰고 있었는데 의자를 보더니 두 손을 마룻바닥에 짚고 엎드렸다.

"신(臣) 윤행이 대왕을 뵙습니다."

"네가 계백의 휘하였다고?"

의자가 물었더니 사내는 머리를 들었다.

"계백의 위사장 나솔 사청의 휘하입니다."

"나솔 사청이 살았느냐?"

"예. 달솔께서 너만은 살아 백제 무사의 씨를 남기라면서 명천(冥川)

을 건너가게 하셨습니다."

"오."

탄식한 의자가 주위를 둘러보더니 비켜섰다.

"들어오너라."

윤행이 일어서더니 허리를 굽힌 채 방 안으로 들어섰고 의자가 주위를 둘러보고는 문을 닫았다. 안채는 비었다. 하녀 둘의 방은 마당 건너편이다. 다시 마룻바닥에 엎드린 윤행이 머리를 들고 의자를 올려다보았다.

"대왕, 나솔 사청이 대왕을 뵈려고 오는 중입니다."

"나를 보려고?"

의자가 눈을 가늘게 떴다.

"며칠 전에도 복신이 보낸 사자가 다녀갔다. 장덕이라던데."

숨을 들이켠 윤행을 향해 의자가 쓴웃음을 지어 보였다.

"나한테 사금 덩어리를 주면서 증표를 써 달라고 하더구나. 너도 아느냐?"

"모릅니다."

"사청은 내가 알지. 황산벌로 출진 전에 계백과 함께 만났다."

길게 숨을 뱉은 의자가 물었다.

"무슨 일로 바다 건너 이곳까지 왔느냐?"

"예, 대왕께 말씀드리라고만 했지 목적은 말하지 않았습니다."

"사청이 군사를 이끌고 있느냐?"

"열하나가 남았습니다."

"열하나?"

"예. 백제 땅에 있을 때는 3백여 명이었지요."

"복신이나 도침, 흑치상지 무리에는 끼지 않았느냐?"
"복신에게 갔다가 떨어져 나왔지요."
"왜?"
"모릅니다, 대왕."
머리를 끄덕인 의자가 물었다.
"언제 오느냐?"
"사흘 후 밤에 들른다고 했습니다."
"보고 싶구나."
의자가 먼 곳을 보는 것처럼 앞쪽으로 시선을 주었다.
"백성들은 어떻게 되었느냐?"
의자가 묻자 윤행이 숨을 들이켜고 나서 대답했다.
"짐승 무리처럼 산으로 바다로 도망치고 있습니다."
윤행이 말을 이었다.
"신라와 당의 노예 사냥꾼들이 잡아가는 바람에 병약한 백성은 굶어 죽고, 잡혀도 죽으며 어린아이는 데려가지 못할 것 같으면 패대기를 쳐 죽입니다."
"……."
"백성들이 산으로 골짜기로 또는 바다 건너 도망을 치는 바람에 논밭은 황무지가 되었습니다."
"……."
"부흥군이 이곳저곳에서 일어나 손에 연장을 들 만하면 모두 병사가 되어서 싸우지만 부흥군도 갈라져서 서로 모함하고 싸웁니다."
"……."
"왜에서 풍 왕자가 왔다고 저희들도 들었지만 싸움에 패했다고 합니다."

"……."

"당(唐)보다 신라군이 더 혹독해서 수백 년 원한을 갚는다고 하니 모두 고향을 떠나고 있습니다."

그때 의자가 길게 숨을 뱉었다.

"김춘추가 그럴 인간은 아니다."

이번에는 윤행이 입을 다물었고 의자의 말이 이어졌다.

"부흥군이 백제 백성을 살리려는 것이냐? 아니면 백제 왕조를 다시 일으키려는 것이냐?"

윤행의 시선을 받은 의자의 얼굴에 쓴웃음이 떠올랐다.

"이제 백제 왕국은 필요 없다. 부흥군에게 그걸 알려줘야겠구나."

의자가 윤행에게 말했다.

"마침 잘 왔다. 내가 기다린다고 전해라."

"예, 대왕."

이마를 방바닥에 붙인 윤행이 눈물이 고인 눈으로 의자를 보았다.

"대왕, 옥체 보중하시옵소서."

"오냐. 너희들도 목숨을 아끼도록 해라."

자리에서 일어선 윤행이 뒤로 물러나 문을 열더니 바람처럼 사라졌다. 의자는 윤행이 떠난 후에도 한동안 자리에 앉아 움직이지 않았다. 다시 저택 안에 무거운 정적이 덮였다.

"이게 의자의 신발이오."

왕천이 이가 절반이 빠진 터라 바람이 새는 소리로 말했다.

"포로로 잡혀올 때 신어서 뒤가 헤어졌지만 왕이 신는 신발인 줄은

다 알 거요."

과연 신발은 금실로 꿰맨 데다 발등에 봉황 자수까지 해놓았다. 소가죽으로 만들었고 바닥은 질긴 심줄로 세 겹이나 붙였다. 그러나 먼 길을 걷는 바람에 바닥의 심줄은 다 닳았고 금실이 떼어져 안이 드러났다. 그래서 의자가 신지 못하고 둔 신발을 왕천이 훔쳐온 것이다. 왕천이 신발을 고채진 앞에 밀어놓았다.

"의자가 갖고 있는 물건 중 이것이 그래도 가장 값나가는 것 같소. 옷가지는 다 찢어지고 헤어져서 걸레로도 못 쓸 것들이오."

"할 수 없지."

머리를 끄덕인 고채진이 소매에서 금화 2개를 꺼내 방바닥에 놓았다.

"두 냥 받게."

"이보시오."

말이 절반은 빠진 이빨 밖으로 새나가서 무슨 말인지 반만 이해가 되었지만, 왕천이 목소리를 높였다.

"이 신발이 금화 두 냥 가치밖에 안 된단 말이오? 열 냥은 내어야 돼."

"그럼 그만두지."

고채진이 신발을 왕천 앞으로 밀고 금화를 도로 집었다.

"나도 더러운 신발 가져가지 않겠네. 저걸 누가 돈 주고 사겠나?"

"그럼 그만둡시다."

신발을 제 앞으로 끌어당긴 왕천이 쓴웃음을 지었다.

"내가 모를 줄 알고 그러시는 것 같은데 당신 머릿속을 다 안다고."

"알면 말해 봐."

고채진이 웃음 띤 얼굴로 왕천을 보았다.

"네까짓 놈이 뭘 안다는 거냐?"

"그 신발을 갖고 의자왕의 증물이라면서 부흥군 병사들에게 내보일 거지?"

왕천이 흉한 입안을 내보이며 웃었다.

"내가 당신이 의자한테 한 말을 다 들었다고. 부흥군에게 보일 증표를 달라고 했지?"

"……."

"복신이 그걸 내보이면서 백제 왕이 되려는 거지? 의자왕이 자리를 물려줄 것 같아? 천만의 말씀. 나 같은 놈도 다 알겠는데 무슨……."

그 순간이다. 왕천이 입을 딱 벌렸는데 소리가 밖으로 새어나가지 않았다. 앉은 채로 고채진이 후려친 칼날이 왕천의 목을 잘랐기 때문이다. 성대가 잘려나간 왕천이 비명을 질렀지만 대신 피가 뿜어졌다. 목이 잘리면서 머리통이 훌떡 뒤로 젖혀진 왕천의 몸이 곧 뒤로 뒹굴었고 고채진은 칼을 내려놓으면서 신발을 집었다. 마을 끝 쪽의 민가 바깥채 방 안이다. 고채진도 이곳에서 열흘째 묵고 있었는데 왕천은 진즉 매수해 놓은 터라 자주 들락거렸다. 방 안에 피비린내가 진동했으므로 고채진이 신발을 옷가지에 싸면서 혼잣소리를 했다.

"신발 제사를 지냈구나."

그때 방문이 열렸으므로 고채진이 머리를 돌렸다. 그 순간 고채진이 숨을 들이켰다. 사내 둘이 들어선 것이다. 둘 다 손에 칼을 쥐고 있었으므로 고채진이 방바닥에 내려놓은 칼을 쥐면서 몸을 날렸다. 바람 같은 동작이다. 강도 한두 놈쯤은 당해낼 수가 있다. 그때 앞에 선 사내가 말했다.

"칼을 던져라. 그렇지 않으면 단칼에 베어 죽일 테다."

순간 고채진이 몸을 굳히고는 사내를 보았다. 사내는 백제어로 말한 것이다. 사내의 눈빛을 본 고채진이 칼끝을 내리더니 곧 손에서 칼이 떨어졌다. 사내의 검력(劍力)도 강했지만 상대는 둘이다. 그리고 밖에서도 인기척이 났기 때문이다. 그때 사내가 발끝으로 왕천의 시체를 벽쪽으로 가볍게 밀었다. 목이 떨어진 왕천의 시신이 벽으로 굴러가 멈춰서자 방에 공간이 조금 만들어졌다. 그때 고채진은 두 사내 뒤에 나타난 사내를 보았다. 젊다. 그러나 건장한 체격, 장신이다. 그리고 가라앉은 눈빛. 그때 사내들이 좌우로 비켜섰고 앞으로 다가선 사내가 고채진에게 물었다.

"네가 장덕 고채진이냐?"

직위와 이름이 불린 고채진이 눈을 치켜떴다. 그러나 어쩔 수 없다. 기(氣)가 꺾였지만 고채진이 안간힘을 썼다.

"그렇소. 그대는 누구시오?"

"나는 나솔 사청, 달솔 계백 휘하의 위사장으로 황산벌 싸움에 나갔다."

순간 고채진의 어깨가 늘어졌다. 사청도 복신에게 잠깐 머물다가 떠나갔다. 고채진은 그때 후군에 있었기 때문에 사청을 보지 못했다. 고채진이 머리를 숙여 상관에 대한 예의를 보였다.

"장덕 고채진이 나솔을 뵙소."

"대왕의 친필 서한을 받으려고 왔느냐?"

"그렇습니다. 그러면 부흥군의 의기가 솟구칠 것이오."

"복신의 의기가 아니고?"

사청이 묻자 고채진의 눈빛이 강해졌다.

"상잠장군(霜岑將軍)은 백제군의 영웅이오. 나솔은 말을 삼가시오."

고채진의 목소리가 떨렸다.

"대백제를 부흥시키려는 일념만 있을 뿐이오."

"너에게 증표를 가져오라고 한 이유를 듣자."

사청이 말하자 고채진이 당당하게 말했다.

"중 도침이 의자대왕의 밀지를 받았다면서 군사들을 현혹시키고 있기 때문이오."

"도침이?"

"그렇소. 의자대왕이 써주신 밀지를 보여주고 있소."

"그래서 너희들도 밀지나 아니면 신발이라도 가져가려는 것이냐?"

다그치듯 사청이 묻자 고채진이 눈을 치켜떴다.

"어쩔 수 없소. 그런 무식한 중놈한테 백제 부흥군을 맡길 수가 없었던 것이오."

"복신도 썩었다. 부흥군은 백제 백성을 마지막 하나까지 다 죽이려는 것이다."

"신라나 당의 노예가 되어 팔려가는 것보다 부흥군으로 싸우다가 죽겠다는 백성이 많소."

그때 옆에서 듣던 마석이 나섰다.

"나솔, 이 미친놈을 죽이고 뵈러 갑시다."

"난 미치지 않았어. 백제를 위해서는 무슨 짓이든 하려는 것뿐이다."

고채진이 말을 뱉었을 때 호리가 칼끝을 고채진의 턱밑에 대었다.

"이놈은 무식하거나 아주 교활하거나 둘 중의 하나올시다. 그런데 제 생각은 이놈은 무식을 가장한 아주 교활한 놈 같소."

"네 말투를 들으니 왜인이구나."

호리가 유창한 백제어를 썼는데도 고채진이 알아맞혔다. 고채진이 쓴웃음을 짓고 말했다.

"네가 상관할 일이 아니다."

"신발을 가져가려는 것은 네 생각이냐?"

사청이 묻자 고채진이 태연히 대답했다.

"그렇소."

"사금은 어디서 가져왔느냐?"

그 순간 고채진이 머리를 들었다, 오늘밤 왕천과 사금 이야기는 하지 않았기 때문이다.

"네가 대왕께 드리려고 했던 사금 말이다."

"그걸 어떻게 아시오?"

"대왕께 들었다."

고채진의 시선을 받은 사청이 말을 이었다.

"부여복신은 욕심이 많아서 대왕으로부터 배척당한 위인이었다는 것을 알고 있느냐?"

"간신들의 모함 때문이오."

그때 사청이 한 걸음 물러서면서 호리에게 말했다.

"부질없다. 베어라."

그 순간을 기다렸던 것처럼 호리가 쥐고 있던 칼끝 그대로 고채진의 심장에 박았다. 눈을 부릅뜬 고채진을 향해 사청이 말했다.

"대왕이 계신 옆에서 네 목숨이 끊어진 것을 행운으로 받아라."

고채진이 늘어지자 사청이 몸을 돌리면서 말했다.

"집에 불을 지르고 나오도록."

잠시 후에 사청과 마석, 호리가 불길에 싸인 민가를 뒤로 하고 길을 걷는다.

"내일 대왕을 뵙기로 하자."

사청이 가라앉은 목소리로 말했다.

"대왕이 이곳까지 끌려오셨는데도 백제와의 인연이 끊이지가 않습니다."

마석이 말을 받았고 셋은 말없이 발을 떼었다. 의자왕의 제위 20년에 백제가 멸망했다. 의자왕은 서자(庶子) 41명을 두었는데 의자왕 20년, 서자 41명을 모두 백제 최고위 관등인 좌평(佐平)에 봉하고 내외관 22부의 장리는 물론이고 방령에도 임명했다. 대성팔족의 기반을 무시한 처사였지만 그만큼 반발도 많았다. 해동의 강국 백제가 흔들리기 시작한 것이다. 의자왕 재위 10년까지는 자주 신라를 침범, 한때 신라 영토의 절반까지를 점령했지만 10년 이후에는 내부의 갈등이 심해진 데다 의자왕의 결단력이 약해졌다. 신라에서 침투시킨 첩자가 요직에 등용되고 결국 좌평 연임자가 백제를 배신한 것도 멸망의 계기가 되었다. 의자왕은 충신 성충, 흥수, 의직의 고언을 귀찮아했고 연임자의 모함을 받아들여 충신들을 제거했다. 46세에 왕이 되어 66세에 이르렀으나 나이가 들어서 변덕과 의심이 많아졌다. 제국의 멸망은 모두 군주의 책임인 것이다. 다음 날 밤 해시(10시)가 되었을 때 사청이 마석, 연중, 호리까지 데리고 의자를 찾는다. 이미 통보를 한 터라 의자는 의관을 갖추고 기다리고 있었는데 사청의 절을 받더니 얼굴을 펴고 웃었다.

"나솔. 널 만난 지가 1년도 안 되었는데 수십 년 세월이 지난 것 같구나."

"대왕."

사청이 말을 잇지 못하고 눈물을 쏟는다. 뒤에 엎드린 마석과 연중은 물론이고 호리도 운다. 머리를 든 사청이 눈물범벅이 된 얼굴로 뒤쪽의 수하를 소개했다. 예전 같으면 어림도 없는 일이었지만 의자가 일일이 머리를 끄덕였고 시선을 준다. 그들을 훑어본 의자가 물었다.

"네가 보낸 자한테서 이야기를 들었다. 그런데 네가 날 왜 찾아왔느냐?"

"대왕."

손등으로 눈물을 닦은 사청이 의자를 보았다.

"대왕께 하직 인사를 드리려고 왔습니다. 신 나솔 사청은 이제 대왕께서 주신 백제 관등을 버리겠습니다."

의자가 머리를 끄덕였다.

"그렇구나. 지금까지 나솔 관등으로 지냈구나."

"대왕, 분합니다."

머리를 든 사청이 충혈 된 눈으로 의자를 보았다.

"대백제(大百濟)가 이렇게 멸망하다니요? 지금도 믿기지가 않습니다."

"모두 내 탓이다."

벽에 기대앉은 의자의 눈에서 그때서야 눈물이 흘러내렸다.

"내가 분별을 잃었고 욕심이 많았다."

의자의 목멘 목소리가 이어졌다.

"충신과 간자(間者)를 구분하지 못했으니 당연한 일이다."

머리를 든 의자가 사청을 보았다.

"달솔 계백이 너를 보낸 것은 백제혼(百濟魂)을 이으라는 말이나 같다. 내가 너에게 내 못 이룬 혼(魂)을 넣어주마."

"대왕."

사청이 눈을 부릅뜨고 의자를 보았다.

"제 갈 길을 알려 주십시오."

"백제를 떠나는 게 낫다."

"전장(戰場)을 만들지 말라는 말씀입니까?"

"그렇다. 더 이상 백성을 전장으로 내몰면 안 된다."

"부흥군은 대백제를 부흥시킨다고 했습니다."

"그것이 가능하겠느냐?"

의자가 긴 숨을 뱉었다.

"신라는 떠오르는 태양이 되었고 백제는 서산으로 기울었다. 이제 신라 왕의 영도하에 백성이 쉬어야 한다."

의자가 지그시 사청을 보았다.

"사청."

"예, 대왕."

"왜국으로 가거라."

숨을 들이켠 사청을 향해 의자가 말을 이었다.

"백제혼을 심어줄 땅은 왜국이다. 그곳은 천황이 야마토 일부분을 통치하고 있으나 국토의 1할도 안 되는 땅이다. 전국이 수백 개 나라로 쪼개져서 하루 만에 왕국의 생성과 부침이 일어나고 있다. 그곳에 백제혼을 심어라."

"예, 대왕."

"백제 무사의 명성을 떨쳐 대백제를 기억하도록 해라."

"예, 대왕."

"나는 이제 내 혼을 너에게 심어 주었으니 여한이 없다."

길게 숨을 뱉은 의자가 가라앉은 시선으로 사청을 보았다.

"황산벌 싸움 이야기를 해다오. 내가 저승으로 떠날 때 머릿속에 넣어가고 싶구나."

"예, 대왕."

"이곳까지 네 번 싸워서 네 번 물리친 5천 기마군 이야기가 전해졌다. 김유신의 기마군은 5만이 맞느냐?"

"예, 대왕."

"어떻게 쳤느냐?"

"선제공격이었습니다."

"옳지."

"달솔은 5천을 3개 군영, 3개 군(軍)으로 나눴지만 진퇴를 함께 했기 때문에 10대 1의 비율을 3대 1로 줄일 수가 있었습니다."

"오오."

의자의 얼굴이 환해졌다. 눈을 가늘게 뜬 의자가 눈앞에 황산벌을 펼쳐 놓은 것처럼 눈동자의 초점이 멀어졌다. 그것을 본 사청의 눈에 다시 눈물이 고였고 말을 이었다.

"흑(黑), 적(赤), 백(白), 3군(軍)으로 나뉜 결사군은 모두 죽음을 각오했기 때문에 일당백이었습니다. 치명상을 입은 군사도 마지막 순간에는 적을 껴안고 동사(同死)하는 바람에 기가 질린 적의 사기는 땅에 떨어졌습니다."

"오오."

"김유신의 대장군 흠춘과 품일이 각각 화랑인 아들 반굴과 관창을 내세워 사기를 올리려고 했으나 반굴은 머리가 베어져 매달렸고, 관창은 두 번이나 잡혔다가 달솔이 머리를 베어 돌려보냈지요."

"끝까지 저항하더냐?"

"아닙니다. 두 번 다 사로잡았는데 달솔은 제 아들을 내놓고 사기를 올리려는 적의 대장군 품일의 행태를 가소롭게 여긴 것입니다."

"그렇지."

의자가 커다랗게 머리를 끄덕였다. 두 눈이 번들거리고 있다.

"가소롭지. 백제 무장은 그따위 추잡한 짓은 안 한다. 패하면 그냥 패하고 말지 제 아들을 팔아?"

"달솔은 관창을 위로하고 목을 베어 주었습니다. 관창은 달솔에게 고마움을 느낀 것 같습니다."

"그것이 백제 무사다."

"대왕, 마지막 다섯 번째 출진 때 싸울 수 있는 군사는 56인이었습니다. 달솔은 그 56기를 이끌고 나가 돌아오지 않았습니다."

"오오."

의자가 다시 눈을 가늘게 떴으나 눈물이 흘렀다.

"고맙다, 사청. 나는 이제 그들과 함께 떠난다."

"나리, 어떻게 하시겠소?"

마석이 물었을 때는 숙소로 삼은 민가로 돌아와 둘러앉은 후다. 방에는 마석과 호리, 연중까지 넷이 모였다. 자시(12시)가 지나 있어서 주위는 조용하다. 밖에는 감시 둘을 세워 놓고 나머지 수행원 셋은 옆방에서 잔다. 적귀대(赤鬼隊)가 이제는 이곳 9명, 도중에 떨어뜨린 일곱 명까지 열여섯으로 줄었다. 세 쌍의 시선을 받은 사청의 얼굴에 웃음이 떠올랐다.

"대왕을 뵙고 대백제(大百濟)를 내 머릿속에서 떨어뜨렸다."

"소인도 그렇습니다."

마석은 비장한 표정으로 대답했다. 눈에는 눈물까지 고여 있다.

"대왕을 뵌 것만으로도 소인은 당장 죽어도 여한이 없소."

"맞습니다."

연중은 머리도 들지 못하고 대답했다.

"소인은 대왕 앞에서 죽어 없어지고 싶었습니다."

그때 호리가 어깨를 펴고 사청을 보았다.

"나리, 언제 왜국에 가십니까?"

이제 세 쌍의 시선이 호리에게로 모였다. 호리가 다시 묻는다.

"대왕께서 말씀하셨지 않습니까? 나리께 백제혼까지 넣어주셨습니다. 달솔께서 백제 무사의 혼을 넣어주신 것과 같습니다."

호리의 얼굴은 상기되었고 목소리는 열기에 떠 있다.

"야마토 조정은 나리 같은 장군이 필요합니다. 대왕 말씀대로 수백 개 왕국이 난립한 왜국은 전국(全國)이 전장(戰場)입니다. 왜국 백성들은 수십 년간 전화에 시달리고 있습니다."

이제는 호리의 눈에도 눈물이 고였다.

"나리, 대왕의 말씀대로 왜국에 백제혼을 일으켜 주시지요. 백제 무사를 보여 주시지요."

사청이 천천히 머리를 끄덕였다.

"대왕의 말씀을 따르겠다."

짧게 말한 사청이 초점이 흐려진 눈으로 앞쪽의 벽을 보았다.

"하지만 이곳에 며칠 더 묵으면서 대왕을 뵙겠다."

다음 날 밤, 다시 해시(10시)가 되었을 때 이번에는 사청이 혼자서 의자의 침소로 찾아왔다. 의자는 기다리고 있었던 듯이 의복을 갖춰 입고 앉아 있었는데, 사청을 보더니 얼굴에 웃음을 띠었다.

"왔느냐? 네가 다시 올 것 같아서 기다리고 있었다."

"대왕, 대왕께서 이루지 못하신 웅지를 말씀해 주시지요."

의자의 얼굴이 더 환해졌다. 양초 불빛을 받은 눈동자도 반짝이고 있다.

"대륙에 펼쳐졌던 22개 담로(영지)는 수백 년간 존속되어 왔으나 그것을 한데 모아 대륙을 석권하지 못했다. 아쉬웠다."

사청은 숨을 죽이고 경청한다. 백제령 담로 22곳의 영지를 합하면 방대한 국력(國力)이 된다. 대륙 바닷가 대부분이 백제령 담로였던 것이다. 그것이 지난 100년간 조금씩 위축되더니 이제 본국의 멸망과 함께 한족에 흡수되었다. 의자가 정색하고 사청을 보았다.

"사청, 네 나이가 몇이냐?"

"스물셋입니다."

"내가 네 아비 사준을 안다."

"황공합니다."

사준은 백제의 5개 방(方) 중 하나인 남방 방령을 지낸 고관(高官)이었다. 의자가 말을 이었다.

"너는 몇 년이나 전장을 겪었느냐?"

"5년 되었습니다."

"느낀 점이 무엇이냐?"

"전장(戰場)의 승자는 혼이 있는 자입니다."

"옳지."

머리를 끄덕인 의자의 얼굴에 다시 웃음이 떠올랐다.

"앞으로 백제 왕 의자와 백제 장군 계백을 반면교사로 삼도록 해라."

"예, 대왕."

"내가 왜 멸망한 왕이 되었는지를 항상 떠올리도록 해라."

"예, 대왕."

“계백의 장점과 단점까지 머릿속에 넣고 응용해라.”

사청이 숨을 들이켰다. 그것은 무조건적인 가르침은 받아들이지 말라는 교훈이다. 백제 왕의 결정을 머릿속에 넣으라고도 하지 않았는가? 사청의 눈에 다시 눈물이 고였다. 그때 의자가 말을 이었다.

“왜국은 백제의 문물을 흡수한 마른 땅이나 같은 곳이다. 네가 왜국에 무사도를 심어 왜국 백성을 안돈시켜라.”

“예, 대왕.”

이윽고 의자가 긴 숨을 뱉더니 벽에 등을 붙였다. 의자의 나이는 66세, 김유신과 동갑(同甲)이다. 사청이 자리에서 일어섰다.

사흘째 되는 날 밤, 의자가 사청에게 말했다.

“이제 내 가슴에 남은 이야기는 다 했구나, 사청.”

의자는 환한 표정이다. 주름진 얼굴이 펴진 의자의 얼굴은 동안이다.

“들어줘서 고맙다, 사청.”

“소인에게 대왕을 모신 사흘 밤은 삼십 년 경륜을 품은 것이나 마찬가지였습니다, 대왕.”

방바닥에 두 손을 짚고 엎드린 사청이 의자를 보았다.

“대왕, 소인은 떠나겠습니다.”

“오냐.”

머리를 끄덕인 의자가 손을 뻗어 사청의 손을 쥐었다. 주름지고 마른 손이었지만 뜨겁다. 20년 전, 의자는 40대 중반이 되어서야 무왕(武王)의 뒤를 이어 왕위에 올랐다. 해동성진, 의자왕의 별호다. 의자왕 10년까지 대백제의 국운(國運)은 융성했지만 10년 이후로 급격히 하락하여 마침내 의자왕 20년에 대백제는 멸망했다. 의자는 사흘 밤 동안 그

비사(祕史)를 남김없이 사청에게 털어놓은 것이다. 이제 의자대왕만이 알고 있었던 대백제의 멸망 과정을 사청도 알게 되었다. 의자가 사청의 손을 쥐고 말했다.

"사청, 부탁이 있다."

"예, 대왕."

머리를 든 사청을 향해 의자가 빙그레 웃었다.

"내일 밤 자시가 되었을 때 이곳 본채에 불을 질러다오."

의자가 쥐고 있던 사청의 손을 놓더니 곧 상반신을 세웠다.

"알겠느냐? 본채가 불덩이가 되어서 타올라야 한다."

"……."

"아무도 안에 들어오게 하지 말아다오."

"대왕."

목이 멘 사청이 눈을 부릅떴다.

"소인은 그럴 수가 없습니다."

"너를 만난 것이 조상님들의 은덕이다."

의자가 똑바로 사청을 보았다.

"내 몸을 당인(唐人)에게 맡겨야 되겠느냐?"

"……."

"내가 이곳까지 끌려온 것은 백성들을 하나라도 더 살리고 싶어서였다."

의자의 목소리가 떨렸고 눈의 흰자위가 붉어지기 시작했다.

"당왕(唐王)에 복속하면 백제 백성을 제 백성처럼 안아 줄 것으로 기대했다."

"……."

"끝까지 항거하다 죽는 것만큼 쉬운 일이 어디 있겠느냐?"

의자의 눈에 눈물이 맺히더니 목소리가 떨렸다.

"내가 분전하다가 죽으면 군민(軍民)을 더 죽이게 된다고 생각했다."

"대왕."

말문이 막힌 사청이 눈을 부릅떴을 때 의자가 말을 이었다.

"조상의 덕으로 이제 내가 너를 만났구나. 내가 불에 타죽으면 당왕은 사고사(事故死)인 줄로 알고 장례를 치러 줄 것이다. 같이 끌려온 신하들도 보복을 당하지 않을 테니 걱정할 것 없다."

의자가 긴 숨을 뱉고 나서 지그시 사청을 보았다.

"사청, 네가 불을 지를 때 나는 이미 이승을 떠나 있을 테니 넌 부담을 가질 것이 없다."

"대왕."

"가거라."

"대왕의 명을 따르겠습니다."

이마를 땅에 붙였다가 뗀 사청이 눈물로 가득 찬 눈으로 의자를 보았다.

"대왕, 백제혼을 왜국에 심어 놓겠습니다."

"그래서 왜인에게 무사(武士)의 근본을 가르쳐 주어라."

"대왕의 혼이 떠 있게 될 것입니다."

"고맙다."

사청이 다시 한 번 이마를 땅바닥에 붙이고 일어섰다. 의자가 머리를 끄덕이며 사청을 보았고 둘의 시선이 마주쳤다. 뒷걸음으로 물러난 사청이 방문을 열고 밖으로 나온다. 그리고 다음 날 밤, 자시가 되었을 때 사청과 마석, 연중과 호리까지 넷이 각각 기름 단지를 들고 저택의 안채로 숨어들었다. 그러고는 저택의 사방에 빈틈없이 기름을 붓고 담장가로 물러났다. 그때 사청이 앞으로 나가 부싯돌을 부딪쳐 솜에 불씨를 일으켰다. 불꽃이 오른 솜을 문지방 옆의 기름 줄기에 댄 순간 불길이 솟구쳤다. 기름 줄기를 따라 순식간에 본채 사방으로 번진 불길은 곧 위로 솟구쳤다. 담장가의 어둠 속에 붙어선 넷도 잠자코 불길을 본다. 불길에 비친 사청의 얼굴이 번들거리고 있다. 눈물에 젖었기 때문이다.

7장 왜국으로

"나리!"

깜짝 놀란 원곤이 자리를 차고 일어섰다. 이곳은 산기슭의 주막. 의자와 이승에서의 작별을 하고, 온 길을 되짚어서 열흘 만에 좌군 원곤이 기다리는 주막으로 돌아온 것이다.

"나리, 오셨군요."

백제계 주막 주인도 반색했다. 오후 유시(6시)쯤 되었다. 주막 주인에게 술상을 부탁한 사청과 백제군은 모두 주막 뒷방에 모였다. 모두 14명. 그동안 부상당했던 군사 1명이 죽었던 것이다. 사청이 데려갔던 군사 중에서도 2명이 전사했으므로 9명이 남았다. 술과 고기가 가득 놓였는데, 사청 일행이 식대를 넉넉하게 주었기 때문이다. 군사들이 술과 고기를 먹으면서도 분위기가 가라앉았다. 조장들도 내색하지 않았지만 사청과 시선을 마주치지 않는다. 사청까지 포함한 14명 중 조장급만 다섯이다. 사청, 마석, 호리, 연중, 원곤이다. 나머지 아홉이 군사인 것이다. 이윽고 술이 세 순배쯤 돌았을 때 사청이 방을 둘러보았다. 주막 뒷방 2개의 덧문을 열어젖혀서 모두 들어앉았다. 방문도 열어놓아서 밖의 동정도 볼 수 있다.

"대왕을 뵙고 행로를 정했다."

사청이 그렇게 운을 떼었다. 모두 숨을 죽인 채 사청을 본다. 이미 알고 있는 조장들도 몸을 굳히고 있다.

"나는 왜국으로 간다."

사청이 다시 둘러앉은 부하들을 하나씩 둘러보았다. 시선을 받고 눈길을 피하는 군사는 없다. 모두 백전노장(百戰老將)이라고 불릴 만한 군사들이다. 백제군으로 백제가 멸망한 후에는 적귀대가 되어 백제 땅을 누비다가 대륙에 와서는 마적대로 변했다. 그리고 이제 열넷이 남았다. 사청이 말을 이었다.

"이제 백제 땅의 인연은 끊었지만, 백제 무사의 기(氣)는 가지고 간다."

모두 숨을 죽인 채 사청을 응시한다.

"자, 너희들도 결정해라."

사청의 목소리가 부드러워졌다.

"나는 왜국에서 백제를 잇는다. 그러나 나를 따라갈 필요는 없다."

머리를 든 사청이 방구석에 쌓인 자루를 손으로 가리켰다.

"이곳에 남아 정착을 원한다면 저 자루에 든 금화를 나눠주마. 1인당 금화 3백 냥은 될 테니 그것이면 땅도 사고 여생을 넉넉히 보낼 수 있을 것이다."

"……."

"너희들은 군사로서 할 일을 다 했다. 나를 위해 목숨을 버릴 이유도 없다. 그러니 내가 금화 3백 냥씩을 나눠줄 테니 오늘밤에 떠나거라."

그러고는 사청이 자리에서 일어서더니 두 손을 모으고 좌우를 둘러보며 한 번씩 허리를 숙여 예를 보였다. 허리를 편 사청이 말했다.

"내가 너희들에게 보내는 감사의 표시다. 부디 부담 갖지 말고 떠나주기 바란다."

몸을 돌린 사청이 방을 나왔으나 방 안은 조용했다. 마당으로 나온 사청이 주막 앞채로 나와 빈 탁자에 앉았을 때 호리가 다가와 옆에 섰다.

"주군(主君)."

호리가 불렀으므로 사청이 머리를 들었다.

"뭐라고 불렀느냐?"

"주군이라고 불렀습니다."

"네 주군은 고토쿠(孝德) 천황의 시종장 다카야마 님이 아니냐?"

"다카야마 님이 저를 고용하신 분은 맞습니다. 제가 지난번에 보신 가네다와 함께 측근 무사로 고용된 것도 맞습니다."

사청의 시선을 받은 호리가 말을 이었다.

"그러나 아직 녹봉도 받지 않았고 무사일 뿐 직임도 없습니다."

"그래서?"

"앞으로 주군으로 모실 분을 이제야 제가 만났습니다."

"네 마음대로?"

쓴웃음을 지은 사청이 호리를 보았다.

"네가 모실 주군을 네 마음대로 고른단 말이냐? 내가 선택을 하는 것이 순서 아닌가?"

"대왕께서 주군을 왜국으로 가라고 하신 순간부터 저는 주군의 앞잡이가 된 것입니다."

"말이 많다."

사청이 주인이 다시 내놓은 술병을 들면서 말했다.

"입을 닥치고 오늘밤 떠나보낼 장졸을 위해 자숙하라."

"이제 주군께서 말씀을 하셨으니 군사들은 쉽게 떠나지 못할 것입니다."

호리가 바짝 다가섰다.

"차라리 죽으라면 쉽게 칼을 들고 적진에 돌입하겠지만 어찌 금덩이를 안고 떠나갈 수 있겠습니까? 차라리 쫓아 보내시지요."

사청의 시선을 받은 호리의 눈이 번들거렸다.

"주군, 그것이 낫습니다. 쫓아 보내시면 군사들은 나중에 주군의 뜻을 알게 되겠지요. 지금 떠날 장졸은 없습니다."

사청이 머리를 끄덕였다. 어느덧 사청의 눈도 물기로 번들거리고 있다.

다음 날 오후, 다섯 명의 기마인이 짐말 5필을 끌고 황무지를 건너고 있다. 신시(오후 4시) 무렵, 바람이 센 날이었지만 추위는 조금 가셨다. 앞장선 사내는 선도 역을 맡은 원곤. 다섯 명이지만 군(軍)의 습성이 남아서 원곤이 첨병 역할을 했고 10여 마신(馬身) 뒤로 일행이 따른다. 모두 말이 없고 그늘진 표정이다. 오전에 군사 9명을 모두 떼어 놓았기 때문이다. 모두에게 금화가 담긴 자루를 안기고 정착하라고 강권했는데도 군사들은 눈물바람이었다. 사청이 호통을 치지 않았다면 떼어놓기 힘들었을 것이다.

"가까운 바닷가까지는 20여 일이 걸릴 것 같습니다."

옆으로 다가온 마석이 말했다.

"이곳에서 곧장 동진(東進)하면 동성군이 나오지만 그곳에서는 배를 잡기가 어려울 것입니다."

사청이 머리를 끄덕였다. 동성군은 옛 백제의 담로였지만 50여 년 전 당(唐)의 영토가 된 후에 10여 곳의 항구를 폐쇄시켰다. 백제와의 거래를 단절시키기 위해서다. 백제는 해양대국(海洋大國)으로 번성했지만 지금은 흔적도 없이 사라졌다.

"덕산군에 내가 아는 곳이 있어."

말고삐를 채면서 사청이 말했다.

"한인(漢人) 유지인데 무역상으로 상선 여러 척을 소유하고 있지."

사청이 말을 이었다.

"곧장 가다가 남진하기로 하지."

그때 뒤를 따르던 연중이 말에 박차를 넣어 사청에게 다가왔다.

"나리, 뒤쪽에서 기마인 둘이 따라오고 있습니다."

모두 머리를 돌려 뒤쪽을 보았다. 잡목이 무성한 황무지의 시야가 트이지 않았어도 그들은 곧 다가오는 두필의 말과 기마인을 보았다.

"쫓아 보낸 군사들입니다."

눈을 가늘게 뜬 마석이 말했다.

"기어코 따라오는 것이 꼭 어미 말을 쫓는 망아지 같습니다."

사청이 말 걸음을 늦췄고 곧 기마인 둘이 다가왔다. 산비탈의 주막을 떠난 지 반나절이 지났고 거의 1백 리(50km)를 지나온 것이다. 말을 멈춘 군사 둘은 반명기와 우석. 둘은 죽은 상태진 휘하의 군사였다.

"왜 따라 왔느냐?"

사청이 꾸짖듯 묻자 반명기가 대답했다.

"소인은 말주변이 없어서 이유를 대지 못하겠습니다. 그저 싸우다 죽게만 해주십시오."

그러자 우석이 말을 뱉었다.

"저희들에게는 나리가 백제이고 고향입니다. 다른 것은 다 필요 없습니다."

"어허."

탄식한 사청의 두 눈이 다시 번들거렸다. 외면한 사청이 말 머리를 돌리면서 말했다.

"따르라."

그래서 일행은 다시 일곱이 되었다.

"앞쪽에 마을이 보입니다."

원곤이 말했을 때는 유시(6시)가 되었을 무렵이다. 사청도 마상에서 키를 세우고 앞쪽을 보았다. 제법 포실한 마을이다. 그런데 마을 앞에 통나무로 망루가 세워졌고 마을 둘레에 목책과 해자까지 파여 있다. 변방의 마을에서 야적들의 기습에 대비하는 모양새다.

"이 근처에 산적이나 마적이 있단 말인가?"

혼잣소리처럼 말한 마석이 사청을 보았다.

"옛날에 만든 것 같지가 않습니다. 망루에 둘이 서서 이쪽을 보고 있는데요."

사청이 머리를 끄덕였다. 망루와의 거리는 5백여 보가 되었지만 그쪽은 이미 이쪽 일행을 먼저 본 것 같다. 사내 둘이 이쪽을 향해 서 있다.

"저 규모의 마을이면 군사 2백여 명은 만들 수 있겠다."

사청이 말했을 때 호각 소리와 함께 함성이 일어났다. 목책 안 마을에서 내지르는 함성이다.

"저런. 승냥이 굴에 잘못 들어왔나?"

투덜거린 마석이 사청에게 말했다.

"나리, 돌아가시지요."

머리를 끄덕인 사청이 소리쳤다.

"돌아가자!"

말 머리를 돌린 사청이 말에 박차를 넣었을 때다. 앞쪽에서 파공음이 울린 순간 사청이 말 등에 몸을 붙이며 소리쳤다.

"살이다!"

"아앗!'

그러나 옆쪽에서 짧은 외침이 울렸다. 누군가 살에 맞았다.

"좌측으로!"

사청이 소리치며 좌측의 갈대숲으로 말을 몰았다. 갈대가 한 길이나 자라 있는 데다 굴곡이 심한 황무지다. 모두 전장에 익숙한 터라 순식간에 갈대숲으로 뛰어든 일행은 말을 달렸다.

"점고를 하라!"

달리면서 소리치자 마석이 소리쳐 일행을 부른다. 사청이 초조하게 대답소리를 듣는다. 그때 마석이 두 번째 호명을 했다.

"원곤!"

원곤과 뒤늦게 합류했던 우석이 살을 맞았다. 술시(8시)가 되었을 때 어둠을 헤치고 연중이 호리와 함께 뒤돌아가서 두 시신을 찾아낸 것이다. 둘 다 살을 맞고 말에서 떨어진 후에 습격을 받아 부상당한 몸으로 싸웠기 때문에 온몸이 칼로 베이고 찔려서 참혹한 모습이 되어 있었다. 말 등에 싣고 온 두 시신을 보자 사청의 눈에서 불길이 일어났다.

"이곳까지 와서 개죽음을 당했구나."

원곤과 우석의 두 눈을 직접 손으로 쓸어 감기면서 사청이 잇새로 말했다.

"둘의 혼(魂)에 피 제사를 치러주기로 하자."

"그래야 발이 떨어지겠습니다."

마석이 동조했고 연중이 따랐다.

"새 땅에서 다시 시작하자고 원곤이 말하던 것이 어젯밤이올시다. 마땅히 피 제사를 치러서 혼을 달래주고 가야 합니다."

둘의 무덤을 파고 돌을 덮어서 시신을 안돈시키는 한편으로 사청이 호리와 반명기를 보내 마을을 정탐시켰다. 밤, 자시(12시) 무렵이 되었을 때 둘이 마을 사람 하나를 포로로 잡아서 끌고 왔다. 30대쯤의 사내였는데 둘에게 무지막지하게 맞아서 혼이 반쯤 나간 상태다. 산기슭의 바위 밑에 사내를 주저앉힌 마석이 취조를 맡았다.

"네놈들은 산적 무리가 분명하다. 무고한 행인을 죽이는 이유가 무엇이냐?"

마석이 칼끝을 목에 대고 물었다.

"자, 호각을 불고 살을 쏘는 이유를 대라. 대지 않으면 당장 죽이고 다른 놈을 잡아오면 된다."

"우리가 활은 쏘지 않았소. 아마 매복해 있던 상치골 무리의 짓일 것이오."

사내가 턱을 떨면서 대답했다.

"댁들이 상치골 갑사(甲士)들인 줄 알았지만 우리는 살을 쏘지 않았소."

"이놈, 목을 베기 전에 상치골인지 배추골인지 내막을 대라."

마석이 칼끝으로 목을 누르자 비명을 지른 사내의 말소리가 빨라졌다.

"상치골은 갑사(甲士)를 사서 우리 우둔내 마을을 초토화시키려고 합니다."

"그게 무슨 말이냐! 이곳이 산적 떼의 전장이냐!"

다시 마석의 고함이 울렸고 사내가 설명했다. 본래 우둔내와 상치골은 이주민 마을로 각각 호란족과 마선족이 남방과 서북방에서 옮겨와 정착했다. 양쪽 마을은 각각 1백여 호에 인구가 1천여 명으로 비슷한 규모였는데, 3년 전 마선족으로 시집을 갔던 호란족 여인이 사흘 만에 남편에게 살해됨으로써 두 마을 간 전쟁이 시작되었다. 항의하러 갔던 호란족 7~8명이 다시 살해되었다. 며칠 후 밤에 호란족이 야습을 해서 마선족 50여 명을 살육한 것이다. 그때부터 두 마을은 죽고 죽이는 전쟁을 시작했는데, 두 달쯤 전부터는 상치골의 마선족이 갑사(甲士) 50여 명을 사서 우둔내의 호란족을 공격하기 시작했다. 저녁 무렵에 사청 일행에게 활을 쏜 것은 우둔내를 기습하려고 매복했던 갑사들의 소행이라는 것이다. 사내의 말이 끝났을 때 사청이 물었다.

"갑사(甲士)를 고용한 마선족의 상치골은 어디에 있느냐?"

"예, 여기에서 50리 떨어진 골짜기에 있습니다."

사내가 바로 대답했다.

"그곳은 강을 끼고 있는 터라 들어갈 수가 없습니다. 골짜기 뒤는 수백 자 낭떠러지여서 침입이 불가능합니다."

"내가 죽은 동료의 한(恨)을 풀어야겠다."

사청이 번들거리는 눈으로 다시 사내를 보았다.

"상치골의 인구는 몇이냐?"

"1천여 명은 될 것입니다."

"군사는?"

"장정을 군사로 응용하고 있지만 낫이나 도끼를 휘두르는 손에 칼을 쥐게 했을 뿐입니다. 장정이 2백여 명쯤 되지만 이번에 돈을 주고 사온 한 갑사(甲士)가 군사 대신을 합니다."

"갑사부터 죽여야겠군."

사청이 말하자 마석과 연중이 동시에 머리를 끄덕였다. 어깨를 부풀린 사청이 일행을 둘러보았다. 이제 다시 다섯이 되었다.

"오늘밤 강을 건너 상치골에 들어간 후에 다 죽인다."

네 쌍의 시선을 받은 사청이 얼굴을 일그러뜨리며 웃었다.

"내가 필요 없는 살생을 하지 않으려고 했지만 부질없다. 지금부터 악(惡)의 무리는 물론이고 해충 같은 무리, 우리에게 해를 끼친 무리는 씨를 말린다."

사청의 시선이 포로로 잡은 사내에게로 옮겨졌다. 어둠 속에서 두 눈이 번들거리고 있다.

"너희들도 나서라."

"예, 장군."

사내가 홀린 듯한 표정으로 말했다.

"말씀만 하십시오, 장군."

"그놈들은 호란족 놈들이 아니었습니다."

고천이 이맛살을 찌푸리며 말했다.

"짐말을 여러 필 끌고 있는 것을 보면 무역상 같기도 했습니다."

"그런데 모두 그렇게 무술이 뛰어났단 말이냐? 갑사(甲士)가 다섯이 죽고 셋이 부상을 입었다."

어깨를 부풀린 전태송이 소리쳤다.

"두 놈을 잡는데 여덟이 당했단 말이야! 궁수 여섯이 살을 쏘았지만 50보 거리에서 둘 밖에 맞히지 못했어!"

둘러앉은 갑사들은 가라앉은 분위기다. 갑사(甲士)는 본래 갑옷을 걸친 군사(軍士)를 그렇게 불렀지만 지금은 용병(用兵)이다. 용병의 지휘관은 사천성 출신의 검객 전태송. 30대 후반으로 기골이 크고 한때 관직에 있었지만 죄를 짓고 용병이 되었다고만 알려져 있다. 전태송은 용병 60명과 반년 동안 마선족의 상치골에 머물면서 호란족을 멸망시키기로 계약을 맺은 것이다. 선수금은 은 150냥, 마선족이 숙식을 제공하며 호란족을 멸망시켰을 때 우둔내의 재물을 모두 차지한다는 조건이다. 오후 해시(10시) 무렵, 우둔내 앞 매복에서 철수한 갑사들은 저녁을 먹고 청에 모여 있다. 머리를 든 전태송이 갑사들을 둘러보았다.

"그놈들 일행이 7~8명이라니 나머지는 지금쯤 멀리 가지는 못했을 것이다. 내일 날이 밝으면 찾도록."

"예, 대장."

부장(副長) 노릇을 하는 고천이 먼저 대답했다. 오늘 저녁에 매복조를 인솔하고 나간 조장 둘은 코를 쑥 빠트린 채 머리를 숙이고 있다. 20명이 나가서 절반 가까운 인명 손실을 입고 돌아온 것이다. 그때 마당에서 인기척이 들리더니 어둠 속으로 족장 준보의 모습이 드러났다. 준보는 부족의 원로 대여섯 명을 이끌고 있다.

"대장, 오늘 접전이 있었다고 들었소."

60대지만 지금도 전장에 나가는 준보가 굵은 목소리로 물었다.

"손실이 컸다던데 괜찮습니까?"

"서너 명이 당했소."

전태송의 검은 얼굴이 일그러졌다.

"하지만 놈들 10여 명을 죽였소."

"과연."

머리를 끄덕인 준보가 청에 둘러앉은 갑사들을 둘러보았다. 갑사들의 분위기가 흉흉한데도 준보는 전혀 위축되지 않았다.

"그놈들이 호란족 놈들의 갑사가 아닐까요?"

준보가 흰 수염을 쓸면서 전태송에게 물었다.

"나는 그것이 궁금해서 온 것이오."

"아니었소."

매복했던 조장 하나가 대신 대답했다.

"그놈들은 지나던 행인이었소. 호란족이 고용한 놈들이 아니오."

"그렇다면 살아 도망친 놈들도 있소?"

준보가 다그치듯 묻자 전태송이 헛기침을 하고 나섰다.

"서너 명이 살아 도망쳤지만 내일 아침에 추적해서 씨를 말릴 작정이오. 족장께선 안심하셔도 좋소."

"다행이오."

머리를 끄덕인 준보가 마당에서 몸을 돌리면서 말했다.

"늦은 시간이지만 내가 걱정이 되어서 들렀소. 그럼 쉬시오."

준보 일행이 어둠 속으로 사라졌을 때 전태송이 눈을 가늘게 뜨고 고천을 보았다.

"아무래도 계약금을 더 받아내야 될 것 같다. 은자 150냥은 너무 적어."

"날이 밝으면 더 올리지요. 제가 흥정을 하겠습니다."

"이번에 죽은 다섯의 유족에게도 조위금을 보내줘야 할 것 아니냐?"

"그렇습니다."

그때 마당 건너편 대문을 바라본 전태송이 이맛살을 찌푸렸다.

"대문 경비는 어디 있느냐?"

청에 둘러앉은 모든 갑사의 시선이 그쪽으로 옮겨졌다.

"조금 전까지 있었는데요."

조장 하나가 자리에서 일어서며 말했다.

"문 밖에 있겠지요."

"이번 일로 군기(軍氣)가 풀려서 당한 거야. 호란족을 너무 가볍게 보고 있다가 행인 놈들한테 당한 것이다."

짜증이 난 전태송이 다시 잔소리를 늘어놓았을 때다.

"억!"

옆쪽 자리의 조장이 비명을 질렀으므로 모두의 시선이 모여졌다.

"아앗!"

누군가 날카롭게 소리쳤고 그 순간 전태송도 머리끝이 솟는 느낌을 받았다. 조장의 이마에 화살이 깊숙하게 박힌 것이다. 눈을 부릅뜬 조장은 그대로 상반신을 벽에 붙인 채 절명했다. 그 순간 전태송이 자리를 박차고 일어서며 소리쳤다.

"기습이다!"

그때 옆쪽의 조장 하나가 두 손을 휘저으며 비틀거렸다. 목에 화살이 뚫려서 비명소리도 뱉지 못한다. 성대를 관통했기 때문이다. 사청이 활에 살을 먹이고는 앞쪽을 노려보았다. 거리는 70여 보. 건너편 집의 지붕 위에 서 있었기 때문에 갑사(甲士)들은 아직 눈치채지 못했다. 옆에 서 있는 호리와 마석은 숨을 죽이고만 있다. 깊은 밤, 갑사들의 숙소는 이제 대소동이 일어났다. 순식간에 조장급 셋이 화살을 맞고 절명한 것이다. 두목 전태송도 마루 위에서 우왕좌왕 하면서 냅다 고함만 질렀는데 이것이 소동을 더 크게 일으켰다. 사청이 다시 숨을 들이켰다가 살 끝을 놓았다.

"쌕!"

파공음을 일으키며 날아간 화살이 다시 전태송의 옆으로 다가간 갑사의 머리통에 맞았으므로 호리가 낮게 탄성을 뱉었다.

"명궁이시오!"

소란이 더 심해졌다. 갑사 중에는 마루 밑으로 엎드리는 놈도 있고 저택 옆의 어둠 속으로 내달리는 자도 있다.

"쌕!"

다시 화살이 날아가 이번에는 기둥 뒤에 몸을 숨긴 전태송의 드러난 어깨에 박혔다.

"저놈, 수괴는 살려서 잡겠다."

잇새로 말한 사청이 다시 살을 날렸다. 이번에는 마루 위에서 뛰어 내려가는 갑사 한 명의 가슴에 화살이 꽂혔다.

"뒤쪽으로 몰려가고 있습니다."

마석이 들뜬 목소리로 말했다. 그곳에는 연중과 반명기가 기다리고 있는 것이다. 둘의 활솜씨는 1백 보 거리에서 10사(射) 7중(中)은 한다. 다시 사청의 화살이 날아가 갑사 한 명의 목을 꿰뚫었고 안채 뒤쪽에서도 어지러운 외침 소리가 울렸다. 연중과 반명기가 활을 쏘았기 때문이다. 그때 사청이 마석과 호리에게 지시했다.

"불화살을 쏘아라."

기다리고 있던 둘이 화살 끝에 매단 기름 주머니에 부시를 부딪쳐 불을 붙였다. 지붕 위에서 번쩍이는 불빛을 본 갑사들이 그제야 소리를 지르며 달려들었다. 그때 마석과 호리가 불화살을 날렸다. 그동안에 사청은 다시 세대의 살을 쏘아 세 명을 꼬치구이로 만들었다.

"불이야!"

기름이 터지면서 갑사들의 거처에 불길이 솟았다.

"자, 가자"

몸을 돌린 사청이 지붕 위를 달려 옆집 지붕 위로 뛰었다. 뒤를 마석과 호리가 따른다. 깊은 밤이다. 상치골의 왼쪽에서 일어난 불길이 곧 마을로 번졌다. 이곳은 강을 건너야 닿을 수 있는 천혜의 요새다. 좌우가 산으로 막힌 데다 앞쪽은 강, 뒤는 천 길 절벽이다.

"화공(火攻)이다!"

마선족 족장 준보가 발을 굴렀다.

"겨울에 화공을 당하다니!"

준보는 상치골에 위치한 마선족 마을이 가장 위험한 때가 겨울에 화공을 당하는 것임을 알고 있었던 것이다. 북풍(北風)이 부는 겨울에는 양쪽이 골짜기로 둘러싸인 데다 뒤쪽으로 바람이 급격하게 빠지는 지형이어서 불이 나면 순식간에 마을이 소실되는 것이다. 70여 년 전에 도둑 무리가 습격해서 불이 나는 바람에 마을의 절반을 태운 적이 있었는데 그 후로 앞쪽 강폭을 더 넓혔고 외인의 출입을 더욱 제한했다.

"양쪽 골짜기에서도 불길이 솟습니다!"

마을 장정들이 뛰어 들어와 소리쳤으므로 준보의 정신이 더 나갔다.

"도대체 어떤 놈이……."

그때 마당으로 갑사(甲士) 하나가 뛰어 들어왔다.

"족장! 배를 어디에 두셨소?"

"배?"

준보가 되묻더니 주위를 둘러보았다.

"무슨 소리야?"

그러자 갑사가 가쁜 숨을 뱉으며 소리쳤다.

"나루터의 배를 다 숨겨 놓으면 어떡하란 말이오! 빨리 배 숨긴 곳을 대시오!"

"배를 숨기다니!"

마침내 준보도 맞받아 소리쳤다.

"누가 숨겼단 말인가?"

"나루터에 배가 없다니까!"

갑사가 와락 소리쳤을 때 불길이 더 높아졌다. 바람이 불길을 타고 더 강해진 것 같다.

"불이야!"

이제는 근처에서도 외침이 들린다.

"으악!"

갑자기 옆에 서 있던 장정 하나가 손으로 배를 움켜쥐며 비명을 질렀다. 머리를 돌린 준보는 장정의 배에 박힌 화살을 보았다.

"으아악!"

이번에는 다른 장정이 허리에 박힌 화살을 움켜쥐고 비명을 지른다. 준보가 황급히 마룻바닥에 엎드리며 소리쳤다.

"배를 누가 끌어갔단 말인가?"

그 순간 준보의 머릿속이 하얗게 변했다. 배까지 없어졌다면 상치골에서 어떻게 벗어난단 말인가? 이제 사방이 불길로 덮여 가고 있다. 어느새 갑사는 어둠 속으로 사라졌고 마을은 외침과 비명으로 뒤덮여 있다. 불기운이 이곳까지 밀려오고 있는 것이다.

"어느 놈이냐!"

마루에 엎드린 준보가 물었지만 아무도 대답하지 않았다. 준보가 다시 목청껏 소리쳤다.

"모두 출전 준비를 하라! 적의 침입이다!"

그러나 아직 적의 숫자도 모른다.

선창에 매어 놓았던 배 20여 척을 모두 강물에 떠내려 보냈고 1척 남긴 배에 사청과 마석, 호리, 연중과 반명기가 타고 있다. 강에서 본 상치골은 마치 아궁이 속에서 타오르는 장작불 같았다. 상치골 앞의 강은 폭이 반 리(250m) 정도나 되는 데다 물살이 빨라서 혹독한 추위에도 강이 얼지 않는다. 그래서 상치골 마선족은 꽤 큰 50석짜리 배 4척과 20~30석짜리 6척, 10석짜리 12척을 사용하고 있었는데 오늘밤에 사청이 기습하여 배를 모두 떠내려 보낸 것이다.

"잘 탄다."

배 위에 선 마석이 상치골을 바라보며 혼잣소리로 말했다.

"이놈들, 목숨 값이 같은 줄 아느냐? 너희들이 가져간 두 목숨 값을 치르려면 아직도 멀었다."

배는 강 중심에 떠 있었는데 배가 흐르지 않도록 호리, 연중, 반명기가 제각기 노를 저어야만 했다.

"저놈들이 물에 뜰 것을 날라 옵니다."

노를 젓던 호리가 소리쳤다. 과연 주민들이 통나무 엮은 것, 문짝을 엮은 것 등을 떠메고 강가로 나오고 있다. 상치골의 불길이 사방으로 번졌기 때문에 더 이상 남아 있을 수가 없기 때문이다. 그때 사청이 말했다.

"남자는 다 죽여라."

눈을 치켜뜬 사청이 말을 이었다.

"여자들과 아이는 놔둔다."

검은 강물에 떠 있는 10석짜리 배는 짙은 어둠 속에 흔들리고 있는 터라 상치골에서는 보이지 않는다. 활에 살을 먹인 사청이 곧 힘껏 시위를 당겼다가 놓았다. 150보 거리였지만 어둠 속을 유성처럼 날아간 화살이 막 통나무배를 강에 띄우려던 장정의 목을 꿰뚫었다. 주위의 남녀가 비명을 지르면서 흩어졌고 장정이 통나무배와 함께 강물로 떠내려갔다.

"저기, 갑사 놈들이 있습니다."

마석이 가리키는 곳에 사내들이 모여 있는 것이 보였다. 대여섯 명이 강가에서 두리번거리고 있었는데 모두 병장기를 쥐고 있다. 상치골에 점점 불길이 높아지는 것은 이곳저곳에 불씨를 던져 놓았기 때문이다. 상치골은 화덕이나 마찬가지가 되어 있다.

"저놈들 옆으로 가깝게 대어라."

사청이 말하자 10석짜리 배가 흔들리면서 다가갔다. 강가에서는 강심에 떠 있는 배가 어둠 속이라 보이지 않는다. 대신 불덩이가 된 마을을 배경으로 강가의 무리는 환하게 드러났다. 이제 강가에는 마을에서 불길을 피해 뛰쳐나온 마선족 남녀들로 덮여 있다. 수백 명이다. 배가 점점 다가가자 갑사들의 모습이 분명하게 드러났다. 모두 당황한 모습이다. 조각배를 이용하여 강을 건너 상치골에 잠입한 사청 일행은 먼저 선착장의 배들부터 모두 떠내려 보낸 다음 화공을 준비했던 것이다. 상치골 지형을 둘러본 사청이 대번에 화공을 지시했기 때문이다. 전장(戰場)을 수십 번 겪은 사청이다. 상치골은 방어에는 유리했지만 안에서 불이 났을 경우에는 앞뒤가 막힌 불구덩이가 되는 지형이었다. 1백 보 거리로 다가간 사청이 배를 멈추고 활에 살을 먹였다. 뒤는 불길이요, 앞은 강이다. 강가로 쫓겨나온 갑사(甲士)들은 오직 표적이 되어있을 뿐이다.

"쉭!"

첫 화살이 날아가 갑사 한 명의 가슴에 박혔다. 옆에 서 있던 마석과 연중이 이제는 함께 화살을 날렸고 셋의 화살이 연달아서 날아간다. 강가에서는 다시 대소동이 일어났다. 불길 속으로 뛰어가는 놈이 있는가 하면 강가에 엎드려 죽은 시늉을 하는 놈도 있다. 그때 뒤쪽에서 함성이 들렸으므로 모두 머리를 돌려 뒤를 보았다. 반대편 강가에서 울리는 함성이다.

"우둔내의 호란족이 왔습니다."

연중이 소리치듯 말했다. 호란족이 불구덩이가 된 상치골을 보고 함성을 지르는 것이다. 사청이 상치골로 잠입하기 전에 연락을 한 터라 호란족은 정찰대를 보낸 것 같다. 활을 쏘던 사청이 허리를 펴고는 하늘을 보았다. 이미 자시가 훨씬 지났다. 다음 날 오전 진시(8시)가 되었을 때 강가의 바위 위에 앉아 있던 사청에게 마석이 보고했다.

"나리, 강 위에 호란족이 쫙 깔려서 마선족을 소탕하고 있습니다."

마석의 얼굴에 쓴웃음이 번졌다.

"노인과 아이, 여자들을 해치지 말라고 했더니 모두 종으로 삼는다고 합니다."

사청은 듣기만 했고 마석의 말이 이어졌다.

"갑사(甲士) 놈들이 투항하지 않고 저항했지만 거의 불에 타죽고 호란족이 쏜 살에 맞아서 전멸했습니다."

"원곤과 우석의 제사는 잘 지냈군."

사청이 혼잣소리처럼 말하더니 일어섰다.

"자, 그럼 다시 떠나자."

"나리, 호란족 족장이 사례를 한다고 했습니다만."

마석이 말하자 사청이 몸을 돌렸다.

"원곤과 우석이 묻힌 곳을 알려주고 철마다 제사를 지내도록 해 주게. 그것으로 대신하라고."

사청이 말을 이었다.

"호란족의 수호신으로 모시라고 하게."

사청 일행이 덕산군의 바닷가 마을 군단포에 도착했을 때는 그로부터 13일 후다. 군단포는 대륙 동쪽의 가장 번성한 항구 중 하나였지만 지금은 달라졌다. 무역선은 포구에 매어 놓은 채 갈매기 집이 되어 가는 중이었고 포구 가의 창고들은 비워진 곳이 태반이다. 대륙과의 무역을 독점해온 백제가 멸망한 터라 무역상들은 고구려나 왜국으로 활로를 뚫으려고 했지만 역부족이다. 신라나 고구려는 무역상이 드물었던 데다 왜국의 해적이 대해(大海)를 순식간에 장악했기 때문이다. 백제가 멸망하기 전에는 그림자도 보이지 않던 왜국 해적선이 마치 시체에서 솟은 구더기 떼처럼 바다를 뒤덮고 있다. 사청 일행이 바닷가의 주막에 들어섰을 때는 술시(8시)가 되어갈 무렵이었다. 주막에는 술손님 서너 명뿐이었는데 모두 선원 행색이다.

"아이구, 오랜만에 외지 손님을 받소."

그들을 본 늙수그레한 주모가 반색을 했다.

"웅진도독부로 가시는 사냥꾼들이시오?"

주모가 묻자 대답은 마석이 했다.

"그렇소. 일행이 먼저 가 있어서 우리는 급하게 뒤를 따르는 중이오."

"밀항선을 타시려는 것이군요."

주막 주인이 다가오며 말했다. 손님이 없었는지 반가운 표정이다. 그동안 방 2개를 잡고 일행의 저녁 식사와 말 먹이를 부탁하느라고 주막 안이 떠들썩했는데 대담은 마석과 연중이 맡았다. 둘이 한어에 유창했기 때문이다.

"배를 구할 수 있겠소?"

자리를 잡고 앉은 마석이 소리쳐 물었을 때 주막 주인 대신 구석 쪽 자리에 앉아 있던 선원 행색이 대답했다. 40대쯤의 건장한 체격이다.

"웅진도독부 어디까지 가시오?"

마석의 눈빛이 강해졌다. 웅진도독부란 말에 모두 흠칫했다.

"그건 왜 묻나?"

대뜸 마석이 하대를 했더니 사내의 눈빛도 강해졌다.

"내가 배를 갖고 있기 때문이오."

"몇 석(石)짜리 배인가?"

"1백 석짜리니까 손님 일행과 말 떼도 모두 실을 수 있소."

"수부(水夫)는 몇인가?"

"나까지 열둘이오."

"뱃삯은?"

"당항포까지 사람은 금화 5냥, 말은 10냥씩을 받소."

"아니, 다섯 배나 비싸군."

마석이 버럭 소리쳤다.

"이건 순 도둑놈들 아닌가?"

"금화 1냥씩 받았을 때는 백제가 멸망하기 전의 가격이오."

사내가 쓴웃음을 지은 얼굴로 말했다.

"더구나 손님들은 밀항자가 아니시오?"

그때 사청이 웃음 띤 얼굴로 물었다.

"상인(商人)들은 다 밀항자가 되어 있지. 허나 범법자는 아닐세."

"한 달 전부터 아래쪽 유선포에서 관인(官人)이 나와 대해 통행증을 발급하오. 통행료가 1인당 금화 5냥이오."

"도둑놈들이군."

"그러니 승선료가 비싼 것이 아니오."

"당항포까지는 며칠 걸리는가?"

"마침 동북풍이 불고 있으니 엿새면 닿을 것 같습니다."

그때 음식이 날라져 왔는데 술과 고기가 잔뜩 놓였다. 그것을 본 사내의 눈이 번들거렸다. 사내가 일행과 둘러앉은 자리에는 술 두 병과 채소 안주가 고작이었다. 사청이 주인에게 말했다.

"이보게 주인, 저쪽 자리에도 돼지고기 세 근, 술 세 병을 가져오게."

"예, 나리."

신이 난 주인이 주방으로 돌아갔을 때 사내가 사청을 보았다.

"백제계시오?"

"어떻게 아는가?"

바로 사청이 되물었고 주위에 둘러앉은 일행이 긴장했다. 사내의 얼굴에 희미하게 웃음이 떠올랐다.

"이곳 덕산군이 백제 담로 아니었소? 주민 대부분이 백제계지요."

사내가 엄지를 구부려 제 콧등을 가리키더니 턱으로 주방 쪽을 가리켰다.

"소인은 백제계이고 주막 주인 부부도 백제계지요."

"그렇군."

"배가 포구를 벗어나면 당(唐)의 순시선이 와서 검문을 합니다. 이곳 포구 밖에도 순시선 두 척이 숨어있습니다."

"당연하지 않겠는가?"

사청이 얼굴을 펴고 웃었다.

"그럼 그대 배를 타기로 하지. 순시선은 우리한테 맡겨 놓게."

사내의 이름은 궁진, 덕산군에 정착한 백제계 7대 후손으로 43세. 무역선 4척으로 백제 본국과 왜국, 남방까지 왕래해서 부(富)를 모았다고 했다. 그러나 이번 백당(百唐) 전쟁으로 궁진은 무역선 3척을 군(軍)에 징발당하고, 창고에 쌓여 있던 물자까지 전비(戰費)로 몰수당했다. 백제 관리와 친숙하다는 고발이 들어갔기 때문이다.

"1척 남은 배도 압류되었다가 며칠 전에야 뇌물을 주고 찾아왔소."

궁진이 분을 못 참고 씨근거렸다.

"담로가 당령(唐領)이 되었지만 대백제가 건재했을 때는 백제계를 당인(唐人) 관리들이 무시하지 못했었소. 그러나 대백제가 멸망하고 나니 우린 등을 기댈 데가 없습니다."

"선주는 한인 현성위를 아는가?"

사청이 묻자 궁진이 눈을 크게 떴다.

"대상(大商)께선 그분을 어떻게 아십니까?"

"조금 인연이 있어서 이번에 그분 배를 빌려 대해(大海)를 건널 작정이었네."

"그분은 이곳에서 60리 위쪽 상벌포에 사셨습니다만……."

"오늘은 늦어서 내일 찾아갈 예정이었는데 선주를 만났으니 배 빌릴 필요는 없겠구먼."

"그분은 배를 다 잃고 석 달쯤 전에 반역죄로 참형을 당했소."

놀란 사청이 머리를 들고 궁진을 보았다.

"형을 당해?"

"예. 백제와 내통했다는 혐의를 받아 재산이 몰수되고 가족은 뿔뿔이 흩어졌습니다."

"이런 일이 있나?"

탄식을 한 사청이 다시 물었다.

"무역선이 10여 척이나 되는 거상(巨商)이었지 않는가?"

"그렇습니다. 백제가 멸망하면서 백제국과의 무역상도 같이 멸망한 것이오."

그때 궁진의 일행 하나가 나섰다.

"내가 듣기로 현성위의 살아남은 가족 몇 명이 이곳에서 20리 거리인 기막골에 숨어 살고 있답니다. 현성위가 생전에 덕을 많이 쌓아서 기막골 주민들이 그들에게 거처를 마련해 주었다는군요."

사청이 사내를 향해 두 손을 모아 보이면서 말했다.

"고맙소."

"나리께서도 우리들에게 고기와 술을 베풀어 주시지 않았습니까?"

사내의 얼굴에 쓴웃음이 떠올라 있다.

연중과 마석, 호리까지 궁금한 시선을 주고 있었으므로 사청이 입을 열었다.

"현성위는 한인이지만 내 부친과 교분이 깊은 분이셨다. 그래서 믿고 배를 빌리려고 했던 것이야."

"그럼 나리께선 백제 관인(官人)이셨습니까?"

궁진이 물었으므로 사청이 머리를 끄덕였다.

"나는 대백제의 나솔 관등으로 의자대왕의 신하이며 달솔 계백의 호위장이었던 사청이다."

"아아."

궁진의 입에서 탄성이 뱉어졌다. 놀란 궁진이 주막 바닥에 무릎을 꿇고 엎드리자 일행이 모두 따랐다.

"나리, 달솔 계백이 거느린 5천 결사대의 명성을 이곳 대륙에서도 모르는 위인이 없습니다."

궁진이 소리쳐 말을 이었다.

"계백의 호위장이 명천(冥川)을 건너 다시 이승으로 보내졌다는 연극까지 만들어 당인(唐人)들이 추모하고 있었습니다. 그 주인공을 뵙게 되다니요?"

"과분하다."

이맛살을 찌푸린 사청이 손까지 저었다.

"궁진, 일어나게. 부끄럽네."

"장군을 모시게 되어서 광영이올시다."

"패장이고 대왕을 잃은 불충자야."

뱉듯이 말한 사청이 다시 손짓으로 일어나기를 권하자 궁진과 일행이 몸을 세웠다. 사청과 일행은 대륙의 끝에 닿은 터라 술과 고기를 사양하지 않았다. 궁진과 그 일행에게도 술을 나눠준 터라 주연은 밤이 깊도록 이어졌다. 다음 날 오전 진시(8시)쯤 되었을 때 방에서 나온 마석에게 사청이 말했다.

"내가 연중하고 둘이 기막골에 다녀올 테니 그대는 호리, 반명기를 데리고 가서 궁진의 배를 점검하라."

"예. 나리는 언제 돌아오십니까?"

"늦어도 내일까지는 돌아오겠지."

사청은 현성위의 남은 가족을 살피려고 가는 것이다. 주위를 둘러본 마석이 목소리를 낮추고 사청에게 물었다.

"아직 행선지는 밝히지 않는 것이 낫겠지요?"

궁진은 사청 일행이 본국으로 돌아가는 줄로만 아는 것이다. 사청이 머리만 끄덕였다.

기막골은 민가가 20여 호에 주민이 1백여 명 정도의 작은 마을이다. 그러나 주민이 터를 잡은 지 오래되어서 관우를 모신 사당도 세워져 있다. 오전 자시(10시) 무렵이 되었을 때 사당 앞에서 해바라기를 하고 있던 노인 둘이 마을로 다가오는 기마인 2명을 보았다.

"상인(商人)인가?"

손바닥을 눈썹 위에 붙인 공 노인이 묻자 주 노인이 머리를 기울였다.

"짐말을 한 필만 끌고 있는 것을 보니 가까운 곳을 다니는 상인이야."

"바쁘게 오는군."

공 노인은 전(前)에 덕산군의 기마군을 지냈기 때문에 마상(馬上)의 기마인을 보면 기마술을 짐작한다.

"말을 제 몸처럼 부리는군. 예사 상인이 아냐."

공 노인의 얼굴에 경계심이 일어났다.

"말 등에 매인 것이 활인가?"

"맞아."

거리가 1백 50보 정도가 되어서 두 노인의 노안(老眼)에도 두 기마인이 제각기 활과 살통, 허리에 장검까지 차고 있는 것이 드러났다.

"기마인이야."

공 노인이 단정했다.

"그것도 숙련된 기마군이야."

"그럼 저 짐말은 뭔가? 그리고 옷차림은……."

주 노인이 중얼거렸을 때 어느덧 기마인 둘이 앞으로 다가와 섰다. 그중 하나가 앞으로 나오더니 둘을 번갈아 보면서 물었다.

"이곳에 현성위의 가솔이 있소? 먼 곳에서 온 친지가 찾아왔으니 안내하시오."

순간 두 노인이 서로의 얼굴을 보았다. 현성위는 참형을 당했지만 가솔들은 풀려났다. 죄인이 아닌 것이다. 그러니 보살펴 줘도 죄 될 것이 없다. 그때 공 노인이 물었다.

"누구시라고 전할까요?"

"광릉군 기마대장이었던 분이시오."

앞에선 기마인이 그렇게 말하는 것을 보면 뒤에 선 장한이 그 주인공인 것 같다. 두 노인이 두말 않고 돌아서더니 곧 중년 여인과 10여 세 정도의 아이들 넷, 그리고 30세 남짓한 여자 둘과 함께 돌아왔다. 소문이 났는지 뒤를 10여 명의 노소남녀가 따르고 있다. 그때 앞장선 중년 여인이 사청을 보더니 눈을 둥그렇게 떴다. 현성위의 부인 모 씨다.

"아니, 사 나으리가 아니세요?"

모 씨가 비명처럼 소리쳤으므로 사청의 눈에 눈물이 고였다. 모 씨를 마지막으로 만났을 때는 광릉군을 떠나기 직전이니 3년 전이다. 광릉군은 사청이 떠난 1년 후에 당(唐)에 흡수되었던 것이다. 떠나기 전에 사청은 현성위와 모 씨 부인을 만나 인사를 했던 것이다.

"부인, 여기서 뵙습니다."

"나으리 명성은 이곳에서도 들었습니다."

눈물을 떨구면서 모 씨가 말했고 두 여인은 두 손으로 얼굴을 가리며 운다. 두 딸이다. 그리고 옆에 붙어선 10대 아이들은 둘의 자식들이다. 사청의 시선이 가족을 훑었다. 성인(成人) 남자는 모두 처형당한 것이다. 여인과 아이들만 살려주었다.

"다시 당을 떠나기 전에 또 뵙습니다."

기가 막힌 인연에 사청도 목이 메었다. 현성위는 사청의 아버지 사준을 형님으로 모셨던 것이다. 따라서 모 부인은 숙모뻘이 된다. 한 시진쯤이 지난 후에 사청과 연중은 모 부인의 남은 일족 일곱 명을 우마차 2대에 싣고 기막골을 나왔다. 우마차 2대는 사청이 금화 6냥을 주고 산 것이다. 모 부인 일족의 세간은 옷 보퉁이 몇 개뿐이었으니 한때 광릉군 제1의 거상(巨商)이었던 현성위 가문의 비참한 몰락이다. 현성위의 남은 식솔은 모씨 부인과 두 딸, 그리고 열두 살에서 여섯 살까지의 아이 넷이 남은 것이다. 마차가 기막골에서 10리쯤 떨어진 평탄한 도로로 나왔을 때 사청이 마차에 앉아 있는 모 부인 옆으로 다가갔다.

"소문이 날까 봐 기막골에서 모시고 나왔습니다."

모 부인이 머리를 끄덕였고 사청이 말을 이었다.

"저는 곧 배를 타고 왜국으로 떠납니다. 그러나 그전에 숙모께서 사실 기반을 만들어 드리지요."

"사 나으리."

모 부인이 눈물이 가득 고인 눈으로 사청을 보았다.

"이것이 무슨 인연인지 모르겠소. 두 번이나 이별을 하는군요."

"저승에서 제 선친과 숙부께서 음덕을 베풀어 주신 때문입니다."

말에 탄 채 우마차 옆을 따르면서 사청이 정색하고 모 부인을 보았다.

"제 선친께서 숙부님 가족을 돌보아 드리라고 당을 떠나기 전에 만나게 해 주신 것이지요."

며칠 늦는 것은 상관없는 것이다. 왜국 땅이 그동안 어디로 흘러가는 것도 아니고 수백 명 영주들이 어떻게 되는 것도 아니다. 사청이 말을 이었다.

"제가 남은 금자가 있습니다. 숙모께서 일족을 거느리고 사실 만큼 토지와 저택을 마련해 드리지요."

한때 대륙에 22개 담로를 통치했던 대백제국이다. 만감이 교차한 사청의 가슴이 미어졌다.

궁진의 무역선은 1백 석짜리로 길이가 60자(18m), 폭이 20자(6m), 높이가 25자(7.5m)가 되었는데 돛은 사각돛 하나에 선수(船首)를 높이 솟게 만든 데다 배 양면이 좁았다. 바람을 맞아 물의 저항을 줄이려는 백제선의 조선술을 그대로 적용한 것이다. 선원은 궁진을 포함하여 7명, 사청 일행 5명에 말 8필, 한 달 먹을 양식과 물을 싣고 대륙을 떠났을 때는 3월 초다. 바람은 적당했고 날씨는 따뜻해서 대양(大洋)에 나왔더니 무역선이 제법 떠 있었다.

"다섯 달 만에 대륙을 떠나게 되는군요."

감개어린 표정을 짓고 마석이 바다를 바라보며 말하더니 사청에게 물었다.

"나리, 왜국에서 무엇을 이루시겠소?"

"나카노오에(中大兄) 님을 만나 상의를 하지."

바다를 향해 선 채 사청이 말을 이었다.

"우리 다섯 목숨을 이어갈 곳이 없겠는가? 예의상 나카노오에 님을 만나는 것뿐이다."

나카노오에는 현(現) 고토쿠(孝德) 천황의 황태자로 왜국의 실권자인 것이다. 당시 나이가 48세, 백제를 적극 후원하여 백제방(百濟方)의 방주였던 의자왕의 아들 부여풍과 의형제를 맺은 사이이다. 그때 궁진이 다가왔다.

"나리, 바람을 비스듬히 맞고 동남향으로 내려가야 하는데 바람이 약합니다."

바람은 동북풍이다. 그러니 돛을 비스듬히 눕혀 달리고 있다. 궁진은 처음에 백제로 가는 줄 알았다가 왜국행임을 사청이 밝혔더니 오히려 더 반겼다. 사청이 두 배의 뱃삯을 지불하기로 했기 때문에 이번에 왜국 산물을 사서 남방으로 내려가겠다는 계획을 세웠다. 그때 호리가 다가와 말했다.

"남쪽으로 내려가면 동풍이 강해지니 돛을 조정할 필요도 없을 거요."

호리는 여러 번 왜국을 왕래한 터라 풍향과 뱃길을 아는 것이다.

"그럼 나리께서 뱃길을 안내해 주시오."

궁진이 호리에게 말했다.

"나는 서해도 서북쪽의 히젠에 한 번 백제 상인과 함께 가 본 적밖에 없습니다."

"왜국에 닿기만 하면 나한테 맡기시오."

호리가 큰소리를 쳤다.

"내가 안내할 테니까. 지쿠젠 위쪽의 뱃길을 타고 산양도 아래쪽 내해(內海)로 들어가면 되오."

사청의 목적지는 아스카(飛鳥)다. 천황 고토쿠와 황태자 나카노오에가 웅거하고 있는 왜국의 중심(中心)인 곳이다. 눈을 가늘게 뜬 궁진이 앞쪽 대해를 바라보며 말했다.

"탐라까지 이 속도로 내려가면 열흘이 꼬박 걸릴 것 같습니다."

궁진이 하늘과 바다를 번갈아 보면서 말을 이었다.

"다행히 날이 맑고 바람 끝이 부드럽습니다. 나리의 장도에 운이 따르는 것 같습니다."

그러나 그 말에 마가 낀 것처럼 다음 날 오전에 앞쪽에서 두 척의 배가 나타났다.

군단포를 떠난 지 만 하루가 지났을 때다. 돛대 위로 올라간 선원이 소리쳤다.

"당(唐)의 무역선과 군선(軍船)이오!"

돛대 밑동에 서서 그쪽을 보던 궁진이 이어서 소리쳤다.

"군선이 호위하는 것을 보니 관(官)의 무역선 같습니다."

뱃전에 나온 사청 일행도 그쪽을 보았다. 거리는 15리(7.5km) 정도. 탁 트인 바다에서는 눈에 보이는 사물과의 거리를 오측하는 경우가 많다. 먼 거리를 가깝게 계산하고 가까운 거리를 멀리 본다. 궁진이 거리를 재었다.

"10리(5km) 거리인데 서로 다가가고 있어서 반 시진(1시간)이면 닿겠습니다."

"비켜갈 수가 있겠는가?"

마석이 물었더니 궁진이 이맛살을 찌푸렸다.

"바람을 더 좁게 받아서 속력이 더 느려질 것이고 저쪽이 의심을 하면 금방 덮칠 수가 있소."

"고약하군."

"군선에 수군(水軍)은 50명 정도다."

사청이 뱃전에 한 발을 딛고 서서 말했다. 머리를 돌린 사청이 궁진을 보았다.

"내가 배를 탈 때 보니까 화물칸에 투석기가 있었다. 그걸 갑판으로 끌어오도록 해라."

"나리, 투석기가 있지만 돌덩이가 없습니다. 투석기는 닻을 멀리 던지려고 갖다놓은 것입니다."

"쓸모가 있으니 가져와라."

지시하고 난 사청이 일행을 돌아보았다.

"군선을 부수고 무역선을 점검하자. 왜국으로 가져갈 노자가 만들어질지도 모르겠다."

화(禍)와 복(福)은 손바닥 뒤집기다. 다가온 당선(唐船) 2척은 궁진의 1백 석 상선(商船)보다 컸다. 2척 모두 큰 돛에 뒤쪽으로 작은 돛이 있었고 군선(軍船)은 선수에 쇠기둥을 박아 놓았다. 쇠기둥에 부딪치는 적선은 박살이 날 것이다. 거리가 7~8백 보로 가까워졌을 때 먼저 군선에서 전고가 울렸다. 위협적이다. 그러더니 돛대에 붉은 깃발이 올라갔다. 정선(停船) 신호다.

"정선하랍니다."

그것을 본 궁진이 사청에게 보고했다.

"뱃전에 궁수가 수십 명 나와 있습니다."

과연 왼쪽 뱃전에 개미 떼처럼 우글대는 수군(水軍)이 보였다.

"돛을 절반만 내리도록 해라."

지시한 사청이 마석을 보았다.

"1백 보 거리면 되겠느냐?"

"1백 5십 보 거리면 됩니다, 나솔."

마석이 소리쳐 대답하자 사청이 쓴웃음을 지었다.

"이것 보게, 이젠 백제 관등을 버리세."

"그럼 두령님이라고 부르지요."

그때 군선이 앞장을 서고 무역선이 뒤로 쳐졌다. 거리가 5백여 보로 가까워지면서 분주히 오가는 수군들이 드러났다.

"수군이 70~80명 됩니다."

연중이 소리쳐 보고했다. 선원들도 긴장하고 있다.

"불씨를 당겨!"

그때 사청이 지시하자 마석이 단지에 감겨진 심지 끝에 부싯돌을 쳤다. 부싯돌을 세 번 치자 불꽃이 일어났고 곧 솜뭉치에 불씨가 옮겨 붙었다. 불씨는 곧 솜줄을 타고 올라가기 시작한다. 솜줄의 길이는 2자 가량. 사청이 머리를 들고 다가오는 군선을 보았다. 이제 군선의 실체가 정확히 드러났다. 길이는 80자(24m) 정도, 높이가 30자(9m), 폭은 30자(9m)여서 능히 군사 1백 명을 싣고 석 달 항해하도록 만든 수군 전함이다. 마석이 다가오는 전함을 보면서 투석기의 위치를 조정했다. 투석기의 통나무 기둥 끝 받침대에는 아이 몸통만 한 단지가 놓여 있었는데 뚜껑은 양초로 밀봉이 되었고 솜줄도 거미줄처럼 감겨 있다. 그리고 지금 솜줄 끝부분에 불씨가 옮겨져 있는 것이다. 단지 안에는 기름이 가득 담겨 있었는데 유황 기름이다. 불이 붙었을 때 물을 부으면 더 불길이 치솟는다. 사청은 투석기에 기름 단지를 놓고 쏘아 던지려는 것이다. 광릉군에서 당(唐)군과 교전할 때 투석기에 기름통을 담아 쏜 경험이 있던 사청이었지만 해전(海戰)에서는 처음이다.

"2백 5십 보!"

돛대 뒤에 몸을 숨긴 선원이 소리쳤다.

"두령! 2백 보에서도 맞힐 수 있소!"

마석이 따라 소리쳤을 때 사청이 연중과 반명기에게 지시했다.

"불화살을 준비해라!"

활을 쥐고 있던 둘이 제각기 화살 끝에 묶은 솜뭉치를 기름통에 담그더니 시위에 걸고는 기다렸다.

"2백 보!"

다시 선원이 소리쳤다. 이제 당의 군선 안이 선명하게 드러났다. 무장한 수군들이 이쪽 갑판에 모여서서 주시하고 있다. 이쪽은 거의 정선 상태였기 때문에 긴장감은 보이지 않는다. 정선 명령에 순응한 것으로 보였기 때문이다.

"두령! 1백 8십 보요!"

투석기를 다시 바로 잡으면서 마석이 소리쳤다. 그러나 사청은 대답하지 않았다. 그때 당의 군선에서 외침 소리가 들렸다.

"모두 갑판으로 나오너라!"

그때 선원이 이번에는 낮게 소리쳤다.

"1백 5십 보!"

그때서야 사청이 마석을 보았다.

"쏘아라!"

마석이 투석기를 다시 한 번 맞춰 보더니 타들어가는 솜의 불씨를 단지의 솜그물에 붙였다. 그 순간 불길이 확 일어나면서 단지를 뒤덮었다. 그때 마석이 허리춤의 단도를 빼들더니 투석대를 고정시킨 삼줄을 후려치듯 베었다.

"탁!"

잔뜩 굽혀졌던 투석대 기둥이 제자리로 돌아가면서 제동대에 부딪치는 소리다. 그 순간 투석대 끝에 얹혀 있던 기름 단지가 솟아올랐다. 불덩이가 솟아오르는 것 같다. 허공으로 솟아오른 불덩이가 군선을 향해 날아간다. 사청은 물론이고 배에 탄 10여 쌍의 눈이 불덩이를 응시했다. 다음 순간 불덩이가 군선의 중심 부근에 떨어지면서 시퍼런 불길이 일어났다.

"쏴라!"

사청이 소리치자 기름 적신 화살을 시위에 걸고 있던 연중과 반명기가 불씨에 불을 붙이더니 군선을 향해 쏘았다. 다시 불화살이 날아간다. 마무리 불화살이다. 군선(軍船)이 불길에 휩싸였다. 돛에 불이 옮아붙자 종이가 타오르는 것처럼 불길이 치솟는다. 수군들이 달려들어 불을 끄려고 했지만 유황불은 오히려 더 기세를 내었다.

"가깝게 붙여라!"

화공에 놀라 입만 벌리고 있던 궁진 이하 선원들이 사청의 외침에 배를 접근시켰다. 거리가 1백 보로 가까워졌을 때 배 안의 외침과 이리저리 뛰는 수군의 모습까지 선명하게 드러났다. 그때 활에 살을 먹인 사청이 갑판 위에 선 장수를 겨누자마자 살을 날렸다.

"쌕!"

거리는 1백 보, 유성처럼 날아간 화살이 당장(唐將)의 가슴에 꽂혔다.

"앗!"

함성은 이쪽 선원들이 뱉었다. 불길에 싸인 당선(唐船)에서는 쓰러진 장수 주변의 몇 명만 알았다. 그때 연중과 마석, 반명기까지 겨누고 있던 살을 날렸다. 백제궁(百濟弓)에 익숙하지 못한 호리만 구경을 한다.

"아앗!"

그때서야 당의 군선에서 외침이 울리더니 이젠 모두 납작 엎드렸다. 불길을 끌 엄두도 내지 못한 것이다.

"기름 단지를 하나 더 쏘아라!"

사청이 지시하자 활을 던진 마석과 연중이 기름 단지를 포대에 놓고 줄을 당겨 조였다.

그 사이에 다가간 배를 향해 사청이 또 두 명을 쏘아 눕혔다. 뱃전 구석에 박혀 있다가 불길을 피해 일어나는 군사를 쏜 것이다. 기름 단지는 3개 준비해 놓았던 터라 금방 포대에 놓였고 솜줄에 불을 붙일 필요도 없이 마석이 쏘았다.

"턱!"

투석 때 나무 기둥이 제동대에 부딪치는 소리가 나더니 어린애 몸통만 한 기름 단지가 날아갔다. 모두 숨을 죽인 채 기름 단지를 본다. 다음 순간 기름 단지가 군선(軍船)의 중심에 떨어졌다. 그 순간이다. 거대한 불기둥이 일어나더니 사방으로 불비가 쏟아졌다.

"와앗!"

궁진을 포함한 선원들이 함성을 질렀고 군선은 이제 불덩이가 되었다. 불길을 피해 수군들이 바다로 뛰어내리고 있다. 그때 사청이 소리쳤다.

"자! 저 관선을 좇아라!"

사청이 뒤쪽의 관선을 가리켰다. 앞장선 군선이 불길에 휩싸였으나 관선은 돕지 못했다. 5백 보쯤 뒤쪽에 떨어져서 구경만 하고 있었을 뿐이다. 도울 엄두도 내지 못했고 그럴 능력도 없다. 두 번째 기름 단지가 떨어졌을 때 관선은 도망치기로 작정을 한 것 같다. 돛이 옆쪽으로 비틀리더니 뒤쪽 삼각돛을 활짝 폈다. 옆으로 비켜 도망칠 작정이다.

그때 궁진이 소리쳤다.

"앞을 가로막아라!"

마침 바람을 잘 받아서 이쪽은 속력을 낼 수가 있다. 그리고 배가 가벼워서 관선보다 두 배는 빠르게 움직인다. 불덩이가 된 군선에서는 이제 수군들이 앞을 다투어 뛰어내리고 있다. 군선을 지나 관선으로 다가가면서 사청이 궁진에게 소리쳐 물었다.

"관선의 키를 부술 수 있는가?"

"어렵습니다."

궁진이 바로 대답했다.

"스쳐 지나가면서 선수로 받아야 하는데 비스듬한 각도에서 저쪽이 키를 틀면 어긋납니다."

사청이 머리를 돌려 마석을 보았다.

"가깝게 접근했을 때 뒤쪽 조타수에게 기름 단지를 맞힐 수 있겠나?"

금방 사청의 말뜻을 알아차린 마석이 소리쳐 대답했다.

"1백 보 거리에서라면 맞히지요."

"좋아, 배를 붙여라!"

궁진의 무역선이 빠른 전선(戰船)이 되었다. 비스듬히 달려갔고 관선은 돛대를 옆으로 세워 오던 방향으로 머리를 틀었지만 속력이 붙지 않는다. 한 식경(30분)이 되었을 때 무역선은 1백여 보 거리로 다가갔다. 이제 두 척의 배는 나란히 달리는 중이다. 뒤쪽으로 불덩이가 된 군선이 정지된 채 검은 연기를 내뿜고 있다. 바다에 뛰어내린 수군은 일단 불길은 피했지만 고기밥이 될 것이었다. 그때 각도를 맞춘 마석이 세 번째 기름 단지를 쏘았다. 이번에는 불길에 덮인 기름 단지가 날아간다. 숨을 죽이고 기름 단지를 바라보던 사청 일행이 곧 함성을 질렀다. 기름 단지가 뒤쪽 조타수 옆에 떨어지면서 불기둥이 솟았던 것이다. 이제 관선 뒤쪽은 불길에 싸였다. 조타수가 불덩이가 되어서 바다로 뛰어내렸고 근처에 불이 덮여 아무도 접근하지 못한다. 사청이 활에 살을 먹이면서 말했다.

"관선의 옆으로 붙여라."

관선은 2층 누각의 대선(大船)이다. 고관(高官)이 타고 있을 것이고 무관(武官)이 호위한다. 선원까지 합쳐 1백 명 가깝게 승선하고 있다. 그때 관선에서 화살이 날아왔다. 가깝기 때문에 뱃전에 여러 대가 박혔다. 그러나 뒤쪽의 불길은 진압하지 못하고 있다. 사청이 활을 고쳐 쥐면서 웃었다. 이제 기다리면 된다. 한 식경(30분)이 지났을 때 관선(官船)의 뒤쪽은 불길에 싸여서 조타석에 접근할 수가 없게 되었다. 불길은 갑판 위쪽으로 번지지는 않았으나 꽁무니에 불이 붙은 관선은 당장 방향을 잃고 긴 원을 그리면서 돌기 시작했다. 이어서 삼각돛이 불에 탔으므로 관선 안은 당황한 기색이 역력했다. 이쪽을 겨누고 활을 쏘았지만 2백여 보 거리를 두고 따르는 터라 화살이 닿지 않는다. 갑판에 선 사청은 관선 안이 점점 공황 상태가 되어 가는 것을 느끼고 있다. 불길이 선미를 태우는 바람에 조타와 키가 사용 불능 상태가 되어서 그쪽으로 10여 명의 수부(水夫)가 매달려 있다. 고관(高官)으로 보이는 사내가 자주 눈에 띄었는데 수시로 무관들이 달려와 보고를 한다.

"곧 해가 질 테니 그때 바짝 접근해서 활로 잡는다."

사청이 관선을 응시하며 지시했다. 태양이 수평선 위로 걸리면서 바다색을 붉게 물들였다. 장관이다. 옆쪽으로 선미에 불이 붙은 관선도 한 폭의 그림처럼 보인다.

"두령, 관선에 여자도 있습니다."

마석이 눈을 가늘게 뜨고 관선을 보면서 말했다.

"고관의 옆에서 시중을 드는 것 같은데 둘이군요."

"셋이야."

사청이 활시위를 점검하다가 그쪽을 보았다.

"고관의 가족은 아니야. 시녀 같다."

"백제 땅에 시녀까지 데리고 갔다면 고위직이오."

마석이 단언하듯 말했다.

"군선의 호위까지 받고 있으니 대장군 유인원인지도 모릅니다."

불덩어리 같은 태양이 수평선 밑으로 뚝 떨어지더니 바다 위로 붉은 물감이 쏟아진 것 같았다. 하늘도 붉다. 그때 사청이 궁진에게 지시했다.

"배를 붙여라. 1백 50보 거리를 유지해라."

궁진이 배를 틀었고 궁수들이 뱃전으로 옮겨갔다. 관선에서도 이쪽을 주목하고 있는 터라 분주하게 군사들이 오가고 있다. 관선 뒤쪽의 불은 꺼져가고 있었지만 키가 다 타서 밑으로 늘어져 있다. 조타석도 시커멓게 되어 흔적도 남지 않았다. 관선은 이제 파도와 바람을 타고 흔들릴 뿐이다. 거리가 1백 70~80보 정도로 가까워졌을 때 바다 위의 붉은 껍질이 사라졌다. 그러고는 수평선 위쪽으로 한 뼘 정도의 붉은 기운만 남았다. 위쪽 하늘은 잿빛이다. 앞쪽 관선의 불길도 거의 꺼져서 검은 섬에 반짝이는 불빛만 떠 있는 것 같다. 궁진의 지시로 무역선은 조금씩 관선으로 다가갔다.

"저놈들이 주시하고 있을 것이다."

사청이 목소리를 낮추고 말했다.

"뒤쪽으로 돌아서 붙어라. 난 돛대 위로 올라가 놈들을 잡겠다."

"저는 좌측 뱃전을 맡지요."

마석이 말하고는 좌측으로 달려갔다. 자연히 연중과 반명기는 우측을 맡았고 호리는 궁진과 함께 키를 맡는다. 돛대 위로 올라간 사청이 관선을 보았다. 이제는 관선이 내려다보인다. 거리는 1백 50보로 가까워졌고 어둠 속이었지만 뱃전에 기대앉은 수군들의 윤곽이 드러났다. 사청은 가져온 밧줄로 돛대에 허리를 묶었다. 발로 돛대에 박아놓은 받침을 단단히 밟고는 옆구리에 찬 살통에서 화살 하나를 빼내어 시위에 걸었다. 주위는 순식간에 어두워졌다. 해전에서는 어둠을 틈타 도망치는 것이 최상책이다. 바다에 어둠이 덮이면 수만리 면적의 짙은 숲이 된다. 하늘의 별이 휘황해도 바다에 박힌 배는 숲에 들어간 짐승이나 같은 것이다. 그러나 1백여 보 거리에 붙어 있는 이번 경우는 다르다. 더구나 상대는 키가 없는 소경 배인 것이다. 바람과 파도를 타고 흘러갈 뿐이다. 배가 1백 50보 거리로 다가갔지만 아직 관선은 눈치채지 못했다. 옆에 붙어 있는 줄을 알면서도 발견하지 못한 것이다. 그때 사청이 시위를 당겨 갑판에 서 있는 무관(武官)을 겨누었다. 거리는 1백 50여 보. 무관은 소리 죽여 무언가를 지시하고 있었는데 이쪽에 등을 보이고 있다. 다음 순간 사청이 시위를 놓았다.

"쌕!"

밤하늘을 가르는 파공음이 울리더니 무관이 앞쪽으로 거꾸러졌다. 등판에 깊숙하게 화살이 박힌 것이다. 그 순간 갑판 위에서 소동이 일어났다. 이리 뛰고 저리 엎드렸지만 돛대 위에 선 사청에게는 다 보인다. 두 번째 화살을 먹인 사청이 이제는 누각 계단으로 오르는 무관을 겨누었다. 누각에 있는 고관(高官)에게 보고하러 가는 것 같다.

"쌕!"

두 번째 화살이 날아가 계단을 오르던 무관의 옆구리에 박혔다.

"악!"

비명이 이곳까지 들렸으니 관선 안은 소동이 일어났다. 그때 아래쪽의 마석, 연중, 반명기가 일제히 화살을 날렸다. 그중 두 발이 적중한 것을 돛대 위의 사청이 보았다.

"적이다! 우측이다!"

그때서야 이쪽을 발견한 관선에서 외침과 소란이 일어났다. 사청은 다시 화살 한 대를 날려 방금 소리친 무관의 가슴을 맞췄다. 그러고는 아래쪽에 대고 소리쳤다.

"뒤로 물려라!"

궁진이 바로 배를 뒤로 물렸으므로 무역선은 관선의 시야에서 사라졌다. 어둠 속에 묻혔다는 표현이 맞다. 그러나 무역선에서 관선은 보인다. 불탄 키 아래쪽에, 그리고 선미 통나무 기둥에, 옆쪽 판자에 불씨가 남아 있는 것이다. 거리가 2백50보로 떨어지자 관선에서는 무역선이 보이지 않았다.

"뒤쪽으로 돌아라!"

돛대 위에서 사청이 궁진에게 지시했다. 이제는 반대쪽에서 공격을 하려는 것이다.

"뒤 돛을 펴!"

궁진이 선원들에게 소리쳤다. 뒤 돛이 옆으로 펴지면서 키가 돌아갔고 무역선은 관선의 뒤를 돌았다. 이제 관선의 반대편이 나왔다. 궁진이 배를 접근시키자마자 어둠 속에서 화살이 날아갔다. 다시 관선에서 비명과 외침이 일어났다. 이번에는 불화살이 날아가 관선의 돛에 맞아 불을 일으키는 바람에 표적이 더 선명하게 드러났다. 이것은 마치 우리 안에 든 짐승 사냥이다. 한 시진쯤이 지났을 때 관선 갑판에는 40여 명의 시신과 중상자만 눕혀졌고 나머지는 모두 갑판 아래 선창으로 피신했다. 주인 없는 배는 이곳저곳에서 불길을 피워 올린 채 바다 위에서 기우뚱거리고만 있다.

"두령, 고관(高官) 놈은 선창 밑으로 숨었습니다. 잡아내려면 배에 승선하는 수밖에 없겠소."

마석이 말했을 때 사청은 머리를 저었다.

"저놈들은 우리 머릿수를 안다. 그래서 승선하기를 기다리고 있을 거야."

"우리가 안의 재물을 털려고 배를 다 불 질러 태우지 않는 것도 알 겁니다."

마석이 쓴웃음을 짓고 대답했다. 그때 궁진이 말했다.

"모두 선창 안에 들어갔으면 그대로 관을 만들 수가 있지요."

"무슨 말인가?"

사청이 묻자 궁진이 쓴웃음을 짓고 대답했다.

"갑판에서 선창으로 들어가는 출입구는 두 곳뿐입니다, 그곳을 못질해서 막아 놓으면 안에서 밖으로 나올 수가 없습니다."

"그렇군."

사청이 머리를 끄덕였다.

"그렇게 해 놓고 안에 불을 지르면 그놈들이 불에 타 죽거나 투항을 해야겠지."

머리를 든 사청이 궁진에게 지시했다.

"배를 붙여라!"

잠시 후에 무역선이 관선에 다가가 뱃전을 붙였고 사청을 선두로 마석, 연중, 호리, 반명기까지 관선으로 뛰어들었다. 궁진도 판자와 망치를 들고 뒤를 따른다. 잠시 후에 관선 갑판 위에서 못질하는 소리가 밤하늘에 울려 퍼졌다. 출입구를 봉쇄하는 것이다.

"별일을 다 합니다."

선창으로 내려가는 출구에 판자와 통나무를 대고 못질을 하면서 궁진이 소리쳤다. 얼굴에 웃음이 떠올라 있다. 금방 출입구가 막혔고 갑판 위에 널브러진 시체와 중상자까지 바다로 던져졌다. 그중 부상자 두 명을 남겨 놓고 다 던져 버린 것이다.

"자, 네놈들도 고기밥이 될 테냐? 아니면 이 배에 누가 탔는지를 말해주고 살 테냐?"

마석이 칼끝을 목에 대고 소리치자 부상자들의 입에서 터진 곡식 자루에서 곡식이 쏟아지듯이 말이 나왔다.

"배에 웅진도독부 도독 왕문도(王文度)와 그 부인이 타고 있소이다."

"웅진도독부 도독이 타고 있어? 이놈, 거짓이면 목을 벨 테다."

놀란 마석이 발을 구르자 화살이 다리에 박힌 군관이 대답했다.

"왜 거짓말을 하겠습니까? 안에 숨은 도독을 잡아보면 아실 것 아니겠소?"

"왜 도독이 돌아가느냐?"

"병이 났습니다. 기침에 피를 토하고 있습니다."

마석이 머리를 들고 사청을 보았다. 사실인 것 같았기 때문이다. 그때 사청이 지시했다.

"출입구로 불덩이를 던져 넣어라. 그놈들이 불을 끌 수 있는지 보자."

마치 굴 안의 여우를 연기로 질식시키듯이 궁진과 선원들까지 나서 그곳의 출입구에 불덩이들을 던져 넣었는데 한 식경이 지나고 나자 안에서 외침이 들렸다.

"다 나갈 테니 살려주시오!"

이제 선창은 연기로 가득 찼고 뱃전의 판자 사이로도 연기가 빠져나오고 있다.

"우리가 갖고 있는 재물을 다 주겠소!"

관선에서는 사청 일행을 해적으로 믿는 것 같다. 그때 마석이 소리쳤다.

"무기를 버리고 한 놈씩 나오거라!"

입구 한쪽을 뜯어 겨우 한 사람이 나올 만한 구멍을 내고 다시 소리쳤다.

"자, 한 놈씩 나와라!"

그때 맨 먼저 겉옷이 불에 그을린 고관이 나왔다. 50대 중반쯤으로 수염이 길고 안색이 창백한 사내다. 기다리고 있던 연중이 사정없이 어깨를 눌러 바닥에 무릎을 꿇렸을 때 두 번째로 중년 여자가 나왔다. 부인 같다. 세 번째는 젊은 여자다. 머리가 흐트러졌지만 절색이다. 포로는 모두 42명. 나오는 족족 묶어서 뒹굴려 놓았기 때문에 갑판은 포로로 가득 찼다. 마석이 연중과 호리를 데리고 연기가 자욱한 선창 안으로 들어갔다가 매운 연기에 질색을 하고 도로 나왔다. 숨어 있는 당군(唐軍)을 찾기 위해서다. 궁진이 잠깐 내려갔다가 오더니 숨어 있다면 질식해서 죽었을 것이라고 장담했다. 그러고는 환한 얼굴로 소리쳤다.

"선창에 비단과 금은붙이가 궤짝으로 가득 차 있었습니다."

마석이 잇새로 말을 받는다.

"이놈, 백제에서 강탈해 간 재물이구나."

지친 듯 왕문도는 어깨를 늘어뜨린 채 대답하지 않는다. 그때 젊은 여자가 말했다. 또랑또랑한 목소리다.

"우리는 그런 재물을 모으지 않았다! 휘하 장수들이 모아서 실은 것이야!"

"허, 이년 말하는 것 좀 보게."

화가 난 마석이 칼을 쥐고 다가섰다.

"이년이 독한 년이구나."

그때 사청이 여자에게 물었다.

"넌 누구냐?"

"난 태사 왕문도의 딸 홍경이다!"

여자의 목소리가 밤하늘을 울렸다.

"이미 죽을 각오는 했다. 자, 어서 죽여라!"

여자의 시선을 받은 사청이 쓴웃음을 지었다.

"다 네 뜻대로 되는 세상에서 살았구나."

머리를 든 사청이 궁진을 보았다.

"재물을 옮겨 실어라."

"예, 나리."

궁진이 서둘러 선창으로 다가갔을 때 사청의 시선이 마석에게 옮겨졌다.

"이만하면 살상은 충분히 했어. 배를 놔두고 가자."

"두령, 백제 땅을 떠나는 제사라도 지내야 되지 않겠습니까?"

마석이 아쉬운 듯 번들거리는 눈으로 사청을 보았다.

"대왕의 원혼이 웅진도독부의 도독을 만나게 해주신 것만 같소."

"그런가?"

"저놈, 왕문도의 목을 베어 이곳 백제해(百濟海)에 피를 뿌리고 머리를 던집시다."

"살려 보낸다."

사청이 자르듯 말하자 마석이 어깨를 늘어뜨렸다.

"인정을 베푸는 것이오?"

"왕문도를 죽여도 한은 풀리지 않아."

모두 숨을 죽였고 사청의 목소리가 밤하늘에 퍼져나갔다.

"백제군이 언제 투항한 적을 죽인 적이 있더냐?"

발을 뗀 사청이 말을 이었다.

"백제를 떠나도 백제혼은 지니고 간다."

"과연."

호리가 먼저 머리를 끄덕였고 연중이, 반명기가 이어서 마석이 뒤를 따랐다. 곧 재물이 옮겨졌고 흔들리는 배에 40여 명의 투항군이 남겨졌다. 그때 사청이 주저앉아 있는 왕문도에게 다가가 말했다.

"나는 황산벌에서 살아남은 달솔 계백의 위사장 사청이다."

숨을 들이켠 왕문도의 눈빛이 강해졌다. 그러나 입을 열지는 않는다. 사청이 말을 이었다.

"네 재물은 우리가 백제를 떠나는 노자로 가져가겠다. 그러니 이곳에서 머물다가 지나는 당선(唐船)에 옮겨 타고 돌아가거라."

사청이 몸을 돌렸을 때 왕문도가 말했다.

"나는 며칠 살지 못할 것이지만 그대의 무운(武運)을 빌어 주리다."

몸을 돌린 사청의 시선을 받은 왕문도가 말을 이었다.

"내가 달솔 계백의 위사장 사청을 만나다니 행운이오."

"왜 그런가?"

사청이 묻자 왕문도의 얼굴에 희미하게 웃음이 떠올랐다.

"훗날 역사서에는 기록되지 않겠지만 명천에서 돌아간 나솔 사청의 이야기는 전설로 이어지리라."

"전설로 말인가?"

"그렇소. 멸망한 나라의 역사는 승자에게 짓이겨지기 마련이오. 그러나 전설로는 이어지게 되오."

그때 왕문도가 기침을 하더니 입에서 검은 액체를 뿜었다. 밤이어서 검게 보였을 뿐 피다. 옆으로 부인과 딸이 다가와 왕문도를 부축했고 시녀가 서둘러 헝겊으로 입을 닦아준다. 사청이 다시 몸을 돌렸을 때 왕문도가 물었다.

"장군, 어디로 가시오?"

"왜국으로."

뱃전을 발로 딛고선 사청이 다시 몸을 돌려 왕문도를 보았다.

"멸망한 나라의 무장이 새 나라를 찾아 간다네."

"내 딸이 시인이오."

왕문도가 손으로 옆에 선 딸을 가리켰다.

"백제 무사 이야기가 시로 남게 될 것이오."

"앗핫핫. 그럼 시에 이름들을 넣어 주게."

어깨를 흔들며 사청이 웃자 마석이, 연중이, 반명기까지 따라 웃었다. 사청이 무역선으로 건너뛰고 나서 말했다. 목소리만 울리고 있다.

"사청, 마석, 연중, 호리, 반명기일세."

탐라가 보였을 때는 왕문도를 보낸 지 사흘째가 되는 날이다. 바람은 순풍이었고 모처럼 무역선 안의 승객, 선원들의 얼굴에 웃음이 떠올랐다. 저녁 무렵, 왕문도의 관선에 실렸던 재물을 점검하고 올라온 마석과 호리가 사청 앞에 섰다. 그 뒤쪽으로 궁진이 주춤거리고 있다.

"두령, 금화가 3천 냥이나 되었고 은괴, 보석이 8상자나 되었습니다."

마석의 두 눈이 번들거리고 있다.

"이 금화로 군자금을 쓰면 1천 명의 반년 식량이 될 것이오."

"왜국에 가서 당장 군자금이 크게 필요하지는 않을 거야."

쓴웃음을 짓고 말한 사청의 시선이 궁진에게 옮겨졌다.

"궁진."

"예, 나리."

시선을 마주친 궁진에게 사청이 웃음 띤 얼굴로 말했다.

"그대에게 금화 1천 냥과 나머지 재물을 모두 주마."

놀란 궁진이 숨을 들이켜고 마석과 호리도 눈만 껌벅였다. 사청이 말을 이었다.

"그 재물로 다시 무역을 시작할 수 있겠느냐?"

"예."

우선 대답한 궁진이 입안의 침을 삼키더니 사청을 보았다.

"나리, 왜 그렇게 주십니까?"

궁진의 목소리가 떨렸다.

"네가 무역으로 일가(一家)를 이루면 훗날 다시 만날 날이 있을 것이다."

"예, 나리."

"그때 내게 진 빚을 갚아라."

"예, 나리."

궁진의 눈에서 눈물이 흘러내렸다. 무역선을 모두 징발당한 후에 겨우 사청 일행을 왜국에 실어다 주는 일감을 맡게 된 궁진이다. 그만한 재물이면 요즘 헐값이 된 무역선을 5척 살 수 있는 데다 상품을 5척에 가득 실을 수가 있는 것이다. 당장 꿈에 부푼 궁진의 눈빛이 강해졌다.

"소인이 죽을 때까지 백제 무장 사청을 잊지 않겠습니다, 나리."

궁진이 물러갔을 때 마석이 다가와 말했다.

"두령, 잘 하셨습니다. 궁진은 금화 1천 냥에 나머지 재물을 모으면 금화 5천 냥 가치가 됩니다."

"재물은 흐르는 물과 같다고 내 선친이 말씀하셨다. 재물이 고이면 썩는다."

"과연."

"백제 무사는 재물을 탐하지 않는다."

"귀감으로 삼겠소."

그때 호리가 말했다.

"두령, 탐라 쪽에서 쾌속선이 다가오고 있습니다. 아무래도 해적선인 것 같습니다."

사청과 마석이 호리가 가리키는 쪽을 보았을 때 다시 궁진이 다가왔다.

"나리, 저것은 탐라 해적입니다."

"탐라 해적이라니?"

사청이 물었다. 탐라는 예부터 백제령이었으나 주민이 많지 않아서 남방(南方) 방령 휘하의 진장이 군사 2백여 명을 거느리고 성주 행세를 해 왔다. 그러나 대백제가 멸망한 후에는 진(陣)이 어떻게 되었는지 알 수가 없다. 그때 궁진이 말했다.

"탐라에 있던 진장이 돌아가고 나서 해적선의 소굴이 되었습니다. 허나 오가는 무역선이 끊겼기 때문에 해적선이 대륙 쪽으로 옮겨간 줄로만 알았는데 아직 남아 있는 것 같습니다."

그 사이에 쾌속선은 형체를 알아볼 수 있을 정도로 다가왔다. 이미 해전(海戰)을 겪은 궁진과 선원들은 고깃배를 보는 것 같다. 그때 마석이 사청에게 물었다.

"두령. 부술까요?"

"백제 해적인가?"

되물은 사청이 지시했다.

"배 속도를 늦추고 저놈들을 기다려라."

궁진의 지시로 무역선의 돛이 내려가면서 배 속도가 뚝 떨어졌다. 반대로 쾌속선은 살같이 달려오더니 한 식경도 안 되어서 5백 보 거리로 다가왔다. 연안용 쾌속선이어서 폭이 좁고 배 바닥이 깎였다. 이 배로는 대해(大海)로 나가기가 힘들다. 풍랑에 옆으로 기울기 때문이다.

"멈춰라!"

백제어로 고함소리가 들렸을 때는 쾌속선이 2백여 보 거리로 다가왔을 때다. 사청이 잠자코 쾌속선을 보았다. 갑판에 나와 선 해적은 모두 10여 명. 모두 손에 병장기를 들었는데 사청의 눈에 익다. 백제 병장기다.

"두령, 진(陣)에 있던 백제군 같습니다."

옆에 선 마석이 말했다.

"가죽 갑옷을 입고 있는 놈도 있군요."

"……."

"나라가 망하고 해적이 된 것입니다."

그때 사청이 잠자코 옆에 놓인 활을 들더니 화살을 시위에 먹였다. 모두의 시선이 모였고 사청이 시위를 만월처럼 당겼을 때 숨소리도 들리지 않았다.

"쌕!"

다음 순간 화살이 날아갔다. 거리는 2백여 보. 이제는 모두의 시선이 쾌속선으로 옮겨졌다.

"아."

탄성이 다음 순간에 일어났다. 날아간 화살이 쾌속선 선수에 선 지휘자의 투구를 맞춘 것이다.

"와앗!"

그 순간 쾌속선에서 소동이 일어났다. 선수에 서 있던 두목이 황급히 갑판 옆쪽으로 몸을 숨겼고 군사들이 엎드렸다.

"쌕!"

다시 한 발의 화살이 날아가 엎드린 군사의 엉덩이에 박혔다. 2백 보 거리에서 날아간 화살이다.

"와아앗!"

무역선에서 함성이 올랐고 그 순간 쾌속선이 더 가까워졌다. 그때 사청이 마석과 연중, 반명기에게 말했다.

"죽이지는 마라! 팔, 다리나 쏘아라!"

"그것이 더 어렵습니다."

마석이 말하고는 쥐고 있던 살을 힘껏 당기더니 놓았다. 이제 화살 4대씩이 날아간다.

"아앗!"

거리가 150보가 되면서 쾌속선 소동은 더 심해졌다. 무역선보다 갑판이 낮은 터라 난간에 엎드리고 숨어도 엉덩이나 등짝이 노출되기 때문이다.

"아앗!"

이제는 무역선 선원들이 함성을 내지른다. 벌써 다섯이 화살을 맞은 것이다. 쾌속선은 키를 돌렸지만 오히려 갑판이 다 드러났다. 다시 화살이 날아가 둘을 맞혔을 때 쾌속선이 이제는 50여 보 거리에서 비스듬히 앞쪽으로 가로질렀다. 다시 화살이 날아가자 쾌속선에서 움직이는 군사는 보이지 않았다.

"배를 잡아라!"

이윽고 사청이 소리치자 궁진이 서둘러 돛을 올렸다. 쾌속선이 키잡이를 잃고 돌고 있었기 때문이다. 무역선은 느리지만 곧장 질러가면 쾌속선을 잡는다. 곧 무역선이 뒤를 쫓았고 한 식경쯤이 지났을 때 쾌속선의 선미를 들이받으면서 잡았다. 키가 부서지면서 쾌속선이 옆으로 기울었는데 부상당한 군사들이 우르르 뱃전으로 굴렀다. 칼을 빼든 사청과 마석, 연중과 반명기, 호리까지 쾌속선으로 뛰어 들어가자 군사 하나가 소리쳤다.

"투항하겠소!"

"너희들은 무엇 하는 놈들이냐!"

마석이 버럭 소리치면서 칼등으로 그중 성한 군사의 어깨를 내려쳤고 자지러지는 비명소리가 울리더니 군사 하나가 소리쳤다.

"우린 신라군이오! 무역선 기찰을 하려고 했던 것이오!"

"신라군이면 어디 소속이냐?"

"삼천당의 수군(水軍) 소속이오!"

마석이 머리를 돌려 사청을 보았다. 의심스러운 표정이다. 군사 중에 백제군 갑옷을 입은 자가 둘이 있었고 그중 장수 행색을 하는 자는 붉은 띠가 붙은 허리 갑옷을 입었다. 12품 문독(文督)의 차림이다. 그때 사청이 쪼그리고 앉은 장수 행색을 보았다. 그는 사청이 쏜 화살에 허벅지를 맞았다. 사청이 사내에게 물었다.

"네가 문독 벼슬이냐?"

순간 눈을 치켜뜬 사내가 얼굴을 일그러뜨리며 웃었다.

"백제 놈 옷을 입었더니 그렇게 불러 주는군. 아니다. 난 신라인이다."

"그런가?"

"네 놈들은 백제 담로 출신의 무역상이겠군. 활솜씨가 제법이다."

이미 죽기를 각오한 듯 사내의 말은 거침이 없다. 그때 마석이 물었다.

"탐라에 있던 백제 진군(陣軍)은 다 어디에 있느냐?"

"우리가 다 죽였다."

"그리고 이렇게 해적질을 하는가?"

"왜로 도망가는 백제인 사냥을 하는 것이지."

"탐라에 신라 순시선이 몇 척이나 있느냐?"

"우리 배 한 척뿐이야."

그때 호리가 나섰다.

"제가 고문을 해 보지요. 한 식경이면 제 어미 뱃속에서 나왔을 때부터 다 털어놓게 될 것입니다."

호리가 이만 드러내고 웃었다.

"껍질을 차례로 벗겨내면 거짓말투성이의 삼국지 장수 놈들도 입을 열게 될 것입니다."

바람은 미풍이었고 햇살이 맑은 날씨였다. 파도가 잔잔해서 두 척의 배는 이제 뱃전을 붙인 채 흔들리고 있었는데 그림같이 평화로운 풍경이다. 그러나 곧 바다 위로 목이 터지는 것 같은 비명이 이어지기 시작했다. 도저히 인간의 목에 나오는 소리라고는 믿기지 않을 소리였다. 이윽고 다시 한 식경이 지났을 때 키가 부서진 쾌속선에 불길이 일어났다. 쾌속선에 붙어 있던 무역선이 떨어지더니 돛을 올리면서 동쪽을 향해 나아갔고 쾌속선의 불길은 더 높아졌다. 무역선이 3백 보쯤 거리로 멀어졌을 때는 쾌속선은 불덩이가 되었다. 무역선 뱃전에 서서 사청은 멀어져가는 불덩이를 바라보고 있다.

"곧 탐라에도 주인이 오겠지요."

옆에 선 마석이 위로하듯 말했지만 사청은 대답하지 않았다. 호리가 알아낸 사실은 간단했다. 탐라섬은 비었다. 신라군 삼천당 소속 쾌속선 두 척이 와서 백제군을 다 죽인 것이다. 쾌속선도 한 척만 남았다고 했다.

"대마도(對馬島)요."

닷새 후에 좌측의 섬을 지나면서 호리가 말했다.

"이 배는 지금 하도(下島)를 지나고 있는데 10여 년 전만 해도 하도가 백제령이었지요. 지금은 신라령이 되었습니다."

선수에 선 사청이 대마도를 보았다. 탐라만 한 섬이다. 그때 호리가 말을 이었다.

"대마도는 상도(上島)와 하도(下島)로 나뉘어져 있습니다. 그러나 섬 전체가 산이어서 농사는 못 짓고 고기를 잡거나 무역선 중간항으로 쓰였는데 신라가 점령한 후에는 무역이 뚝 끊겨 폐도가 되었습니다."

과연 무역선이 1리(500m) 거리로 지나는데도 대마도에서는 인기척은 커녕 배 한 척 보이지 않는다. 대마도는 백제와 왜국의 중간 지점 역할을 했던 것이다. 백제는 왜국의 근원(根源)이다. 뿌리가 같은 것이다. 백제로부터 문화를 수입했으며 황실이 백제계로 이어져 내려왔다. 왜국에 백제방(百濟方)이 세워져서 백제 왕자가 머물러 양국의 연락과 우호를 다져 왔다. 그러나 이제 백제의 멸망으로 백제방의 존재도 알 수가 없다.

"나리, 이제 왜국 땅입니다."

호리가 앞쪽을 가리키며 말했다. 머리를 돌린 사청이 시선을 주었지만 아무것도 보이지 않는다. 흐린 날이다. 바람이 세어서 돛을 한껏 부풀린 무역선은 물살을 헤치며 나아가고 있다. 호리가 말을 이었다.

"고구려만은 못하지만 왜국 영토는 남북으로 만여 리나 뻗쳐져서 북쪽은 미답지도 많습니다. 아스카 궁성 주변의 수백 리를 벗어나면 수백 명의 영주가 제각기 왕국을 일으켜 전란이 끊이지 않습니다. 백성들의 소망이 뭔지 아십니까?"

호리가 말하는 동안 마석과 연중, 반명기가 다가와 섰다. 그들의 시선도 앞쪽의 보이지 않는 왜국을 응시한 채 호리의 말을 듣는다. 호리가 제 말에 제가 대답했다.

"힘 있는 군주(君主) 치하에서 전쟁 없이 살고 싶다는 것입니다."

그때 사청이 머리를 돌려 호리를 보았다.

"난 임금을 한 번 모신 몸이야. 두 번 다시 임금을 모시지 않겠다."

길게 숨을 뱉은 사청이 말을 이었다.

"백제방을 일으켜 왜국의 백제인을 규합할 것이다. 이것이 내가 왜국에서 첫 번째 할 일이다."

마석과 연중 등은 숨을 죽였다. 사청을 따라 만리타향으로 가는 몸인 것이다. 사청이 진로를 말하고 있다. 사청의 시선이 마석과 연중, 반명기를 훑고 지나갔다.

“먼저 아스카에 가서 고토쿠(孝德) 천황과 황태자는 뵈어야겠지. 백제국을 도와주신 인사는 드리겠다.”

“천황께서 관직을 주실 것입니다, 나리.”

호리가 말을 이었다.

“관직을 받지 않으시겠다고 하시면 크게 실망하실 것입니다.”

쓴웃음을 지은 사청이 외면했으므로 호리는 입을 다물었다. 선미 쪽으로 호리가 물러갔을 때 따라온 연중이 나무랐다.

“호리, 너는 두령의 심중을 모른단 말이냐? 대왕을 화장시켜 드리고 대륙을 떠난 몸으로 어찌 두 임금을 모신단 말인가?”

“너도 모르는 소리를 말아라!”

호리가 벌컥 화를 내었다.

“왜국에 나리 같은 무장이 절실하다. 온갖 도둑 괴수, 악당, 제 부모도 몰라보는 괴물들이 백성을 괴롭히는 난장판이 바로 왜국이다. 나는 나리께서 백제방보다 더 큰일을 하시기를 바란 것이야.”

“그렇다고 천황의 신하가 되란 말이냐? 그건 나도 싫다!”

그때 그들 옆으로 마석이 다가왔다. 마석이 연중의 말을 들었는지 상관을 했다.

“내가 듣기로는 풍 왕자가 백제로 들어간 후에는 백제방이 없어졌다고 들었어. 두령께서 그것을 재건하실지는 가 봐야 할 것이야.”

마석은 나이도 많고 직위도 높았던 터라 둘은 경청했다. 마석이 길게 숨을 뱉었다.

"그땐 두령께서 다른 선택을 하시겠지. 두령은 대의(大義)를 위해서는 집착을 버리시는 분이야."

"천황께선 유능한 장군을 찾고 계십니다. 나리께서 적격입니다."

눈을 크게 뜬 호리가 둘을 번갈아 보았다.

"그럼 금방 조정에서 실권을 쥐게 될 것입니다. 황태자 나카노오에님의 측근이 되시면 조정을 장악하게 되십니다."

"우리 두령은 야장(野將)이야."

마석이 웃음 띤 얼굴로 둘을 번갈아 보면서 말을 이었다.

"달솔 계백의 아끼는 야장이었다네. 궁중의 암투와 조정의 권신에는 어울리지 않아."

마석의 얼굴에서 어느덧 웃음기가 가셔졌다.

"그렇지. 영주가 우리 두령에게 맞아. 왕을 모시지 않는 영주, 백제혼을 이어받고 백제 무사의 기(氣)를 전하는 영주, 백성들의 어버이 같은 영주 말이네."

서해도와 산양도 사이의 좁은 해협을 지났을 때는 대마도를 지난 지 이틀 후다.

"이제 내해(內海)입니다."

호리가 앞쪽 바다를 가리키며 말했다. 옆에는 궁진이 서 있었는데 무역선 선장인 그로서도 초행길이다. 머릿속에 담아두려는 듯이 호리의 말에 신경을 곤두세우고 있다.

"저 위쪽이 나가토 지역이고 배의 오른쪽이 지쿠젠입니다."

호리의 시선이 궁진에게 옮겨졌다.

"지쿠젠 해적은 붉은 삼각 깃발을 답니다. 선장은 그 깃발을 보면 화물을 다 버리더라도 배를 가볍게 해서 도망을 치시오."

"악독하오?"

궁진이 묻자 호리가 쓴웃음을 지었다.

"짐승 같은 놈들이오. 쓸모없는 인간은 다 죽이고 여자는 겁탈을 하고 노예로 팝니다. 부근 영주들이 무력해서 해적 소굴이 되었소."

어느덧 배가 내해로 들어왔는데 말이 내해이지 사방이 탁 트인 대해(大海)다.

"순풍을 받으면 보름이면 아스카에 닿습니다."

호리가 선수에 서서 앞쪽을 가리켰다.

"좌로 산양도, 우로 남해도를 끼고 가는 것입니다. 왜국의 서쪽은 대륙이 좌우로 찢어진 형국인데 그 찢어진 끝부분에 아스카가 있습니다."

아스카는 야마토 정권의 수도다. 천황이 거주하는 도성인 것이다. 내해로 들어오면서 호리는 무역선 돛대 끝에 흰색 삼각돛을 달았다. 그것이 야마토 조정의 깃발이라는 것이다. 왜국에서 흰색 깃발은 천황의 조정을 상징한다고 했다. 내해는 풍랑은 있었지만 오히려 뒤바람이 불어서 무역선이 빨리 달렸다. 내해의 중심 부근은 뒤바람이며 왼쪽이나 오른쪽 육지에 붙으면 앞바람인 남서풍이 분다고 호리가 궁진에게 알려주었다. 궁진이 돌아갈 때는 육지에 붙어야 할 것이다.

"앞에 배 두 척이오!"

내해를 동진한 지 나흘째 되는 날 아침, 돛대에서 망을 보던 파수꾼이 소리쳤다. 선수로 몰려나간 일행은 나란히 달려오는 두 척의 배를 보았다. 그때 궁진이 소리쳤다.

"저건 전선(戰船)이오! 5리(2.5km) 거리인데 수군(水軍) 50명씩을 태울

수 있는 장거리용 전선이올시다. 돛대에 검정 깃발을 달았소!"

"허, 빙고의 수군이오."

호리가 어깨를 늘어뜨리면서 말했다.

"무역선을 찾아다니며 통행세를 뜯어내어서 해적이나 마찬가지지만 해적선도 없애 주니 조정에서도 눈감아 주지요."

"가깝게 오고 있소!"

궁진이 소리치자 호리가 사청을 보았다.

"나리, 제 신분을 밝히면 무슨 일은 없을 것 같지만 만일의 경우에 대비는 해 줍시오."

"주장(主將)을 쏘아 죽일 테니 너는 곧장 배를 몰아라."

사청이 궁진에게 말했다.

"정선했을 때 놈들이 마음을 놓을 테니 배에 오른 놈들을 싣고 달리면 되겠다."

"예, 나리."

그 사이 전선이 다가와 3백 보 거리에서부터 고함 소리가 들렸다.

"멈춰라! 돛을 내리고 닻을 들어라!"

여럿이 함께 고함을 쳤는데 두 척이 이쪽 무역선을 양쪽에서 붙이려는 듯 벌려서 온다.

"저놈들이 황실 깃발을 보았는데도 저러는군."

투덜거린 호리가 선수로 가더니 고함을 쳤다.

"비켜라! 이 배는 시종장 다카야마 님의 심부름을 가는 배다!"

"어쨌든 정선해! 그렇지 않으면 배를 부수고 다 죽인다!"

전선에서 외침이 들리자 사청이 궁진에게 지시했다.

"멈춰라."

궁진이 돛을 내리면서 배를 틀었다. 속도가 뚝 떨어지면서 다가오는 전선의 벌린 틈 사이로 무역선이 들어갔다. 거리가 1백여 보로 금방 가까워지자 전선 위의 수군들이 보였다. 무장한 갑옷 차림은 대여섯이고 나머지는 상반신은 알몸이고 사타구니에 헝겊만 둘렀다. 거의 알몸이나 같았는데 머리에는 수건을 동여매었거나 둥근 접시 같은 모자를 썼으니 기묘한 모습이다. 그러나 모두 칼과 창을 쥐고 있어서 분위기는 삼엄하다. 그것을 본 마석과 연중 등은 급박한 와중에도 입을 쩍 벌리고 감탄했다. 왜군 수군(水軍)을 처음 본 것이다. 그때 호리가 다시 소리쳤다.

"나는 다카야마 공의 무사 호리다! 황실의 명을 받아 백제국에 들어갔다가 귀환하는 중이다!"

그때 오른쪽 전선 선수에 선 갑옷 차림의 무사가 소리쳐 대답했다.

"잔소리 말고 멈춰! 다카야마가 누군지 나는 모른다!"

그 순간 호리가 머리를 돌려 사청을 보았다.

"빙고의 전선이 아닙니다, 나리!"

호리의 말이 끝난 순간 갑판의 돛대 뒤에 서 있던 사청이 이미 시위에 걸어놓은 화살 끝을 힘껏 당겼다. 활이 만월처럼 부풀었다가 튕겨졌다.

"쌕!"

1백 보도 안 되는 거리다. 화살은 장수의 목을 꿰뚫었다.

"돌파하라!"

다음 순간 사청이 소리쳤고 기다리고 있던 궁진과 선원들이 일제히 돛을 올렸다. 이쪽은 뒤바람을 받고 있는 터라 돛이 오르자마자 무역선은 뒤뚱거리면서 속력을 받기 시작했다.

"쌕! 쌕! 쌕!"

마석과 연중, 반명기까지 일제히 시위를 당겨 화살을 퍼부었다. 양쪽에 붙어 있던 왜선 두 척이 금방 다가오면서 거리가 20보 정도로 붙여졌다.

"와앗!"

왜군이 칼을 휘두르고 창을 내지르는 시늉을 하다가 화살에 꿰어지고, 숨는 놈, 달아나는 놈, 고래고래 소리를 지르는 놈, 이쪽에 창을 던지는 놈 등으로 난리 법석이 일어났다. 사청 일행이 먼저 갑옷 차림의 지휘관부터 쏘아 맞혔기 때문에 지휘자가 없는 것이다. 무역선이 두 척의 전선(戰船) 사이를 빠져나갔을 때 거리는 10자 정도까지 좁혀져 있었다. 두 전선이 양쪽에서 좁혀 왔기 때문인데 무역선이 빠져 나갔을 때 두 전선의 선수가 부딪쳤다.

"빠져나갔다."

궁진이 소리쳤다. 이 상황에서 전선이 뱃머리를 돌려 쫓아올 수는 없는 것이다.

"빙고의 우키다 가문 휘하의 전선이라면 저럴 리가 없습니다."

호리가 뒤쪽 전선을 응시하며 소리쳤다.

"우키다는 천황께 심복하는 영주 중의 하나입니다."

"그동안 무슨 일이 벌어졌는지 모르지 않은가?"

마석이 되묻자 호리가 머리를 끄덕였다.

"하긴 왜국을 떠난 지 1년이 넘었소. 이곳 1년이면 왕국 하나가 흥했다가 망하기에도 넉넉한 시간이오."

그런 사이에도 빙고의 전선과는 거리가 멀어져서 어느덧 5리(2.5km) 거리까지 벌려졌다. 궁진이 사청에게 말했다.

"나리, 떨군 것 같습니다."

"내해(內海)도 믿을 수가 없구나."

사청이 호리에게 말했지만 얼굴이 웃음이 떠올라 있다.

"도대체 왜국의 영주는 몇이나 되고 야마토 정권의 천황께서 장악한 영지는 얼마나 되느냐?"

"예."

호리가 머릿속을 정리하는 듯 잠깐 눈을 껌벅이는 사이에 마석과 연중, 반명기까지 옆으로 다가와 섰다. 이윽고 호리가 입을 열었다.

"천황가(家)에서 장악한 직할 영지는 약 20만 석, 1만 석당 1천 명 군사가 기준이므로 약 2만 직할군을 보유하고 있습지요."

이제 빙고의 전선은 까마득히 멀어졌다 방향을 틀었지만 좇을 엄두도 내지 못한 것 같다. 돛을 다 펴지도 않았다. 호리가 말을 이었다.

"아스카 주변에서 황족, 측근 무장의 영지가 7~8개 되고 모두 합하면 1백만 석, 10만 정도의 전력(戰力)을 갖출 수가 있습니다."

호리가 번들거리는 눈으로 사청을 보았다.

"빙고의 우키다 가문은 약 25만 석, 2만 5천의 병력이고 천황께 충성을 약속한 영주였지만 언제 배반할 지 알 수 없는 상황이지요."

"전체는 얼마나 되느냐?"

사청이 묻자 호리의 얼굴에 쓴웃음이 일어났다.

"아스카 주위의 영지만 해도 30여 명의 영주가 오늘 일어났다가 내일 멸망하는 터여서 미처 셀 수도 없습니다만 약 3백만 석, 30만 전력이 됩니다."

"……."

"우리가 지나온 서해도나 좌측 남해도, 우측 산양도에는 대략 100여 명의 영주가 있는데 아스카에서는 지도만 그려놓고 영주 20여 명의 가문(家門)만 적어놓았지요. 대략 1천여만 석이 됩니다.

"그뿐이냐?"

"북륙도, 동산도, 동해도의 영지는 그보다 더 큽니다. 2백여 개 영지에 2천여만 석이 되지요."

그때 마석이 손가락을 꼽으며 말했다.

"그럼 왜국에 3백30명 정도의 영주에 3천40만 석의 영지, 대략 340만의 전력이 있다는 말인가?"

"그 정도 됩니다."

그러자 마석이 사청을 보았다.

"두령, 왜국이 사방이 전장이라고 하던데 맞는 말이었습니다. 나라가 3백 개가 넘으니 별놈이 다 왕 행세를 하겠습니다."

"그럼 계덕께서도 왕 한번 해 보시겠소?"

옆에 서 있던 연중이 묻자 마석이 눈을 흘겼다.

"이 사람아, 사람은 모름지기 제 분수를 알아야 하네. 나는 두령만 따라다니기로 했네."

"그럼 두령이 왕 시키시면 하겠소?"

"아, 그야……."

어깨를 부풀렸던 마석이 사청의 눈치를 보고 나서 늘어뜨렸다.

"안 할라네."

갑판에서 웃음이 터졌다. 몸을 돌린 사청이 앞쪽 바다를 보았다. 뒤에 선 백제인(百濟人)은 셋. 마석과, 연중, 반명기다. 거기에 왜인 호리가 절반의 백제인이 되어서 심복 노릇을 한다. 이제 저 넷을 이끌고 왜국에서 살아야 한다. 어깨가 무거워진 사청이 길게 숨을 뱉었다. 나는 백제 무사로 이 땅에서 죽을 것이다.

8장 풍운의 아스카

엿새 후에 무역선은 내해의 끝에 도착했다. 이곳의 항구는 마치다라는 작은 포구였지만 무장한 군사와 관리가 배가 닿기를 기다리고 있었다. 관리가 배에 매단 깃발을 확인하고 소리쳐 물었다.

"황실 배인가?"

"그렇다!"

호리가 커다랗게 소리쳤다.

"나는 시종장 다카야마 님의 가신 호리! 백제에 다녀오는 길이다!"

"어서 오십시오!"

관리가 한쪽 무릎을 꿇고 소리쳐 인사했다.

"저는 이즈미국 나오토리 님의 가신 산스케입니다."

관리의 뒤쪽에 서 있던 병사들은 지난번 빙고의 수군 행색과 비슷했다. 맨몸에 허리갑옷만 걸친 사내도 있고 사타구니를 헝겊으로 둘둘 감기만 한 사내도 있었는데 모두 검정색 삿갓을 썼다. 손에 창을 든 것도 같다. 호리가 산스케라는 관리에게 소리쳤다.

"배에 짐이 있으니 내려 주게."

"예, 염려 마십시오!"

"그리고 이 배가 돌아갈 테니 이즈미국 허가증을 내주게."

"알겠습니다."

왜말이지만 사청은 물론이고 궁진도 알아듣는다. 몸을 돌린 사청이 궁진에게 말했다.

"부디 무사히 돌아가기 바라네."

"나리."

눈에 눈물을 담은 궁진이 갑판에 무릎을 꿇고 앉아 사청을 보았다.

"부디 무운장구 하시오."

"그대도 무역으로 일가(一家)를 일으키게나."

"꼭 다시 뵐 날이 있을 것이오. 그때 은혜를 갚겠소이다."

"왜국에 백제 무사 이야기가 들리면 찾게."

"예, 나리."

마침내 궁진의 눈에서 눈물이 흘러내렸다. 궁진과 작별한 사청 일행이 이즈미국의 마치다항 관리자인 나오토리의 관저에 들어섰을 때는 저녁 술시(8시) 무렵이다. 나오토리는 40대 중반쯤의 무장으로 이즈미국 영주 도다의 가신이었는데 녹봉이 2천 석, 휘하 군사가 200이다.

"호리 님이신가? 어서 오시오."

나오토리가 마당 앞까지 나와 호리 일행을 맞는다. 그렇다. 호리 일행이다. 사청과 백제인 셋은 이제 호리의 손님이 되어 있는 것이다. 청으로 오르자 먼저 호리가 사청을 소개했다.

"이 무장께서 백제국 장군 계백의 위사장이셨던 나솔 사청이시오."

"아아."

놀란 듯 나오토리의 작은 얼굴에서 입과 눈이 크게 벌려졌다. 이미 황산벌 전투는 왜국에 널리 알려져 있었기 때문이다. 사청이 적귀군을 이끌고 종횡무진한 이야기도 먼저 귀국한 가네다를 통해 전국에 퍼졌다. 나오토리가 마룻바닥에 두 손을 짚고 인사를 했다.

"장군을 뵙게 되어서 광영이오."

"폐를 끼칩니다."

사청도 정중하게 인사를 했다. 마석과 연중, 반명기까지 인사를 나눈 후에 나오토리가 서둘러 술과 고기를 내놓아 사청을 접대했다. 사청은 천황을 만나러 가는 귀빈인 것이다. 천황의 초대는 받지 않았지만 실권자인 황태자 나카노오에(中大兄)는 물론이고 고토쿠(孝德) 천황도 사청을 반길 것이다. 음식을 먹던 호리가 생각이 난 표정을 짓고 나오토리에게 물었다.

"나오토리 님, 오다가 빙고의 전선을 만났는데 우리 배의 흰 깃발을 보고도 약탈을 하려고 덤볐소이다. 그래서 사 장군께서 활로 장수들을 쏘아 죽이고 돌아왔으나 빙고의 죄는 물어야 될 것이오."

"아아."

나오토리의 얼굴에 쓴웃음이 일어났다.

"빙고는 반년 전에 가신 우즈노가 반란을 일으켜 우키다 일족을 몰살했습니다."

"저런."

놀란 호리를 향해 나오토리가 말을 이었다.

"그런데 그 우즈노가 또 가신 아베에게 암살당하고 나서 빙고는 임자 없는 영지가 되었소."

"아베가 실력자가 되었습니까?"

"아니오. 아베도 곧 몸 없는 머리통만 길가에서 발견이 되었다고 합니다. 지금 빙고는 수십, 수백의 도적단이 횡행하고 있소."

"그렇군요."

입맛을 다신 호리가 사청을 보았다.

"장군께선 도적 괴수들을 죽이셨습니다."

여기서는 호리가 사청을 장군으로 부른다. 그만큼 사청의 입장이 모호한 것이다. 그때 나오토리가 말을 이었다.

"1년이 넘게 백제에 가 계셨으니 아스카 주변 상황이 변한 것도 모르시겠군요."

숨을 죽인 호리를 향해 나오토리가 말을 이었다.

"간지의 영주 아마노가 반란을 일으켜 황실 직할령 가쓰라 지역을 점령했소. 황실에서는 아마노군(軍)에 밀려 지금은 휴전 중이오."

호리의 얼굴이 굳어졌다. 아마노는 천황의 사촌동생인 것이다. 황실 내부의 싸움이다.

사청 일행이 아스카에 도착한 것은 이즈미령(領) 마치다항에 상륙한 지 엿새 후였다. 마치다항 수호역 나오토리가 기마 전령을 이즈미 영주 도다에게 보냈고, 도다는 다시 아스카로 사신을 보내 백제 무장 사청의 상륙을 알렸다. 그래서 사청 일행은 역관마다 융숭한 대접을 받고 엿새 만에 아스카에 도착한 것이다. 아스카는 천황이 거주하는 도성(都城)으로 명목상 전(全) 왜국의 중심이다. 그러나 천황의 실제 영역은 직할령까지 합쳐 1백만 석 정도인 데다 내부에서도 반란이 일어나는 실정이다. 말을 타고 성문을 통과한 사청에게 감개가 일어났다. 아스카는 사비도성의 절반 정도의 크기였지만 정연하게 꾸며진 성이었다. 사비성을 모방하여 성안을 바둑판처럼 정비해 놓았는데 저택도 깔끔했다. 이즈미에서 안내역으로 보내진 도다의 가신 가토는 40대 중반의 무사였는데 사비도성에 가 본 적이 있다고 했다. 오후 미시(2시)가 되어갈 무렵이다. 성안 서쪽의 객사로 다가가던 일행은 앞쪽에서 달려오는 일단의 기마대를 보았다. 앞장선 기수는 흰색 삼각에 붉은색 떡갈나무 잎을 그린 깃발을 등에 꽂았다.

"앗, 시종장 깃발입니다."

앞쪽에 서 있던 호리가 놀라 소리치더니 말에서 내렸다. 호리가 내리라고 하지 않았지만 사청도 따라 내렸다. 기마대가 사청 일행 앞에 서더니 가토의 등에 꽂은 깃발을 보았다. 이즈미 도다 가문의 깃발은 노란 바탕에 충(忠)자를 수놓았다.

"이즈미의 도다 님 휘하시오?"

기수 뒤에 서 있던 무장이 앞으로 나서며 물었다. 40대쯤으로 갑옷이 굉장했다. 어깨와 가슴에 철판을 댄 갑옷을 입었고 허리와 허벅지, 무릎가리개도 철판이며 나머지는 가죽을 두어 겹씩 댄 중무장 차림이다. 다만 쇠 투구는 안장에 걸어 놓아서 얼굴은 다 드러났다.

"예, 도다의 가신 가토올시다."

가토가 한쪽 무릎을 꿇고 소리쳐 대답했더니 사내의 시선이 옆에 있는 사청에게로 옮겨졌다. 날카로운 눈빛이다.

"그대가 백제 무장이시오?"

"그렇소."

사청이 담담한 표정으로 무장을 보았다. 대답만 하고 입을 꾹 다문 것이다. 그때 사내의 눈동자가 흔들렸다. 10여 보 떨어져 있었지만 표정이 드러난다. 지금 그들은 길 한복판에서 마주보고 서 있었는데 주위에 구경꾼들이 구름처럼 모여들었다. 감히 가깝게 접근하지는 못하고 대여섯 보쯤 간격을 두고 길가 건물 앞에 모여 서 있는 것이다. 지금 가토와 부하 무사 7~8명도 모두 무릎을 꿇고 앉아 있다. 호리도 마찬가지다. 사청과 백제 무사들만 서 있는 것이다. 그때 사내가 말했다.

"나는 시종장 다카야마 님의 가신 야노, 백제 무장 사청을 안내하려고 왔소."

사청이 다시 사내를 보았다. 어깨를 부풀렸다가 내린 사청의 얼굴에 희미하게 웃음이 떠올랐다.

"야노, 그대는 예의를 갖추도록 해라."

반말이다. 놀란 듯 야노라고 소개한 사내의 눈썹이 치켜 올라갔다. 그때 호리가 나섰다.

"야노 님, 외람되오나 예의에 어긋납니다."

"호리, 무슨 말이냐!"

야노가 꾸짖듯 되물었는데 얼굴이 붉게 달아올랐다. 야노의 목소리가 높아졌다.

"나는 시종장님의 사자다. 예의에 어떻게 어긋난다는 것이냐!"

"여기 계신 사청 님은 백제국……."

"호리, 그만둬라!"

호리의 말을 막은 사청이 사내를 보았다.

"나는 그대 주군의 가신이 아니야. 그리고 천황 전하의 가신도 아니다. 그러니 말에서 내려야 하지 않겠는가?"

야노의 얼굴이 붉어졌고 주위 군중들이 웅성거렸다. 그때 사청의 말이 이어졌다.

"나는 대백제 무장으로 대륙의 담로에서부터 당(唐)과 거란, 여진,

고구려 등 수십 개 왕국을 겪었다. 그러나 그대처럼 시종장의 가신으로 이렇게 예의에 벗어난 행실은 처음 겪었다."

사청의 말은 추상같았고 주위는 순식간에 얼어붙었다. 사청이 똑바로 야노를 보았다.

"시종장께서 나를 항장(降將) 취급을 하라고 하시더냐?"

"아니오."

그때서야 굳어진 입을 뗀 야노가 말에서 내리다가 갑옷 무게를 이기지 못하고 비틀거렸다. 겨우 제대로 선 야노가 붉어진 얼굴로 사청을 향해 머리를 숙였다.

"시종장께선 모시고 오라고만 했지 어떻게 맞으라는 지시는 없으셨소."

"기(氣)가 센 인물이군."

시종장 다카야마로부터 전말을 들은 나카노오에(中大兄) 황태자가 쓴웃음을 짓고 말했다.

"야노가 말에서 내리지 않은 건 외국 장군을 맞는 예의가 아니야."

"나솔 사청은 외국인이 아닙니다, 세자 저하."

다카야마가 나카노오에를 정색하고 보았다. 당시의 나카노오에는 50세. 다카야마는 52세다. 둘 다 수십 년간 궁중 생활을 겪은 터라 의전에 익숙하다. 다카야마가 말을 이었다.

"백제국은 멸망했습니다, 저하. 따라서 사청은 나라 없는 떠돌이 무장입니다. 야노는 떠돌이 무장을 맞은 것입니다."

"사청이 누구냐? 다카야마?"

의자에 등을 붙인 나카노오에가 둥근 얼굴을 들었다. 눈이 맑다. 나카노오에는 지금 18년째 황태자인 것이다. 다카야마의 시선을 받은 나카노오에가 말을 이었다.

"계백과 함께 황산벌에서 대백제의 마지막을 장식한 무장이다. 내가 듣기로 계백이 마지막 출전 때 사청에게 자신의 혼을 이어가라고 명령하고는 명천(冥川)을 건너게 했다는 것이다."

"저도 소문을 들었습니다."

"그런 사청이 항장처럼 무릎을 꿇고 천황 폐하의 사신을 맞을까?"

"사청의 기(氣)를 시험해 본 셈이 되었습니다, 저하."

"아마노의 반란으로 어수선한 때에 들어왔구나."

"사청을 안내해 온 호리가 기다리고 있습니다. 만나 보시겠습니까?"

"부르라."

다카야마가 청을 나가더니 곧 호리를 데리고 들어왔다. 밤, 술시(8시) 무렵이어서 청에는 황초를 밝혀 놓았다. 이곳은 황궁 안. 태자의 청에는 호리까지 셋이 들어와 있다. 호리가 나카노오에의 다섯 발짝 앞에 무릎을 꿇고 엎드렸다. 다카야마는 태자의 옆으로 다가와 섰다. 태자는 다카야마의 무사(武士) 호리의 얼굴을 안다. 호리가 청 바닥에 이마를 붙였다 떼었을 때 태자가 말했다.

"먼저 돌아온 가네다로부터 백제 상황과 사청의 이야기도 들었다."

호리의 시선을 받은 태자가 말을 이었다.

"너는 그 후로 사청과 함께 있었다니 네 이야기를 듣자. 사청이 이곳에 온 이유는 무엇이냐?"

"예, 백제방(百濟方)을 찾아온다고 했습니다."

"왕자 풍이 떠난 후로 백제방은 이곳에서 모국(母國)과 함께 없어졌다. 남은 인원이 없다."

자르듯 말한 태자가 호리를 보았다.

“그것을 사청이 모를 리가 없다. 또 다른 이유가 있느냐?”

“백제가 멸망한 후에 바다를 건너 이곳에 온 백제인이 수만입니다. 그들을 돌본다는 말을 들었습니다.”

“규합한다는 말을 안 하더냐?”

“못 들었습니다.”

그때 숨을 고른 태자가 다시 물었다.

“야마토(大化)의 신하가 되겠다는 말은 하지 않더냐?”

야먀토(大化)는 고토쿠(孝德) 천황이 집권하면서 붙인 중국식 연호다. 따라서 야마토는 천황이 지배하는 왜국을 가리킨다. 태자의 시선을 받은 호리가 대답했다.

“그런 말은 듣지 못했사오나 사청이 태자 저하를 존경하고 있는 것을 알 수 있었습니다.”

“허, 어떻게 알 수 있었느냐?”

“풍 왕자와 의형제를 맺으신 사이라는 것이 그렇습니다. 사청은 저하에 대한 말을 할 때면 옷차림을 바로잡았습니다. 그것은 풍 왕자와 동격으로 모신다는 뜻입니다.”

“백제인은 윗사람에 대한 예의가 밝지.”

“또한 사청은 당(唐)에 들어가 의자왕을 만나고 왔습니다.”

“무엇이? 의자대왕 전하를?”

숨을 들이켠 태자가 상반신을 기울였고 다카야마는 침을 삼켰다. 그때 호리가 말을 이었다.

“그때 저도 사청의 옆을 수행했었습니다.”

“말하라.”

"의자대왕은 사청과 나흘간이나 밤에 밀담을 나눈 후에 자결하셨습니다."

"자결을? 화재로 돌아가신 것이 아닌가?"

"사청에게 처소 사방의 문을 밖에서 잠그도록 한 다음 불을 지르게 하신 것입니다."

"……."

"의자대왕을 화장시켜드린 후에 사청도 야마토로 방향을 정한 것입니다. 그것은 의자대왕과 상의를 한 것 같습니다."

청 안에 한동안 정적이 덮였다. 태자의 두 눈이 번들거리고 있다.

파격이다. 밤 술시(8시), 성안 객사에 묵고 있던 사청에게 황태자 나카노오에가 찾아온 것이다. 미리 통고도 하지 않았다. 마당에까지 밀행해 온 태자가 호리를 시켜 사청을 부른 것이다. 놀란 사청이 의관을 갖추지도 못하고 마당으로 내려갔을 때 기다리고 있던 나카노오에가 웃었다.

"내가 나카노오에다."

이렇게 사청과 나카노오에 황태자의 첫 상면이 이루어졌다. 마당 사방에는 횃불을 든 태자의 위사들만 서 있고 놀란 객사 담당 관리와 무사들은 모두 엎드려 있다. 사청이 다가가 한쪽 무릎을 꿇고 인사를 했다.

"전(前) 백제국 나솔 사청이 야마토의 태자 저하를 뵙습니다."

"잘 왔다."

태자가 부드러운 시선으로 사청을 보았다.

"그 전(前)이라는 말에 가슴이 아프구나."

"부끄럽습니다, 전하."

"그대 일행인가?"

태자가 사청 뒤에 엎드린 마석과 연중, 반명기를 보면서 물었다.

"예, 셋이 남았습니다."

사청이 하나씩 인사를 시키자 셋은 이마를 땅바닥에 붙이고 절을 했다. 그러나 사청은 한쪽 무릎을 꿇은 자세로 상반신을 세우고 있다. 태자가 사청의 모습을 보더니 이를 드러내고 웃었다.

"사청, 그대 나이가 몇인가?"

"스물셋입니다."

"내가 오십이고 내 아들의 나이가 삼십이다."

"예."

"백제인은 어른을 공경한다는 것을 안다."

"예, 저하."

"나는 그대를 내 자식처럼 대하겠다."

"예, 저하."

그러나 사청의 얼굴에는 감동의 기색이 배어나지 않았고 태자도 기대하지 않은 듯 담담하게 말을 이었다.

"안으로 들자."

앞장선 태자가 청으로 올랐고 사청이 뒤를 따른다. 태자가 다른 말을 안 했기 때문에 청에는 사청과 둘이 마주보고 앉았다. 위사가 청에 들어섰다가 태자의 입이 닫힌 것을 보더니 소리 없이 물러갔다. 태자가 다섯 걸음 거리에 무릎을 꿇고 앉은 사청에게 손짓을 했다.

"가까이 오라."

사청이 무릎걸음으로 다가가 세 발짝 거리에 앉았더니 태자가 다시 말했다.

“더 가깝게. 그대는 내 손님이다.”

사청이 두 걸음 간격으로 다가가 앉았을 때 태자가 입을 열었다.

“그대에 대해 이야기 들었다.”

사청은 시선만 주었고 태자가 말을 이었다.

“의자대왕 전하를 뵙고 왔다는 것도…….”

“…….”

“대왕의 마지막을 지킨 백제 장수라는 것도…….”

“…….”

“달솔 계백이 명천을 건너가라고 했다던데 사실인가?”

“그렇습니다.”

“백제가 달솔 계백에 의해 겨우 마지막 명예를 지키기는 했지.”

혼잣소리처럼 말한 태자가 사청을 보았다.

“풍 왕자가 지금 백제에 있지만 이미 늦었다.”

“…….”

“중 도침은 부여복신한테 죽임을 당했고 얼마 전에 부여복신도 마침내 풍 왕자에게 잡혀 죽었다.”

“…….”

“그 와중에 부흥군은 지리멸렬이 되고 흑치상지 등이 배신해 나가 전력이 떨어졌다.”

머리를 든 태자가 사청을 보았다.

“너는 부여복신에게 갔다가 곧 떨어져 나와 적귀군을 인솔하고 독자 행동을 했다. 마지막까지 백제 부흥을 위해 싸우다 죽은 장수도 많다. 넌 왜 그러지 않았는가?”

태자의 시선을 받은 사청이 정색했다.

"그렇게 죽을 바에는 달솔 계백의 명을 거부하고 황산벌에서 싸우다 죽었을 것입니다."

"그런가?"

"백제는 이미 황산벌 싸움에서 끝났습니다."

어깨를 편 사청이 태자를 마주보았다.

"저를 받아 주십시오, 태자 저하."

"오."

허리를 편 태자가 짧게 탄성을 뱉었다. 눈빛이 강해져 있다.

"야마토에 귀속하겠는가?"

"백제방의 장수로 부려 주십시오."

"과연."

태자의 얼굴에 웃음이 떠올랐다.

"백제와 야마토는 형제국이었다. 그대가 이곳에서 대백제의 혼을 이으면 되겠구나."

"황공합니다."

그때서야 두 손으로 청 바닥을 짚은 사청이 눈을 부릅뜨고 태자를 보았다. 그 순간 태자가 숨을 들이켰다. 사청의 눈에서 눈물이 흘러내리고 있었던 것이다. 사청이 말을 이었다.

"나라를 잃은 무사의 억지였는데도 받아들여주신 은혜를 잊지 않겠습니다."

간지 영주 아마노, 고토쿠(孝德) 천황의 사촌동생, 47세. 한때 천황가(家)에서 가장 유력한 천황 후보에 올랐지만 사촌형 고토쿠에게 황위가 돌아가자 절치부심 다음 황위를 노리는 상황이다. 그러나 차기 대권이 나카노오에(中大兄) 황자로 굳어지는 바람에 마침내 무력(武力)에 의한 황위 탈환을 결심하게 된 것이다. 아마노의 무력은 기마군 5천, 보군 2만 5천이었는데 강군(强軍)이다. 이번 가쓰라 지역의 기습 점령은 아마노에게 회심의 한 수였다. 가쓰라 지역은 7만 석 영지로 현재 영주였던 가쓰노리가 사망하여 3살짜리 유아에게 영주를 맡기느냐 황실의 직할령으로 두느냐를 놓고 황실 내부에서 의견이 둘로 나뉜 상태다. 가쓰노리는 아마노의 동생으로 3살짜리 유아는 조카가 된다. 거기에다 가쓰노리의 가신 대부분이 아마노에게 비밀리에 충성을 맹세한 상태였던 것이다 이제 아마노는 본 영지 15만 석과 가쓰라 지역까지 합해 22만 석의 영지를 확보하게 되었다. 천황이 군사를 모아 전쟁을 일으킬 확률은 지극히 희박하다. 직할령 영주의 절반 가량이 아마노를 지원하고 있는 터라 천황이 거병하면 천황가는 양분된다. 고토쿠 천황은 그런 모험을 일으킬 위인이 못되었다. 다만, 아마노의 이마에 굵은 주름이 잡혔다. 태자 나카노오에가 위험인물이다 나카노오에는 20년 전, 고교쿠(皇極) 천황 앞에서 국정을 농단하던 소가 이루카를 창으로 찔러 죽인 용사인 것이다. 그것으로 소가 에미시를 이어 아들 이루카 대(代)까지 수십 년간 국정을 장악했던 소가 가문이 멸망했다. 그 때문에 고교쿠 천황이 즉위한 것이다. 만일 나카노오에가 소가 이루카를 처단하지 않았다면 아마노가 고교쿠 천황의 뒤를 이었을 것이다. 소가 이루카는 아마노를 지원하고 있었기 때문이다. 머리를 든 아마노가 마쓰다를 보았다.

"마쓰다, 오쿠마를 불러라."

"옛."

중신(重臣) 마쓰다는 62세. 아마노 가문의 집사역이며 참모 역할이다.

아마노는 모든 집무를 마쓰다와 상의하고 있다. 청을 나간 마쓰다가 직접 가신 하나를 대동하고 왔는데 청 안의 사람은 모두 물렸다. 그래서 뒤쪽의 시종 무사 둘만 남았고 청에는 아마노와 마쓰다, 그리고 오쿠마까지 셋이 남았다. 아마노가 앞쪽 다섯 걸음 앞에 무릎을 꿇고 앉은 오쿠마를 보았다. 오쿠마는 밀정대 대장으로 녹봉 5백 석, 35세의 건장한 체격이다.

"오쿠마, 후지와라 성안 분위기가 어떻더냐? 직접 말하라."

아마노가 묻자 오쿠마가 두 손을 청 바닥에 짚고 시선을 들었다.

"예, 잠잠하여 평시와 다름없습니다. 하지만."

"하지만 뭐냐?"

"나카노오에 님이 내성 객사로 친히 왕림해서 손님을 만났습니다."

"나카노오에가 객사로 가?"

"예, 주군."

아마노의 눈이 가늘어졌다. 긴 얼굴에 눈이 가늘고 코가 길다. 말상(馬相)이다. 태자가 객사에 가는 일은 극히 드물기 때문이다. 나카노오에의 일거수일투족에 신경을 곤두세우고 있는 터라 아마노가 다시 물었다.

"무슨 일이냐? 말하라."

"백제에서 무장(武將)이 왔다고 합니다."

"백제 무장?"

"예. 계백의 위사장이었던 자라고 합니다."

"무엇이? 계백?"

"예. 시종장이 백제로 보낸 밀정이 데려왔는데 보통 무장이 아니라고 합니다."

"군사를 데려왔어?"

"아닙니다. 휘하 셋만 데려왔다고 합니다."

"그자를 나카노오에가 만났단 말이냐?"

"예, 주군."

아마노의 시선이 마쓰다에게로 옮겨졌다.

"영감, 망국(亡國)의 유민인가?"

"그런 것 같지는 않습니다, 주군."

마쓰다가 상반신을 세웠다.

"계백의 위사장이었다면 황산벌에서 살아남은 나솔 사청이겠군요."

"다 죽었다지 않은가?"

"아닙니다. 나솔 사청이란 무장 하나가 살아 나왔습니다."

마쓰다가 번들거리는 눈으로 아마노를 보았다.

"그자가 적귀대를 이끌고 백제 땅을 누비다가 사라졌다고 들었습니다. 그런데 이곳에 나타났군요."

그때 아마노가 턱을 쳐들고 쓴웃음을 지었다. 말처럼 큰 콧구멍이 벌름거렸다.

"부하 셋을 데리고 말이지?"

"저곳이 가쓰라의 영주 가쓰노리 님의 저택입니다."

삿갓을 조금 치켜든 호리가 말을 이었다.

"폐병으로 오래 앓다가 죽었는데 자식이 3살짜리 유아 하나뿐입니다."

사청이 주위를 둘러보았다. 이곳은 가쓰라의 거성 하루다성 안이다. 사청은 연중, 호리와 셋이 성안으로 들어와 있었는데 술시(오후 8시) 무렵이다. 성안은 통행인이 많았고 시장통은 불이 환하게 밝혀졌다. 드문드문 아마노군(軍) 무사와 병사들이 보였지만 기찰도 하지 않는다. 이곳 가쓰라 영지는 아마노의 간지 영지 북쪽에 붙여졌기 때문이다. 야마토의 후지와라성에서는 간지를 거쳐야 가쓰라에 닿는 것이다. 사청 일행은 후지와라에서 동쪽 모겐 영지를 거쳐 간지의 서쪽 국경을 건너 이곳에 온 것이다. 백제와 신라, 고구려처럼 국경선 경비가 철저하지 않다. 길가 담장에 붙어선 셋은 시골 호족의 무사 차림이다. 제각기 장검을 찼고 다리에는 각반을 매었으며 짚신을 신었다. 등에 멘 등짐에는 옷과 여벌의 짚신, 노자가 들었다. 기찰당할 경우에 대비해서 호리가 꾸려준 것이다. 호리가 말을 이었다.

"가쓰라의 가신 절반 정도가 아마노 님께 충성을 맹세했다고 합니다. 가쓰라의 전력(戰力) 절반이 아마노 님께 붙었다고 봐야겠지요."

"가쓰라의 전력은 얼마냐?"

사청이 묻자 호리가 바로 대답했다.

"5천 정도 됩니다."

"그럼 2천 5백이 아마노군(軍)에 편입이 되었군."

"전쟁이 일어나면 가쓰라군(軍)은 화살받이 선봉이 됩니다."

사청이 머리를 끄덕였다. 투항군은 충성도를 시험할 겸 앞에 세우는 것이 백제군의 전술이기도 했다. 주위를 둘러본 사청이 눈으로 앞쪽 주막을 가리켰다.

"오늘밤은 저곳에서 묵기로 하자."

아스카의 후지와라성을 떠난 지 오늘이 엿새째가 된다. 그동안 후지와라 동쪽 모겐과 간지까지 거친 후에 가쓰라에 온 것이다. 주막 안으로 들어서자 떠들썩하게 이야기를 나누던 사내들의 시선이 모아졌다.

호족 무사 차림의 셋이 들어섰기 때문이다. 호족 무사란 영주 지배하에 있는 지방의 토착 호족의 사병(私兵)을 말한다. 지방 호족은 영주의 가신(家臣)이 되는 경우가 대부분이지만, 아직도 호족으로 남아 영주에게 세금을 바치고 부역을 나가며, 전쟁이 일어나면 보유한 무사들을 징발당한다. 다가온 주막 주인에게 술과 고기를 시킨 호리가 방까지 얻어놓았다. 주막 안이 싸우는 것처럼 더 시끄러워졌을 때 연중이 옆에 앉은 사청에게 말했다.

"두령, 안쪽의 셋이 영주의 무사 같습니다."

"나도 보았다."

사청이 대답하자 호리도 그 말을 들었는지 쓴웃음을 지었다.

"예, 이곳 가쓰라의 순찰조입니다. 아까 우리가 담장에 기대서 있을 때부터 감시하는 것 같더니 먼저 들어왔습니다."

"기찰을 할 것 같으냐?"

"우리가 어디서 왔느냐고는 묻겠지요. 가쓰라가 아마노 님 영지로 합병되었는데 적극적으로 나서지는 않은 것 같습니다."

그때 셋이 자리에서 일어나 이쪽으로 다가왔다. 주막 안에는 30명 가까운 손님이 있었는데 다시 조용해졌다. 다가온 셋 중 선임으로 보이는 사내가 호리에게 물었다. 호리가 비단 띠를 허리에 두른 데다 칼 손잡이에 가죽끈을 감았기 때문이다. 일부러 좌장 티를 낸 것이다.

"어디서 오셨소?"

"미카와 마을의 오구치 님 댁이오."

미카와는 북쪽 산토 영지 안의 산지(山地)로 이곳에서 2백 리 거리다. 호족 오구치는 7백 석 규모의 농지를 보유했고 사병(私兵) 50여 명을 거느리고 있는 것이다. 그러자 사내가 머리를 끄덕였다. 눈빛이 부드러워졌다.

"먼 곳에서 오셨구려."

"우리뿐만이 아닐 거요. 조금 전 시장통에서 고다이 영지에서 온 무사들도 보았소."

호리가 정색하고 말을 이었다.

"전란이 일어날지 모르니 각 영지에서 사람을 보내 현지 상황을 알아야 되지 않겠소?"

"하긴 그렇지요."

"어떻소? 이왕 이야기 나온 김에 물읍시다. 아스카에서 군사들이 온답니까?"

호리가 묻자 선임이 입맛을 다시면서 한 걸음 물러섰다. 얼굴에 쓴웃음이 떠올라 있다.

"그걸 내가 어떻게 알겠소?"

사청의 얼굴에도 쓴웃음이 떠올랐다. 이곳이 왜국이다. 전란에 익숙한 땅이다.

"나리, 나리."

문 앞에 누워 있던 호리가 낮게 불렀을 때 사청이 대답했다.

"깨었다."

"마당에 두 놈이 들어왔고 대문 밖에도 있는 것 같습니다."

호리가 속삭이듯 말했다. 깊은 밤, 주위는 짙은 적막에 잠겨 있다. 자시(밤 12시)가 되어 갈 무렵으로 셋은 방으로 들어와 막 잠을 청하려던 참이다. 일어나 앉은 사청이 발에 신발을 조여 신으면서 말했다.

"주막에 있던 놈들 중에 아마노의 간자(間者)가 있었던 것 같다."

"마당으로 둘이 또 들어왔습니다."

문틈으로 밖을 내다본 호리가 말을 이었다.

"모두 칼을 쥐고 있습니다, 나리."

사청이 등짐을 지더니 소리 없이 장검을 빼들었다.

"왜국에서 처음 살생을 하는구나."

"나리, 소인이 앞장을 서지요."

호리가 말했으나 사청이 한 걸음 문으로 다가서며 말했다.

"내가 길을 트겠다."

"나리."

문틈으로 밖을 본 사청이 낮게 말했다.

"하나가 더 들어와 다섯이구나. 내가 내달아 앞쪽 둘을 벨 테니 너희들은 뒤를 맡으라."

호흡을 가눈 사청이 말을 이었다.

"곧장 서문까지 달려가 옆쪽 성벽을 넘는다."

다음 순간 사청이 문을 박차고 마당으로 뛰어내렸다.

"앗!"

앞쪽 사내가 놀란 외침을 뱉었지만 늦었다. 두 걸음에 앞으로 다가간 사청의 장검이 번쩍였다.

"으악!"

사내가 칼을 들어 막았지만 이미 사청의 장검이 팔을 자르고 가슴에서 옆구리까지를 베고 나간 후였다.

"엣!"

사청의 기합이 울렸다. 다시 한 발짝을 떼면서 두 번째 사내의 내려친 칼을 몸을 틀어 피하면서 지른 기합이다. 흠칫한 사내가 빗나간 칼을 바꿔 쥐었을 때 사청의 두 번째 칼이 날았다. 이번에는 아래에서 위로.

"으아악!"

허리를 잘린 사내가 마당이 떠나갈 것 같은 비명을 질렀을 때 뒤에서 연중이 하나를 베었다. 호리는 사내 하나와 칼날을 부딪고 있다. 사청의 검술은 10살 때부터 부친 사준이 고용한 검사(劍士) 동천을 사부로 모시고 단련한 백제검(百濟劍)이다. 수백 년을 이어온 백제검은 중원(中原)의 수많은 검가(劍家)와 남방(南方)의 검술을 혼합하여 백제검의 본류가 되었다.

"에잇!"

다시 사청의 세 번째 검. 백제검은 살상검(殺傷劍)이다. 기교도, 일정한 형식도 없이 오직 죽이고 상처를 입히는 검법이다. 그래서 구르고, 비틀고, 뒤집더라도 베어 죽이는 것만을 목표로 한다. 언젠가 소림검법의 최고수가 백제검사와 부딪쳤을 때다. 최고수가 자세를 잡는 순간에 흙덩이를 던지며 달려든 백제검사에게 단칼에 팔이 베어 떨어졌고 두 번째 칼질에서 항문이 찔렸다. 칼끝에서 항문이 가장 가까웠기 때문이다. 예(礼)도 형(形)도 없다. 세 번째 칼질에서 머리통 반쪽이 달아난 최고수가 처참하게 죽은 후부터 백제검사와 대적하려는 검가(劍家)는 나타나지 않았다.

"으악!"

사청의 세 번째 칼에 호리와 대적하던 사내의 등판이 갈라졌다. 그때 연중이 또 한 사내를 몰아 사청 앞으로 유인해 갔다. 토끼를 모는 것 같다.

"으아악!"

뒷머리가 반으로 갈라진 사내가 내지른 비명이 밤하늘을 울렸다.

"따르라!"

사청이 소리치며 뒷문을 뛰쳐나가는 순간 칼날이 날아왔다.

"엣!"

사청이 몸을 틀어 칼을 어깨 옆으로 피하면서 내지른 칼끝이 사내의 턱을 꿰뚫고 들어갔다. 백제검은 전장에서 특히 위력을 발휘한다. 지금이 그렇다.

"으아악!"

"아악!"

문 앞에서 또 다른 사내 하나를 연중과 호리가 동시에 난도질을 하듯이 베었는데 모두 일곱을 베어 죽였다. 이제 앞이 트였다. 셋은 어둠 속을 달려 나갔다. 이제 아마노의 두 눈이 뒤집힐 것이다. 가쓰라 영지에서 첫 전사자 7명이 나온 셈이다.

"어떻던가?"

나카노오에가 묻자 사청이 대답했다.

"가쓰라는 이대로 두면 아마노 님의 영지가 됩니다, 저하."

"그렇다고 지금 아마노에게 군사를 보낼 수가 없는 상황이야."

청에는 나카노오에와 시종장 다카야마까지 셋이 둘러앉았다. 나카노오에 뒤쪽 벽에 위사 둘이 석상처럼 서 있다. 사청이 열흘간의 아스카 주변 상황을 보고 온 것이다. 나카노오에가 길게 숨을 뱉었다.

"아마노는 이미 3개국과 동맹 관계를 맺었어. 제가 천황이 되면 영지를 늘려주고 고위직에 임명하겠다는 약속을 해 주었는데 어쨌든 그자들은 아마노의 지원 세력이 되었다."

모겐과 고다이, 다무라다. 그들 셋 영지에다 아마노의 간지, 가쓰라까지 포함하면 69만 석, 70만 석의 대영지가 된다. 병력도 최소한 7만, 아마노의 3만을 주력으로 대군(大軍)이 된다. 나카노오에 태자가 중심이 된 황군은 우호적인 영주를 합해도 5만 남짓. 군세로도 밀리는 상황이다. 그때 사청이 나카노오에를 보았다.

"저하, 가쓰라가 요지(要地)입니다."

"요지라니? 무슨 말인가?"

나카노오에가 정색했다.

"요지 아닌 곳이 있는가? 다 요지다."

"가쓰라 우측에 모겐, 위에 고다이가 있고 남쪽에는 간지가 있습니다."

"그렇지."

"이번에 간지가 가쓰라를 병합함으로써 고다이와 모겐과 국경을 맞대게 되었으니 다무라까지 4개국이 한 덩어리가 된 셈입니다."

나카노오에는 머리만 끄덕였다. 이미 지도에도 그려져 있는 것이다. 그때 사청이 말을 이었다.

"가쓰라에 새 영주를 봉하시지요. 제가 그 영주를 도와 가쓰라를 아마노 님한테서 떼어놓겠습니다."

그 순간 나카노오에가 숨을 들이켰고 다카야마는 자리를 고쳐 앉았다.

"새 영주를 말인가?"

되묻는 나카노오에의 목소리가 갈라져 있다. 사청이 머리를 끄덕였다.

"그렇습니다. 그리고 저에게 기마군 5백, 보군 5백만 주십시오."

"그 군사로 뭘 하려는가?"

"가쓰라의 하루다성에는 아마노 님의 군사 1천 명 정도가 들어와 있습니다. 일단 그 군사를 몰아내고 하루다를 지키겠습니다."

"하루다까지는 모겐과 간지를 통과해야 되지 않겠는가?"

"기마군으로 곧장 돌파하면 이틀에 닿습니다."

나카노오에와 다카야마가 서로의 얼굴을 보았고 사청이 말을 이었다.

"먼저 보군 5백을 변복시켜 하루다로 보낸 다음 기마군이 들어가는 것입니다. 보군은 기마군이 입성하도록 성문을 열어 줘야겠지요. 제가 보군을 이끌겠습니다."

"……."

"하루다를 점령하고 나면 가신들을 규합, 간지군(軍)과 결전을 벌일 것입니다."

"……."

"아마노 님은 모겐이나 고다이에 지원군을 요청하지는 못하겠지요."

"그렇지요."

다카야마가 커다랗게 머리를 끄덕였다.

"체면을 중하게 여기는 아마노 님이 가쓰다 1국(國) 때문에 주위 영주에게 지원을 요청하지는 못할 것입니다."

그때 사청이 말을 이었다.

"일진일퇴하면서 간지군과 시간을 끌면 주변 영주들의 결속도 약해질 것입니다. 그때 저하께서 군(軍)을 움직이시는 기미를 보이시면 아마노 님은 가쓰라를 포기하시게 되지 않겠습니까?"

"과연."

다카야마가 손바닥으로 가볍게 제 무릎을 쳤을 때 나카노오에가 머리를 기울였다.

"누구를 가쓰라의 영주로 보낸단 말인가?"

"저하."

상반신을 세운 사청이 나카노오에를 보았다.

"새 영주는 가쓰노리 님의 3살짜리 아들을 말합니다."

"기찌보시 말인가?"

나카노오에가 묻자 다카야마의 머리가 다시 커다랗게 끄덕였다.

"과연."

다카야마가 나카노오에를 보았다.

"저하, 그렇게 되면 가쓰노리 님의 신하들이 다시 모이게 될 것입니다. 승산이 있습니다. 그리고……."

그 뒷말은 잇지 않아도 된다. 군사 1천만 내놓으면 되는 것이다. 밑져야 본전 아닌가?

하루 다성, 동문(東門) 안쪽 거리의 이노우에 저택은 오늘도 굳게 문이 닫혀 있다. 밤 해시(10시) 무렵, 저택이 골목 안쪽 끝 집이어서 통행인이 뚝 끊기자 주위는 짙은 정적에 싸여 있다. 이노우에는 죽은 가쓰노리의 중신(重臣), 62세, 가쓰노리의 부친 호소다 시대부터 가로(家老) 신분이었던 원로다. 녹봉 3천 석, 7만 석 영지인 가쓰라국(國)에서 가장 녹봉이 많은 신하다. 그러나 이번 간지 영주 아마노가 가쓰라를 합병한 후부터 가택 연금 상태가 되었다. 이노우에가 아마노의 회유를 거부했기 때문이다. 아마노가 가쓰라에 보낸 총지휘관은 가신(家臣) 사다케였는데 병력 3천을 이끌었다. 그중 1천을 이끈 사다케는 가쓰라의 도성(都

城) 하루다성에 주둔했고 나머지 2천은 영지 각지에 분산 배치시켰다. 사다케는 두 번이나 이노우에를 찾아가 아마노의 가신이 될 것을 회유했지만 거부당하자 대문을 폐쇄하고 감시병 10여 명을 배치시켰다. 가쓰라 영지는 거의 무혈점령되다시피 했는데 그것은 아마노가 기습적으로 하루다성을 점령, 가쓰노리의 유아 기찌보시를 인질로 삼았기 때문이다. 그리고 아마노는 기찌보시가 성년이 될 때까지 가쓰라를 위임통치 하겠다고 선언한 것이다. 기찌보시가 인질로 잡혀 있는 터라 영지에 흩어져 있는 대부분의 가신은 무장 해제되거나 아마노 측의 회유에 넘어가 충성을 맹세했고 일부는 저항하다가 피살되었다. 그리고 나머지는 이노우에처럼 출입이 금지된 채 가택 구금 상태다.

"안에 계시오?"

밖에서 울린 소리에 이노우에가 퍼뜩 머리를 들었다. 거실 안, 이노우에는 혼자서 술을 마시고 있던 중이다. 방에 켜놓은 촛불 두 개가 조금 흔들렸다. 이곳은 외인(外人)의 출입이 금지된 이노우에의 거실이다. 집 안에 하인 10여 명에 호위 무사 여섯, 그리고 가족 다섯이 있다. 그런데 이렇게 부를 사람은 없다. 밖에서 들어온 사람이라면 응당 하인이 먼저 알렸을 터이다.

"누구냐?"

술잔을 내려놓은 이노우에가 물으면서 힐끗 옆쪽 벽에 걸린 검을 보았다. 아직도 검을 들면 무사 셋은 벨 수 있다. 그때 문밖에서 목소리가 들렸다.

"천황 시종장 다카야마 님의 가신, 호리 마사요시올시다."

"무엇이?"

자리에서 일어나는 서슬에 술상이 흔들렸다. 그때 목소리가 이어졌다.

"밀명을 받고 손님을 모시고 왔소."

문으로 다가선 이노우에가 문을 열었다. 그때 어둠 속 마루 위에 서 있는 둘이 보였다. 불을 켜지 않은 마루는 어두웠지만 이노우에는 마루 뒤쪽에 셋, 그리고 마당에 대여섯의 검은 인영이 어른거리는 것을 보았다. 문을 연 이노우에가 앞에 선 둘을 향해 물었다.

"이 밤에 갑자기 웬일이신가?"

"황태자 나카노오에 님의 전언을 갖고 왔습니다."

말하는 왼쪽 사내가 호리인 것 같다. 그가 옆에 선 장신의 사내를 눈으로 가리켰다.

"이분께서는 백제 무장으로 나카노오에 님이 가쓰라 영지 일을 위임하신 분이시오."

"안으로 드시게."

뒤로 물러선 이노우에가 둘에게 말했다. 이윽고 방에 들어선 둘을 향해 이노우에가 안쪽 자리를 손으로 가리켰다. 상석이다.

"안쪽에 앉으시지요."

이노우에의 시선이 백제 무장에게 옮겨졌다. 장신에 육중한 체구, 젊지만 눈빛이 강하고 위엄이 풍겨 나온다. 백제 무장이 잠자코 안쪽 상석에 앉았고 시종장의 가신 호리가 옆쪽에 자리 잡았다. 이노우에가 백제 무장 앞쪽에 앉아 먼저 인사를 했다.

"황태자 전하의 사신을 뵙습니다."

"난 백제 무사 사청이오."

사내가 무사라고 했다.

"나카노오에 황태자께서 가쓰라 영지 문제를 해결하도록 나를 보내셨소."

사청이 품에서 뭔가를 싼 붉은 보자기를 꺼내 이노우에에게 내밀었다. 나카노오에의 밀서다. 이노우에가 무릎을 꿇고 보자기를 풀어 밀지를 꺼내 읽었다. 그러고는 다시 밀지를 보자기에 싸더니 품에 넣었다.

"따르겠습니다."

이노우에가 두 손을 방바닥에 짚고 사청을 보았다. 두 눈이 번들거리고 있다.

"기찌보시 님을 위하여 목숨을 바치지요."

"내가 보군 5백을 데려왔는데 모두 성 밖에 있소. 그들을 성안에 배치시켜야겠소."

"소인이 방법을 만들어 보겠습니다."

이노우에가 사청을 보았다.

"장군, 먼저 가신(家臣)을 결집시켜야겠습니다. 아마노가 보낸 사다케가 성안에 1천 가까운 병력을 주둔시키고 있으니 먼저 그놈들부터 격멸해야 될 것이오."

"기마군 5백이 대기하고 있소."

사청이 말을 이었다.

"그러나 기마군이 오기 전에 성안의 아마노군을 내보낼 작정이오."

"부인, 내가 강제로 일을 치르지는 않겠소."

사다케가 지그시 오쓰야를 보았다. 눈이 가늘어졌고 입술 끝에 웃음이 떠올라 있다. 사다케는 아마노의 중신(重臣)으로 녹봉 5천 석을 받는다. 아마노 가문의 대를 이은 신하 집안으로 이번에 가쓰라의 임시 섭정 직임을 맡았다. 사다케 가문으로서는 일거에 영주급 신분으로 도약

할 계기인 것이다. 당년 37세, 이미 고향에 본처와 15세, 13세의 두 아들이 있고 첩실도 2명이 있다. 그 첩실 소생은 모두 4명이다. 사다케가 둥근 어깨를 펴고 말을 이었다.

"하지만 다시 말하는데 나를 의지하는 것이 가문의 존속을 위해 필요한 일일 것이오. 기찌보시는 내 양자로 삼아 15년 후에는 내 가문을 이어가게 될 것이오."

앞에 앉은 오쓰야는 외면한 채 입을 열지 않았다. 오쓰야는 가쓰노리의 미망인으로 기찌보시의 생모다. 24세, 황실 귀족의 딸로 태어나 어릴 적부터 미모가 뛰어났고 총명해서 여천황(女天皇) 고교쿠의 총애를 받다가 가쓰노리에게 시집을 온 것이다. 창백한 얼굴에 갸날픈 몸매였지만 눈매가 날카롭다. 그때 사다케가 입을 열었다.

"내가 본처를 첩으로 내리고 그대를 본처로 맞겠다고 하지 않았소? 이건 주군 아마노 님한테도 승인을 받은 일이오. 다시 말하지만 기찌보시를 위해서는 이 방법이 가장 유리하오."

사다케의 목소리가 조금 높아졌다.

"시간이 없소. 내일 중으로 식을 올리고 기찌보시가 내 양아들이 된 것을 통보해야 되겠소. 그래야 가쓰라 영지 백성들도 안심을 할 것이오."

"……."

"그렇지 않으면 다른 방법이 있소."

사다케의 얼굴에 웃음기가 지워졌다.

"부인이 목을 매어 자살을 하는 것이오. 그럼 고아가 된 기찌보시를 내가 양아들로 맞는 것이지. 부인이 내일 아침까지 결심하지 않는다면 내일 밤에는 자살한 시체가 발견될 것이오. 무슨 말인지 아실 거요."

말을 마친 사다케가 자리에서 일어섰다. 얼굴에 다시 웃음이 떠올라 있다.

"살아서 자식이 성장하는 것을 보든가, 아니면 자살을 하든가 택해야겠소."

방을 나온 사다케가 마루에 선 위사대장 혼다에게 말했다.

"설마 목을 매지는 않겠지. 제 자식을 남겨 놓고 죽지는 않을 것 아니냐?"

"당연하지요."

사다케 뒤를 따르며 혼다가 말을 이었다.

"내일 아침이면 주군 말씀을 따르겠다고 하실 것입니다."

"여자는 잠자리를 한 번 갖고 나면 소금에 절인 채소 꼴이 된다."

쓴웃음을 지은 사다케가 말을 이었다.

"내일 밤은 내가 천하절색 오쓰야를 안게 되겠군."

맞장구를 칠 내용이 아니었으므로 혼다가 입을 다물었을 때 앞쪽에서 소음이 들렸다.

"밤중에 웬 소란이냐?"

사다케가 이맛살을 찌푸렸다. 가끔 군사들이 술 마시고 소란을 피우는 경우가 있다. 이곳도 하루다 성안의 내성, 영주 가쓰노리의 궁성 안이다. 점령자 사다케도 궁성을 거처로 삼고 있는 것이다. 소란이 더 커지더니 칼날 부딪는 소리가 가까운 곳에서 들렸다.

"아니."

복도에서 걸음을 멈춘 사다케가 혼다를 돌아보았다.

"위사대를 부르라."

오쓰야에게 밀행하면서 사다케는 혼다와 호위무사 둘만 데려갔던 것이다. 사다케의 거처는 이곳에서 50여 보 거리다. 혼다가 소리쳤다.

"무슨 일이냐! 위사대는 이쪽으로!"

위사대장 혼다의 목소리가 내성 안을 울렸다. 그때 근처에서 목소리가 울렸다.

"이쪽으로!"

숨을 들이켠 사다케가 곧 이쪽으로 달려오는 10여 명의 사내를 보았다. 모두 농군이나 상인 복색이다. 그런데 들고 있는 병장기는 삼엄했다. 한눈에 보아도 질서가 정연했다. 폭도나 산적 무리가 아니다. 정규군이다.

"아앗!"

혼다가 기합 소리를 내면서 허리에 찬 칼을 뽑았고 호위무사들이 사다케 앞을 막아섰다. 그때 달려오던 무리들이 일제히 닫혔다. 그런데 기합 소리도 함성도 뱉지 않는다.

"으아앗!"

혼다의 기합 소리가 청 안을 울렸다.

"으악!"

어깨가 베인 호위무사의 비명이 이어졌다. 또 한 명의 호위무사는 목이 베어지는 바람에 신음도 뱉지 못했다.

"이, 이놈들."

칼을 빼든 사다케가 뒤로 물러서며 소리친 순간이다. 어둠 속에서 날아온 단창이 사다케의 가슴을 꿰뚫고 등판으로 창끝이 빠져나왔다. 벌떡 뒤로 넘어진 사다케가 입만 떡 벌렸을 때 사내들이 몸통을 밟고 지나갔다.

남문 근처의 하루다성 양곡 창고에는 사다케군 주력(主力) 6백여 명이 주둔하고 있었는데 본진(本陣)인 셈이다. 그날 밤 자시가 되었을 때 본진의 부장(副將) 아오모리가 소음에 눈을 떴다. 사다케가 내성 안을 침소로 정한 후부터 본진은 아오모리가 지휘하고 있는 것이다.

"무슨 일이냐?"

자리를 차고 일어난 아오모리가 소리쳐 물었다. 40세. 사다케보다 연상으로 녹봉 5백 석. 미천한 가문으로 18세부터 전장에서 뛰어 3백 석 녹봉을 받는 무장(武將)이 되었으니 무용(武勇)뿐만이 아니라 전술, 임기응변, 그리고 처신에서도 뛰어났다. 이 소음은 보통 소음이 아니다. 옆에 세워놓은 장검을 집어든 아오모리가 진막 밖으로 뛰쳐나갔다. 그때 야마다가 달려왔다. 야마다는 50석 무사로 오늘밤 순찰 조장이다.

"부장, 적의 침입이오!"

야마다가 소리쳤다. 뒤쪽에 7~8명의 군사가 허둥대며 모이고 있다. 그때 소음이 가까워졌는데 왠지 이상했다. 모두 놀라고 당황한 외침뿐이다. 신음과 비명, 칼날 부딪는 소리와 섞인 터라 한쪽이 빈 것 같다. 그때 일단의 사내들이 닥쳐왔다. 금방이다.

"야앗!"

이번에는 야마다와 수하 부하들이 몸을 돌리더니 사내들을 향해 달려갔다. 그때 아오모리는 숨을 들이켰다. 진입해 온 사내들이 입을 꾹 다물고 있는 것이다. 앞으로 닥쳐온 사내들이 바로 그렇다.

"이놈!"

칼을 빼든 아오모리가 고함을 쳤지만 자신의 외침이 왠지 공허하게 들렸다.

그로부터 한 시진(2시간)쯤이 지난 오전 축시(2시) 무렵, 내성의 청 안에서 사청이 지휘관들의 보고를 받는다. 사청은 어제까지만 해도 사다케가 앉았던 의자에 앉아 있었는데 평복 차림이다. 먼저 가쓰라의 중신 이노우에가 보고했다.

"장군, 양곡 창고에 주둔했던 사다케의 본진을 격멸했습니다. 3백여 명을 죽이고 255명을 포로로 잡았습니다."

이노우에는 마석과 함께 천황군 2백 명과 하루다성에 남아 있던 가신들의 군사 3백 명을 동원하여 본진을 친 것이다. 그리고 무장들의 보고가 이어졌다. 연중은 천황군 1백 명과 함께 서문의 진지를 격멸시켰다. 사청은 호리와 함께 1백을 이끌고 내성 안을 소탕한 것이다. 보고를 들은 사청이 입을 열었다.

"오늘밤 안으로 기마군 5백이 진입해 올 것이니 이제 우리는 가쓰라국(國)을 새롭게 무장시켜야 한다."

사청의 시선이 이노우에에게 옮겨졌다.

"지금 즉시 가신들에게 연락을 하도록."

"예, 장군."

백발의 이노우에가 어깨를 추켜올리면서 사청을 보았다.

"죽을 명분을 만들어 주신 장군께 감사드리오."

"아직 죽기에는 이르오, 영감."

사청이 쌀쌀맞게 말했지만 모두의 얼굴에 웃음이 떠올랐다. 심지어 이노우에도 웃음을 참느라고 콧구멍이 벌름거렸다. 사청은 소리죽여 숨을 뱉었다. 수십 번 전장(戰場)을 겪은 터라 장졸의 분위기만으로도 전쟁의 승부를 예상할 수 있었다. 이런 분위기의 군(軍)은 전쟁에서 이기는 것이다. 사청이 말을 이었다.

"영지 백성에게 이 사실을 알려야 할 테니 먼저 하루다성 안에 방을 붙이시오."

"아, 방을."

이노우에가 깜짝 놀란 듯이 말했다.

"과연, 그것을 잊었습니다."

잊은 것이 아니라 생각하지도 못했던 일이다. 왜국에서 정변이 일어났을 때 바로 방을 붙여 사실을 알린 경우가 전무(全無)했기 때문이다.

그날 오후, 사청이 기마대에서 먼저 달려온 전령을 맞았다.

"오늘밤 술시(8시) 무렵에는 성으로 들어올 수 있습니다."

전령이 호흡을 가누면서 말했다.

"지금쯤 가쓰라 영지로 진입했을 것입니다."

"수고했다."

머리를 끄덕인 사청이 둘러선 장수들을 보았다. 마석과 연중, 반명기는 이제 지휘관이다. 보군 5백을 이끌고 먼저 온 터라 나카노오에 황태자 직속군(軍) 무장 둘이 부하들을 인솔했다. 핫도리와 구라마다.

"이제 시작이야."

사청이 정색하고 무장들을 보았다.

"우선 가쓰라 영지 내의 아마노군(軍) 잔당을 몰아내야 한다."

"예, 장군."

어깨를 부풀린 핫도리가 먼저 대답했다. 30대 중반으로 나카노오에의 가신. 1백 석 녹봉을 받는 취중대의 호위대장이란 한직을 맡고 있다가 이번 작전에 자원했다. 이름 있는 장수 대부분이 이번 작전은 성공해도 실리가 없을 것으로 계산했기 때문일 것이다. 그리고 아마노군(軍)과의 전쟁은 승산이 희박했다. 더구나 멸망한 백제국 장군의 휘하에 들어서 어떻게 공명(功名)을 띄울 것인가? 잔적 소탕. 날이 밝았을 때부터 천황군(天皇軍)은 성안에 남아 있는 아마노군을 소탕하기 시작했다. 한편으로 이노우에는 성안 수십 곳에 방(榜)을 붙여 천황군이 침략자 아마노군을 궤멸시키고 가쓰노리의 유자 기찌보시를 가쓰라의 영주로 대를 이어 임명했다는 사실을 알렸다. 순리(順理)다. 성안 백성들은 방문을 읽고 환호했다. 쫓겨 숨는 아마노군 잔당을 천황군과 함께 추적했으며 흩어졌던 가쓰노리의 직할군도 모여들었다.

"장군, 직할군이 5백 명 가깝게 모였습니다. 그중 녹봉을 받는 무사가 20여 명이 됩니다."

이번에 보군 대장으로 차출된 구라마가 소리쳐 보고했을 때는 미시(오후 2시) 무렵이다. 구라마는 20대 후반으로 아스카 주변의 영주였던 주군(主君)이 피살되고 영지가 타국(他國)에 흡수되자 천신만고 끝에 천황가(天皇家)의 무사가 되었다. 마구간의 말 조련 담당 무사로 3년여를 보낸 끝에 이번 원정에 자원한 것이니 그 의기를 알 수 있다. 눈에 불을 켜고 공(功)을 잡으려는 것이다. 사청의 시선을 받은 구라마가 말을 이었다.

"장군, 그중 1백 석 무사도 있고 50석 무사는 셋, 20석 무사가 10여 명입니다."

구라마는 천황가에서 15석을 받는다. 사청이 머리를 끄덕이며 말했다.

"구라마, 네가 무사를 선별해라. 아마노군(軍)이 진입했을 때 제각기 어떤 처신을 했는가를 묻고 합류시킬 자와 버릴 자를 고르라는 말이다."

"예엣!"

놀란 듯 어깨를 추켜올렸던 구라마의 얼굴이 순식간에 굳어졌다. 엄

청난 임무다. 1백 석짜리 무사도 버리거나 끌어들일 수 있는 권한을 갖게 되었다. 구라마의 전(前) 영지에서 직급은 창술 사범으로 40석이었던 것이다. 구라마가 이마를 청 바닥에 붙였다가 떼었다.

"예엣, 임무를 받겠습니다."

사청이 머리를 돌려 옆에 선 이노우에를 보았다.

"직할군이 2천5백, 각 고을에 할당된 병력까지 합하면 가쓰라군(軍)은 5천 남짓이라고 들었소. 맞습니까?"

"실제 병력은 4천여 명입니다, 장군."

이노우에의 얼굴에 쓴웃음이 번졌다.

"가쓰노리 님께서 병을 얻으신 후부터 군사력도 함께 시들었소."

가쓰노리는 폐병으로 3년을 앓다가 죽었으니 그동안의 정무는 이노우에 등 중신(重臣)이 처리했던 것이다. 이노우에가 말을 이었다.

"관직과 함께 아마노에게 충성을 맹세했던 역적들을 토벌해야 됩니다."

"그것은 영감에게 맡기겠소."

정색한 사청이 이노우에를 보았다.

"반역자는 엄격하게 처벌해야 될 것이오."

이노우에가 서둘러 밖으로 나갔을 때 옆에 서 있던 연중이 말했다.

"장군, 이곳은 쉴 새 없이 전쟁이 일어나고 매일 아침 새 왕국이 일어났다가 다음 날이면 멸망하는 것 같습니다."

연중이 백제어로 말을 이었다.

"백성을 위한 군주가 과연 몇이나 되겠습니까? 모두 제 주머니를 늘리려는 강도단 같다는 생각이 듭니다."

"그러냐?"

쓴웃음을 지은 사청이 연중을 보았다.

"훗날 역사를 보면 승자가 된 왕국이 결국 백성을 위했다고 기록되었을 것이다."

그때 청 안으로 무장(武將) 하나가 들어섰다. 내궁(內宮) 경비를 맡긴 무장이다. 사청 앞에서 한쪽 무릎을 꿇은 무장이 보고했다.

"장군, 내궁의 군주비께서 장군을 뵙자고 하십니다."

"군주비라니?"

사청이 묻자 무장이 대답했다.

"예, 전(前) 영주 가쓰노리 님의 부인이신 오쓰야 님이십니다."

"왜 보자고 하신다는 거냐?"

"그건 모릅니다."

"알아 오너라."

"예."

무장이 일어났을 때 사청이 덧붙였다.

"우리는 기찌보시 님을 가쓰라 영주로 모시려고 온 천황군이라고 말씀드려라."

무장이 청을 나가자 연중이 사청에게 말했다.

"사다케가 가쓰노리 님의 부인을 정실부인으로 맞으려고 했다는군요."

"아마노의 책략이다. 가쓰라를 제 가신의 녹봉지로 만들었다가 흡수하려는 것이지."

자리에서 일어선 사청이 청을 나오면서 말했다.

"군주비라고? 조용히 처분을 기다리지 않고 감히 보자면서 부르다니. 아직 정신을 덜 차린 여자로구먼."

기마군이 도착했을 때는 술시가 조금 지났을 무렵이다. 기마군 5백 기를 이끌고 온 무장(武將)은 나카노오에 황태자의 가신 사다모리. 32세로 대를 이어서 나카노오에에게 봉사해 왔다. 녹봉 5백 석, 가쓰라에 파견된 천황군(天皇軍)의 수장 역할이다. 사다모리는 사흘 밤낮을 달려 가쓰라로 진입해 왔지만 원기가 충천했다. 이미 하루다성이 함락되었기 때문에 칼 한 번 휘두를 기회가 없었던 것이 못내 분한 것 같다.

"사청 님, 가쓰라 영지 내의 아마노군 잔당은 저에게 맡겨 주십시오."

사다모리가 어깨를 부풀리며 말했다. 밤 해시(10시) 무렵. 사청은 마석과 호리, 이노우에 등 가쓰라 중신들까지 포함한 제장들에게 연회를 베푸는 중이다. 사다모리는 체격도 우람한 데다 목소리도 컸다. 주위를 둘러본 사다모리가 말을 이었다.

"아직 아마노군 2천여 명이 가쓰라 영지 내에 남아 있다고 들었습니다. 내일 아침부터 소탕을 하겠습니다."

그때 마석이 입을 열었다.

"장군, 이 자가 누굽니까?"

그 순간 둘러앉은 20여 명의 무장들이 일제히 숨을 죽였다. 마석의 물음이 마치 얼음덩이를 내던진 것 같았기 때문이다. 사청은 시선만 주었을 때 사다모리가 눈을 치켜뜨고 마석에게 물었다.

"무슨 말이야?"

그러자 마석이 다시 사청에게 물었다.

"장군, 이자가 무엄합니다. 벨까요?"

"무엇이?"

사다모리가 그때서야 분위기를 눈치챈 듯 어깨를 부풀렸다.

"사다모리."

숨을 들이켠 사다모리가 사청을 보았다. 사다모리는 출정 전, 나카노오에 앞에서 사청의 휘하로 기마군 대장을 맡으라는 지시를 받았지만 불만인 기색이 역력했다. 사청을 객장(客將) 취급을 한 것이다. 기마군을 이끌고 하루다성까지 전속력으로 달려와 보니 이미 성은 함락되어 있었던 것이다. 공을 세울 기회를 놓친 터라 사다모리는 조급했고 객장 사청에 대한 본심이 튀어나왔다. 사청이 말을 이었다.

"너는 주장(主將)인 나를 무시하는 행동을 하고 있다."

사청의 얼굴에 웃음이 떠올랐다.

"겨우 5백 석 녹봉을 받는 놈이 감히 점령군 위세를 부리느냐? 여기 있는 모든 무장이 앞으로 5백 석 이상의 녹봉을 받게 될 것이다."

"사청 님."

사다모리의 얼굴에도 웃음이 떠올랐다.

"내가 당분간 사청 님의 지휘를 받지만 황태자 나카노오에 님의 직속 무장이오. 나를 어떻게 할 수는 없을 것이오."

그때 사청이 마석에게 말했다.

"저놈을 묶어서 가둬라. 반항하면 베어도 된다."

그 순간 뛰어 일어난 마석이 사다모리의 어깨를 움켜쥐었고 부하 두 명이 다가와 사다모리의 팔을 뒤로 꺾었다.

"나한테 감히, 내가 누군 줄 알고!"

사다모리가 소리쳤을 때 잠자코 있던 호리가 맞받아 외쳤다.

"사다모리! 네 대(代)에 가문이 끊기는 구나! 병신 같은 놈!"

호리를 알고 있는 사다모리다. 숨을 들이켰던 사다모리가 손이 뒤로 묶인 채 다시 외쳤다.

"나카노오에 황태자께서 가만두지 않으실 것이다!"

그때 이노우에가 사청에게 말했다.

"옥(玉)의 티란 말이 꼭 이런 경우올시다, 장군."

"아니."

사청이 웃음 띤 얼굴로 마석과 부하들에게 끌려가는 사다모리를 보면서 말했다.

"나에게 큰 가르침을 주었소. 이제 막 왜국 생활을 시작한 나에게 앞으로 어떻게 살아갈 것인가를 저자(者)가 가르쳐 준 것이오."

"그러십니까?"

"나는 백제 무사요."

모두 숨을 죽였고 사청의 목소리가 청을 울렸다.

"그렇소. 객장(客將)이오. 근본도 없고 수하도 없는 객장이 이제 이곳 가쓰라에서 천하를 굽어볼 것이오."

사청의 시선이 무장들을 훑었다. 무장 중 3~4명은 사다모리 휘하의 기마군 장수다. 사청의 말이 이어졌다.

"사다모리는 항명했다. 제 분수를 모르고 조급하게 나섰으며 나카노오에 황태자님의 이름까지 팔았다. 장수의 자질이 없으므로 일단 옥에 가둔다."

"사청이 누구냐?"

아마노가 물었지만 대답하는 가신도 없다. 오전 사시(10시) 무렵, 천신만고 끝에 하루다성을 빠져나온 가신 하나가 아마노 앞에 엎드려 있다. 이곳은 아마노의 거성 고로성 안이다. 청 안에는 1백여 명의 가신이 모두 모여 있었으므로 엄숙한 분위기다. 고로성은 아스카의 거성 후지와라성을 모방해 만들어서 청의 구조가 황궁과 비슷하다. 상석은 2개의 계단 위에 만들어졌고 붉은 기둥 16개가 청을 받치고 있다. 사방 면적이 2백자나 되는 터라 주변국 신하들은 청에 오면 위압감이 든다. 아마노의 목소리가 높아졌다.

"그놈이 백제계라는 것 외에 아는 것이 없단 말이냐?"

청에 아마노의 목소리가 울렸다. 하루다성에서 도망쳐 나온 가신은 30석 녹봉을 받는 무사 기노다, 등에 칼을 맞아 옷을 갈아입었지만 피 냄새가 맡아졌다. 그때 말석에 앉아 있던 무사 하나가 소리쳤다.

"제가 그자 이름을 들은 적이 있습니다!"

"네가 누구냐?"

아마노가 직접 대답했다.

"가까이 와서 말해라."

"예, 동문 수문장 무라다올시다!"

소리치며 다가온 무사가 10보 앞 통로에 무릎을 꿇고 엎드렸다.

"그래, 말해라."

"예, 주군."

머리를 든 무라다가 아마노를 보았다.

"소인도 백제에 다녀온 후지와라성에 사는 처남한테서 들었습니다."

아마노의 시선을 받은 무라다가 말을 이었다.

"사청은 황산벌에서 전사한 계백의 위사장으로 5천 기마군 중 살아남은 단 한 명이라고 합니다."

청 안이 잠깐 술렁거렸다. 이곳은 아스카의 중심에 속한다. 계백을 모르는 주민이 없다. 황산벌 싸움은 이미 왜국에서도 전설이 되어가고 있기 때문이다. 어느 마을에서는 계백의 사당까지 세워놓았다고 했다.

"뭐야? 계백의 위사장?"

되묻는 아마노의 얼굴이 굳어졌다.

"혼자 살아남았다고?"

"예, 계백의 혼을 이어받았다고 합니다."

"무슨 말이냐!"

"예, 사청이 그 후로 적귀대를 이끌고 다니면서 신라군을 유린하다가 사라졌다고 했습니다."

"그런데 이곳에 나타났단 말이지?"

잇새로 말한 아마노가 머리를 들고 주위를 돌아보았다.

"나중에는 계백의 혼이 이곳 야마토로 날아왔다고 할지도 모르겠다."

"주군."

어깨를 편 중신(重臣) 노부토라가 아마노를 보았다. 58세, 4천5백 석, 간지의 아마노 가문에서 가신들의 우두머리 역할, 즉 가로(家老)다. 흰머리에 수염도 희지만 얼굴이 붉은 동안(童顔)이다.

"사청은 나카노오에 님이 보내신 것 같습니다."

그 순간 아마노의 얼굴이 일그러졌다.

"알고 있어."

"기마군 1천여 기까지 끌고 왔다니 나카노오에 님이 작심을 하고 가쓰라 영지를 수복하려는 것입니다."

방금 기노다로부터 황군 기마대 1천여 기가 진입했다는 보고를 받은 것이다. 기노다는 기마군을 1천여 기로 보았다. 노부토라의 목소리가 다시 청을 울렸다.

"주군, 사다케 님의 피살은 안타깝지만 지금은 나카노오에 님과의 결전을 준비해야 될 것 같습니다."

"으음."

신음을 뱉은 아마노가 가는 눈을 치켜뜨더니 곧 쓴웃음을 지었다.

"나카노오에가 가만있지는 않을 것이라고 예상했지만 백제 패잔병을 내세우는 수를 쓸 줄은."

"인근 영주들이 흔들리지 않도록 사신을 보내지요."

노부토라가 목소리를 낮췄다.

"전군(全軍)을 소집하겠습니다, 주군."

"야마토 황실은 이제 무너질 때가 되었다."

보료에 한쪽 몸을 기울이고 앉은 아마노가 소리치듯 말했다.

"고토쿠 천황은 정통 승계자가 아니야, 내가 천황이 되었어야 한다."

이것이 이번 가쓰라 영지 점령의 목적이었다. 가쓰라를 시작으로 야마토 황실 세력을 몰아내고 아마노 황가(皇家)를 세우려는 것이었다. 그때 가신들이 일제히 두 손을 청 바닥에 짚고 엎드려 소리쳤다.

"아마노가(家)를 위해 목숨을 바치겠소!"

가신들이 물러가고 청에는 가로 노부토라와 중신 미요시까지 셋이 남았을 때 아마노가 눈을 치켜뜨고 말했다.

"갑자기 백제 놈이 끼어들어서 판이 흔들렸다."

아마노의 얼굴이 긴장으로 굳어져 있다.

"나카노오에, 이놈은 백제계를 이용하려는 수작이야. 교활한 놈 같으니."

왜국에 백제계 유민이 온 것은 오래되었다. 그리고 지금은 쏟아져오는 상황인 것이다.

가쓰라 영지에 남아 있던 간지의 군사들은 대부분 토벌대가 오기 전에 도주했고 곧 간지로부터 철수 명령까지 내려온 터라 깨끗이 사라졌다. 가쓰라는 수복되었다. 그러나 한 달 남짓, 간지군(軍)의 사다케가 하루다성을 점거하고 각 지역을 장악해 가면서 가쓰라는 양분(兩分)되었다. 간지의 아마노에게 붙은 배신자와 거부한 자들이다.

배신자들을 가려내는 임무를 맡은 구라마는 가차 없이 임무를 수행했다. 그래서 가쓰라를 수복한 지 나흘째가 되는 날에 그 결과가 나타났다. 가쓰라의 10석 이상 녹봉을 받는 무사는 1,255명. 그중 절반 가량이 간지군(軍)에 충성을 맹세하고 한 달 동안 반역을 했던 것이다. 천황군이 수복했을 때 반역자 대부분이 도주를 했지만 2백여 명이 목을 잘렸다.

간지군 시체는 그대로 쌓아 놓았지만 반역자들도 사청의 지시에 의해 목이 잘려져서 성벽에 나란히 놓여졌다. 성 주민들에게 보여주기 위해서였다. 저녁 무렵, 청에서 가쓰라의 중신(重臣) 이노우에가 사청에게 보고했다.

"장군, 반역자들의 몰수된 녹봉지가 5만 석 가깝게 됩니다. 처리를 해야 됩니다."

이노우에가 정색하고 사청을 보았다.

"공을 세운 무사에게 녹봉지를 배분해주는 것이 영주의 몫이지요."

"난 가쓰라의 영주를 보좌하는 역할일 뿐이야, 영감."

이제는 사청이 허물없이 이노우에를 대한다. 웃음 띤 얼굴로 사청이 말을 이었다.

"빈 영지는 직할령으로 관리하면 되겠지."

그때 이노우에가 주위를 살피는 시늉을 하더니 한 걸음 다가앉았다. 청 안에는 마석과 호리 등 측근과 정벌군 무장 가쓰라 가신들까지 모여 있다.

"장군, 직할령으로 거느리더라도 녹봉지를 관리하는 무사가 필요하오."

"영감이 녹봉지를 늘리고 싶은가?"

"오늘 저녁에 마님을 찾아가 보시지요."

"갑자기 마님은 왜?"

"지난번에도 부르셨는데 가시지 않았지요?"

이노우에게 되묻자 사청이 입맛을 다셨다.

"부른 이유를 물었더니 대답이 없어. 내궁 경비 무장이 물었더니 아무 말도 안 했다는군."

"오쓰야 마님은 생각이 깊으신 분이지요."

"깊으면 말이 없나?"

"오늘밤 가보시지요."

"갈 이유가 없네, 영감."

정색한 사청이 지그시 이노우에를 보았다.

"죽은 사다케가 부인하고 혼인하려던 것도 알고 있어. 난 가깝게 가고 싶지 않네."

"장군은 왜국 물정을 아셔야 되오."

이노우에가 말하자 사청이 머리를 저었다. 더 듣지 않겠다는 시늉이다. 그때 청 안으로 전령이 들어왔다. 온몸이 땀과 먼지로 뒤덮여 있다. 후지와라성에서 달려온 전령이다.

"황태자님의 전갈이오!"

전령의 목소리가 청을 울렸다. 자리에서 일어선 사청이 황태자 나카노오에의 전령을 맞는다. 다가선 전령이 품에서 보자기에 싼 밀지를 꺼내더니 펴고 읽는다. 공개 전언인 것이다.

"백제 장군 사청에게 황태자 나카노오에가 전령을 보내 명을 내린다."

사청이 머리를 숙였다. 이제 자신은 나카노오에 휘하 무장이 되어 있다. 군사 1천은 나카노오에 직속군인 것이다. 전령의 목소리가 군을 울렸다.

"기마군 대장 사다모리의 항명은 군율에 의해 처리하라. 정벌군 장졸의 생사여탈권은 모두 백제 장군 사청에게 있다."

밀지를 접은 전령이 사청에게 두 손으로 내밀었다.

"태자 저하께서는 가쓰라의 통치를 장군께 맡기신다고 하셨습니다."

"삼가 명을 받들겠다고 전하게."

전령이 허리를 숙여 보이고는 몸을 돌렸다.

"장군, 축하드립니다."

옆에 서 있던 호리가 말했다.

"당장 사다모리의 목을 베지요."

사청이 쓴웃음만 지었으므로 호리가 입을 다물었다. 그때 이노우에가 사청을 보았다.

"장군, 가쓰라는 이제 장군의 영지나 같습니다."

그 순간 주변의 무장들이 일제히 시선을 주었다. 청 안이 조용해졌고 이노우에의 목소리가 다시 울렸다.

"기찌보시 님이 성장하실 때까지 가쓰라는 장군이 다스리라고 황태자 저하께서 확인해 주신 것입니다."

"……."

"여기 모여선 가쓰라의 무장들도 모두 장군의 휘하나 같습니다."

그때 사청의 시선이 마석과 연중, 반명기에게 옮겨졌다. 그러고는 후지와라성에서 데리고 온 나카노오에 군(軍)의 무장들을 훑고 지나갔다. 이어서 가쓰라의 가신들까지 보았다. 이윽고 사청이 입을 열었다.

"나카노오에 황태자 저하의 영을 받들어 가쓰라를 통치하겠다."

사청이 말을 이었다.

"너희들은 이제 내 가신이나 같다. 따라서 원치 않는 자들은 떠나도 좋다."

가쓰라 영주 대리의 선언이다.

내궁(內宮) 청 안으로 들어선 사청이 앞쪽에 앉아 있는 여자를 보았다. 미리 통보를 한 터라 앉아 있던 여자가 자리에서 일어섰다. 전(前) 영주의 부인 오쓰야, 현 유아(幼兒) 영주 기찌보시의 생모다. 오쓰야가 말없이 머리를 숙였다가 들었고 그때 둘의 시선이 마주쳤다.

"백제 무사 사청이오."

사청이 먼저 허리를 굽히고 인사를 했다.

"미망인 오쓰야입니다."

오쓰야의 목소리는 맑고 또렷했다. 밤, 술시(8시) 무렵. 내청 안은 뒤쪽에 시녀 둘만 그림처럼 붙어 서 있을 뿐이다. 기둥에 붙여 꽂은 촛불들이 조금씩 흔들리고 있다. 인사를 나눈 둘은 3보 거리를 두고 마주보고 앉았다. 사청이 똑바로 오쓰야를 보았다.

"부인, 내가 기찌보시 님이 성년이 될 때까지 이곳 가쓰야의 섭정이 되었습니다. 이의 있으십니까?"

오쓰야가 사청의 시선을 받더니 곧 내렸다.

"없습니다."

"내가 반역자들의 녹봉지를 새로 분배하려고 하는데 부인과 상의하는 것이 낫다는 생각이 들었습니다."

사청이 오쓰야의 반듯한 콧등을 내려다보면서 말을 이었다.

"15년 후에는 부인과 기찌보시 님이 이곳 가쓰라를 통치하게 되실 테니까요."

"……."

"이번에 공을 세운 가신이 여럿이고 내가 데려온 무장들에게도 녹봉지를 분배해 줄 것이오."

"……."

"가로 이노우에 영감하고 상의한 후에 부인께 분배 내역을 보내드리리다."

어깨를 편 사청이 오쓰야를 보았다. 오쓰야한테서 옅은 향내가 맡아졌다. 동그란 어깨, 서 있을 때 보니까 작고 가냘픈 체격이다. 머리가 사청의 어깨 밑에 닿는다. 그때 머리를 든 오쓰야가 사청을 보았다. 불빛을 받은 두 눈이 번들거리고 있다.

"저에게 녹봉지 배분 상의를 하실 필요는 없습니다."

사청의 시선을 받은 오쓰야가 말을 이었다.

"제가 무사들을 알지 못할 뿐만 아니라 그럴 자격도 없습니다."

"지난번 나를 보자고 하신 이유는 무엇입니까?"

사청이 묻자 오쓰야가 어깨를 늘어뜨렸다.

"기찌보시 님을 데리고 보덴사로 들어가게 해 달라고 말씀드릴 작정이었습니다."

보덴사는 가쓰라 영지 북쪽에 위치한 절이다. 깊은 산속에 위치하고 있어서 유배지나 마찬가지다. 머리를 든 오쓰야가 사청을 보았다.

"저는 기찌보시 님이 영주가 되리라고 생각하지 않습니다."

"그러면?"

"성년이 되는 사이에 무슨 일이 일어날지 모르는 세상입니다."

오쓰야의 말끝이 흔들렸다.

"누가 이 영지를 간수했다가 15년 후에 기찌보시 님에게 넘겨준단 말입니까? 요즘 세상에 있을 수 없는 일입니다."

"……."

"저는 기찌보시 님의 목숨만이라도 보존하고 싶습니다. 그것으로 만족합니다."

"부인."

사청이 정색하고 오쓰야를 보았다.

"나는 나라를 잃고, 임금을 잃고, 모시던 장수를 잃었소."

이제는 사청이 번들거리는 눈으로 오쓰야를 보았다.

"또한 부모도, 가약을 맺었던 여인도 잃고 이렇게 이곳에 와 있소."

"……."

"나에겐 이곳 가쓰라가 등을 붙이고 누울 땅이 아니오. 난 가쓰라 영주가 되기 위해서 왜국에 온 것이 아니요."

"……."

"부인께 내 속마음을 털어놓으리다."

심호흡을 한 사청의 시선이 뒤쪽 시녀들에게로 옮겨졌다.

"부인, 저 시녀들을 내보내 주시오."

머리를 돌린 오쓰야가 지시하자 시녀들은 소리 없이 청을 빠져 나갔다. 청에 둘이 남았을 때 오쓰야가 어깨를 움츠리고 사청을 보았다. 작은 새 같다. 그때 사청이 입을 열었다.

"나는 나카노오에 님의 군병을 이끌고 이곳에 왔지만 이곳에서 기반을 일으킨 후에 곧 떠날 거요."

사청의 얼굴에 희미하게 웃음이 떠올랐다.

"난 아스카 영역을 벗어나 수백만 석의 대지가 깔린 새 영지를 개척할 작정이오."

"……."

"그때까지만 이곳에 머물면서 기찌보시님을 돌봐 주겠소."

"……."

"나는 대륙의 백제 담로 광릉군의 기마대장일 때 당(唐)의 10여만 대군을 맞아 싸운 적이 있소."

눈을 가늘게 뜬 사청이 오쓰야의 뒤쪽 벽을 보았다.

"황산벌에서는 장군 계백의 위사장으로 신라군 5만과 자웅을 겨루었소."

이윽고 사청이 눈의 초점을 잡고 오쓰야를 보았다.

"내가 가쓰라 7만 석을 움켜쥐고 있을 것 같소?"

나카노오에 황태자가 앞에 앉은 기헤이에게 물었다.

"사청의 역량을 보았느냐?"

"예, 저하."

기헤이는 44세. 이번 사청이 끌고 간 나카노오에군의 군감(軍監) 역할을 맡고 먼저 돌아왔다. 군감 역할이지만 사청을 관찰하고 돌아오라는 나카노오에의 밀명을 받았던 것이다. 내실 안에는 나카노오에와 시종장 다카야마, 그리고 기헤이까지 셋이 모였다. 기헤이는 3보 앞까지 다가와 부복했으니 기밀 회담이다. 나카노오에의 시선을 받은 기헤이가 입을 열었다.

"사청은 장군(將軍) 그릇입니다. 폭이 넓고 위엄이 있는 데다 앞장을 설 때는 피하지 않습니다. 그래서 어느덧 1천 군사가 따르게 되었습니다."

"말하라."

"무장 대부분도 심복하고 있습니다."

"잘 이끄는군."

"또한 가쓰라 영지의 가신 대부분이 심복하게 되었습니다."

"……."

"노신(老臣) 이노우에가 사청에게 심복하여 아예 가신 노릇을 합니다."

이제 기헤이의 목소리가 열기를 띠었다.

"핫도리와 구라다는 이미 사청의 졸개가 되었습니다, 전하."

그때 나카노오에가 머리를 돌려 다카야마를 보았다.

"사청의 재목이 기대한 만큼은 되는 것 같군."

"능히 저하의 기대를 충족시킬 수 있을 것 같습니다."

다카야마가 말을 이었다.

"사청이 가쓰라에 뿌리를 박으면 주변의 국가는 물론 아마노가(家)를 누르는 효과가 있을 것입니다."

"늑대를 키우려면 늑대를 가두는 포용심을 가져야 하는 법."

보료에 몸을 기댄 나카노오에가 얼굴을 펴고 웃었다.

"난 곰이 되기로 하지. 늑대를 키우는 곰."

"전하, 그 늑대가 범이 될지도 모릅니다."

다카야마가 조심스럽게 말했다.

"늑대에 목줄을 매는 게 낫지 않습니까?"

"사청이 그럴 위인인가?"

쓴웃음을 지은 나카노오에가 머리를 저었다.

"어설프게 목줄을 채웠다가 역효과가 날 가능성이 많아."

나카노오에의 목소리가 낮아졌다.

"사청 덕분으로 아마노의 기세가 꺾였다. 그것만으로도 사청을 내보낸 대가를 받았지 않는가?"

"그렇습니다."

다카야마가 마지못한 표정으로 시인했다.

"당분간은 일어나지 못할 것입니다."

"그런 상황에서 사청의 기를 꺾다니. 그럼 사청은 배신할 이유를 얻게 된다."

"과연."

"당분간은 사청의 기세를 지원해주는 것이 옳다."

"알겠습니다."

나카노오에의 시선이 기헤이에게 옮겨졌다.

"넌 다시 가쓰라로 돌아가도록. 내가 사청의 지위를 4품 소례(小禮)로 봉해 줄 테니 소례 마패를 가져가라."

"예, 저하."

놀란 듯 기헤이가 이마를 방바닥에 붙였고 다카야마가 숨을 들이켰다. 4품 소례는 영주급 관직이다. 아마노도 소례이고 천황 시종장 다카야마도 소례인 것이다. 황태자 나카노오에는 3품 소덕(小德). 10품까지 등급이 정해진 왜국의 관위는 고구려의 14관등, 백제의 16관등, 신라의 17관등과 비교해서 적은 편이다. 기헤이가 물러가고 둘이 되었을 때 나카노오에가 본심을 말했다.

"저 기헤이도 사청의 심복이 될지도 모른다. 우리는 사청을 배신하지 않는 백제 무장으로 활용하면 된다."

"예, 저하의 깊은 뜻을 모시겠습니다."

"사청에게 자율권을 주는 것이야."

"그 능력을 알게 되겠지요."

"가쓰라 평정으로 그 능력을 조금 알게 되었다."

"곧 아마노군과 대립하게 될 것입니다."

"지원은 이제 보내지 않는다."

나카노오에의 얼굴에 희미한 웃음이 떠올랐다.

"이제부터 사청은 제 능력으로 힘을 길러야 할 것이다."

"보기 1천은 사청에게 떼어준 셈 치시는군요."

"핫도리, 구라다도 마찬가지. 저 기헤이도 다음에 이곳에 왔을 때는 사청의 첩자가 되어 있을지도 모른다."

"과연."

"나는 보기 1천과 녹슬고 소외된 무장 10여 명으로 아스카 중심(中心)에 내 우군의 말뚝을 박은 셈이다."

다카야마가 숨을 들이켰다. 나카노오에는 18년 전에 당대의 권력자로 천황을 농락하던 소가 이루카를 천황 앞에서 참살한 용기와 지혜를 갖춘 인물인 것이다. 그러고는 현재의 고토쿠(孝德) 천황을 옹립하고 황태자가 되었다. 이제 18년, 나카노오에가 황제 권좌에 오를 시기도 되었다. 다시 나카노오에가 말을 이었다.

"나는 사청이 가쓰라에 뿌리를 박고 주변의 아마노와 동맹국인 모겐, 고다이, 다무라까지 견제해 주기를 바란다."

이것이 나카노오에의 야심이다.

"영감, 이곳의 녹봉지를 받게."

사청이 가쓰라 지도의 한쪽을 화살 끝으로 짚으면서 말했다. 5천 석이 넘는 녹봉지다. 이노우에가 숨을 들이켜더니 사청을 보았다.

"장군, 이곳은 영주님 직할지로……."

"입 다물게."

말을 자른 사청이 핫도리와 구라마 등 후지와라성에서 데려온 장수들을 보았다. 모두 한직에 머물던 무장으로 핫도리는 1백 석, 구라마는 15석이었고 나머지도 50석에서 20석까지 다양하다. 사청이 말을 이었다.

"너희들은 모두 가쓰라 영지의 가신이 된 셈이니 녹봉지를 정했다. 모두 1천 석씩을 주마."

그리고 마석, 호리, 연중과 반명기도 1천 석 녹봉지를 받았다. 가쓰라의 가신 중 태반이 아마노에 투항했기 때문에 7만 석 영지의 5만 석 정도의 녹봉지를 회수한 것이다.

"장군, 직할 영지를 다 나눠주시면 어찌하실 작정이시오?"

이노우에가 다시 물었다. 본래 가쓰라 영지의 1만 석 가량이 영주 가쓰노리의 직할지였던 것이다. 이 직할지는 땅이 좋아서 다른 경작지보다 소출이 두 배가 된다. 그런데 사청은 직할지까지 다 가신들에게 분배해 버렸다. 그때 사청의 얼굴에 웃음이 떠올랐다.

"그대들은 기찌보시 님의 가신 아닌가? 그래서 나눠 주는 것이야. 갖고 있다가 기찌보시 님이 성장하면 돌려주게."

"아니, 그럼 장군께서 하시지……."

이노우에가 노인의 고집으로 끝까지 묻자 사청이 어느덧 정색했다.

"난 이곳에 머무르지 않을 것이야."

"그것이 무슨 말씀이오?"

놀란 이노우에가 물었고 모두 숨소리도 내지 않는다. 이곳은 하루다성의 정청 안. 사청은 영주 자리에 앉아 가신들을 내려다보고 있다. 이제 가신(家臣)이다. 영주 사청에 의하여 녹봉지를 받은 가신. 15년 후에 기찌보시가 성인이 되었을 때는 먼 훗날이다. 그때까지 세상이 이대로 존속되리라고는 아무도 믿지 않는다. 기찌보시가 살아있을 가능성은 더 적다. 하루에 영주 하나씩이 생긴다는 격변기다. 하루 만에 영지 주인이 바뀐다는 난세인 것이다. 그때 사청이 대답했다.

"난 가쓰라가 안정되면 떠난다."

"어디로 말씀이오?"

"이 세상은 넓다."

사청의 목소리가 청을 울렸다.

"왜국 전토(全土)가 2천만 석이라고 했느냐?"

"2천2백만 석이오."

가신 하나가 대답했을 때 사청이 쓴웃음을 지었다.

"가쓰라 녹봉지는 얼마냐?"

아무도 대답하지 않는다. 7만 석임을 모두 알고 있기 때문이다. 그날 밤 술시(8시)가 되었을 때 내궁의 주인(主人) 오쓰야가 시녀 교코에게 물었다.

"사청 님 시녀장은 누구냐?"

"사청 님이 아예 님을 고르셨다고 합니다."

오쓰야가 숨을 들이켰다. 아예는 50대 중반으로 주방 감독이었던 시녀다. 그 아예를 사청이 숙소의 시녀장으로 임명한 것이다. 사청은 숙소를 내궁 밖의 영빈관으로 옮겼는데 내궁 생활이 불편했기 때문이다.

오쓰야가 마당 건너편 안채에서 기거하고 있는 터라 오늘 아침에 숙소를 옮겼다. 옮기면서 시녀들도 데려간 것이다.

"마님."

교코가 지그시 오쓰야를 보았다.

"이노우에 님이 사청 님 숙소로 녹봉지에서 뽑은 여자 둘을 보냈다고 합니다."

"……."

"사청 님은 체구가 크고 백제인이어서 하룻밤에도 여자를 셋 갈아치운다고 합니다."

"누가 그러더냐?"

"궁 안의 여자들이 다 압니다."

그러나 사청은 하루다성에 온 후에 침실로 여자를 단 한 명도 들이지 않았다. 오쓰야가 입안에 고인 침을 삼키고는 초점을 잃은 시선으로 교코를 보았다. 교코는 28세. 오쓰야가 20세 때 가쓰노리에게 출가해 왔을 때 데려온 시녀다 10여 년간을 자매처럼 지냈기 때문에 속마음을 다 털어놓는 사이다.

"교코, 나 그분을 사모하고 있어."

오쓰야가 말하자 교코가 긴 얼굴을 펴고 웃었다.

"압니다, 마님."

"나, 이런 감정 처음이야."

"그분을 뵈면 다 그럴 겁니다."

"나, 요즘 잠을 못 자."

"압니다."

주위를 둘러본 오쓰야의 얼굴이 붉어졌다.

"난 밤마다 그분한테 안겨 있는 생각을 한다."

"마님은 제대로 남녀 궁합을 맞추지 못하셨지요."

교코의 목소리도 낮아졌다.

"가쓰노리 님은 한 번도 마님을 만족시켜주시지 않았습니다."

"잠깐 배 위에 엎어졌다 떨어졌어."

오쓰야의 목소리가 떨렸다.

"나, 밤에는 그분 생각에 몸이 뒤틀리면서 불덩이가 돼. 어쩌면 좋으냐?"

이제 오쓰야가 번들거리는 눈으로 교코를 보았다.

아마노에게 가쓰라의 충격은 컸다. 가신 사다케 이하 10여 명의 무장이 죽었으며 3천 군사 중 돌아온 숫자는 절반에 못 미쳤다. 그리고 무엇보다도 주변 영주들에게 체면이 무참히 깎인 것이다. 가쓰라를 점거하고 황가(皇家)에 위엄을 보인 다음 아스카 주변의 영주들을 규합, 고토쿠(孝德) 천황을 밀어내고 새로운 황가를 세우겠다는 원대한 야망이 첫발을 떼면서 넘어진 셈이다. 그러나 아마노는 아스카 북부의 강자(强者)다. 아마노가 통치하는 간지의 고로성은 고토쿠 천황이 기거하는 후지와라성에 비하여 면적도 컸고 더 오래된 성이다. 오후 유시(6시) 무렵, 고로성의 청에서 아마노가 중신 노부토라에게 물었다.

"노부토라, 모겐의 시마무라는 아직도 말을 보내지 않았느냐?"

"예, 준비하고 있는 것 같습니다."

노부토라가 바로 대답했다. 청 안에는 가로(家老) 노부토라와 측근 대여섯 명뿐이다. 저녁 무렵이어서 거대한 청 안에는 수십 개의 대황초를 켜 놓았다. 아마노의 이맛살이 찌푸려졌다.

"약속한 지가 석 달이 넘었다. 혹시 시마무라가 마음이 바뀐 것 아닐까?"

"그럴 리가 없습니다."

노부토라가 주름진 얼굴을 펴고 웃었다.

"시마무라 님은 그럴 분이 아닙니다."

모겐 영주 시마무라는 36세. 영주를 이어받은 지 15년, 그동안 아마노와 긴밀한 관계를 유지해 왔다. 주변 영주 중 가장 가깝다고 봐도 될 것이다. 아마노가 다시 물었다.

"모겐의 말이 준비가 덜 되었단 말인가? 말 4천 필을 그냥 달라는 것도 아니고 산다는데 이렇게 석 달이 넘도록 꾸물거리는 이유가 무엇이냐?"

"병든 말을 골라내느라고 시간이 걸린다는군요."

"그자가 혹시 이번 '간지 동맹'에서 손을 떼려는 것이 아니겠지?"

마침내 아마노가 마음에 품고 있던 말을 내놓았다. '간지 동맹'은 이번에 간지가 가쓰라를 점령하고 나서 천황군(天皇軍)과의 전쟁에 대비해서 맺은 군사동맹이다. 간지를 중심으로 모겐, 고다이, 다무라 4국(國)이 주력군(主力軍)이며 우호국은 12국, 주력국 중 모겐이 간지 다음으로 중요한 위치다. 노부토라가 입을 다물었으므로 청 안 분위기가 순식간에 굳어졌다. 모겐은 간지에 말 4천 필을 팔기로 약속했는데 기간이 석 달이 지나도록 보내지 않는 것이다. 모겐은 말 생산지로 유명했다. 험한 산지가 많았지만 야생마가 자랄 수 있는 조건이 갖춰져서 예부터 명마(名馬)가 많이 생산되었다. 그래서 모겐의 기마군은 천하무적이라는 명성까지 얻었다. 모겐의 기마군 전력은 1만, 보군도 1만이다. 12만 석 영지에서 2만의 군사력을 보유하고 있는 것이다. 그때 가신 고토다가 입을 열었다.

"주군, 이번에 가쓰라의 퇴군 시에 일부 군사가 모겐의 서쪽 지방으로 몰려가 민폐를 끼쳤다고 합니다."

아마노의 시선을 받은 고토다가 어깨를 폈다. 5백 석, 39세. 대를 이어서 감찰 역을 맡고 있는 중신(重臣)이다.

"아리타와 소시로가 이끄는 보군 3백여 명이었는데 모겐 서쪽의 이스즈 마을을 며칠 동안 점거했다는 것입니다."

"점거?"

아마노의 목소리에 쇳소리가 섞였다.

"그게 무슨 말이야?"

"예, 점령했다고 말씀드려도 좋을 것 같습니다."

아마노의 시선이 노부토라에게로 옮겨졌다.

"영감도 알고 있었나?"

"들었습니다만 모겐 측에서 항의도 하지 않은 일을 구태여 주군께 보고드릴 필요는 없다고 생각했습니다."

"이런."

"퇴군 시에 흔히 일어나는 일입니다. 시마무라 님도 양해하실 것입니다."

아마노의 시선이 고토다에게로 옮겨졌다.

"이스즈 마을의 피해를 말해 보라."

"예, 부녀자 7명이 강간당했고 주민 6명이 살해되었습니다. 양식을 조달하다가 싸움으로 번진 것입니다. 모겐의 군사가 개입한 후에는 충돌이 없었고 아리타와 소시로가 사과를 하고 변상을 했다고 합니다."

"이런, 빌어먹을."

어깨를 부풀린 아마노가 가신들을 둘러보았다.

"바로 이것 때문이군."

"그럴 리는 없습니다."

노부토라가 말했지만 아마노가 머리를 저었다.

"영감은 모른다. 사소한 일에도 큰 것이 보이는 법이야."

"주군, 말 떼는 곧 보내질 것입니다."

"모겐으로 사신을 보내라."

어깨를 부풀린 아마노가 고토다를 보았다.

"아리타와 소시로의 목을 베어서 들고 가는 것이 낫겠다."

청 안에 순식간에 물벼락이 덮친 것 같은 정적이 덮였고 아마노의 목소리가 이어졌다.

"부녀자를 강간한 병사들을 잡아서 그놈들의 목을 가져가도록. 7명이 강간당했다니 그 두 배인 14명이 좋겠다."

이제는 아무도 입을 열지 않는다.

"아버님, 무슨 일이신데요?"

마침내 나미코가 묻자 나카노오에가 똑바로 시선을 주었다. 밤 술시(8시) 무렵, 후지와라 왕성 안.

"너, 가쓰라로 가거라."

"네?"

눈을 크게 뜬 나미코의 검은 눈동자가 흔들렸다. 갸름한 얼굴이 굳어지면서 주위에 찬 안개가 퍼지는 것 같다. 그래서 주변에 이슬이 맺히는가? 나미코의 별명이 '이슬 공주'인 것이다. 아침 이슬처럼 맑고 영롱하다고 해서 나카노오에가 붙여준 별명이다. 그때 나카노오에가 어깨를 치켰다가 내렸다. 심호흡을 한 것이다.

"나미코, 무슨 말인지 알겠느냐?"

나미코는 시선만 준 채 대답하지 않았다. 이제 눈동자는 흔들리지 않는다. 알고 있다는 표시다. 그러나 생각을 하고 있는 것이다. 나미코는 올해 21세, 혼기가 조금 지났다. 18세만 되면 결혼을 하기 때문이다. 더욱이 나미코와 같은 절세미녀는 사방의 영주로부터 혼담이 빗발치듯 몰려온다. 그러나 나미코가 누구인가? 곧 천황이 될 황태자 나카노오에의 외동딸이다. 위로 오빠 셋이 있어서 나카노오에의 후계자가 셋이나 늘어선 상황이지만 나미코가 여자만 아니라면 진즉 후계자가 되었을 것이라고 했다.

그때 나미코가 입을 열었다.

"백제 무사한테 가라는 말씀이십니까?"

"그렇다."

나카노오에가 외면한 채 대답했다. 어느덧 얼굴이 굳어져 있다. 나미코가 다시 물었다.

"꼭 가야 합니까?"

"그렇다."

머리를 든 나카노오에가 나미코를 보았다.

"넌 천황의 딸이 될 것이다."

그러나 아직 나카노오에는 황태자 신분이다. 황태자로 18년간을 지내오고 있다. 현 고토쿠(孝德) 천황을 옹립한 일등공신으로 18년간 왜국을 실질적으로 통치해 왔다. 나카노오에의 말이 이어졌다.

"허나 천황가(家)의 세력이 미치는 지역은 1백여만 석 정도. 아쓰카 주변에도 그와 비슷한 규모의 비우호 세력이 포진해 있다.

"……."

"이번 아마노의 반란은 시작일 뿐이야."

"……."

"아느냐? 서해도, 남해도, 산양도, 북륙도와 동산도, 동해도를 합치면 3천4백여만 석의 영토가 펼쳐져 있다."

"……."

"3백 수십 명의 영주가 흩어져 있다지만 야마토에서는 겨우 50여 명밖에 알지 못한다."

길게 숨을 뱉은 나카노오에가 나미코를 보았다.

"사청은 대륙의 담로에서부터 시작하여 큰 전쟁을 겪은 백제 무장이다."

나미코는 여전히 시선만 주고 있다.

"우리 왜국은 수백 년 전부터 백제 문명을 흡수, 발전해 왔지만 큰 전쟁에는 서툴다."

"……."

"백제 무장 사청이 나에게 온 것은 부처님의 계시나 같다."

"아버님."

나카노오에의 말을 자른 나미코가 물었다.

"제가 할 일은 무엇입니까?"

"사청의 아내가 되는 것이지."

"그것뿐입니까?"

"사청이 내 사위가 되는 것이야."

나미코의 시선을 받은 나카노오에가 입술 끝을 올리며 웃었다.

"천하의 나카노오에가 제 딸을 인질로 보내는 것이다."

"아버님."

나미코가 다시 나카노오에를 불렀다. 이곳은 나카노오에 침전 옆의 대기실이다. 경호 무사만 출입하는 곳이어서 방에는 둘뿐이었지만 나미코가 주위를 둘러보고 나서 물었다.

"그만큼 사청 님이 위협이 됩니까?"

"이것 하나만은 명심해라."

나카노오에가 정색하고 나미코를 보았다.

"사청이 나에게 심복하리라고는 기대하지 않는다."

"……."

"그자는 이미 대백제(大百濟)에서 의자대왕과 달솔 계백을 겪었다. 내가 황태자이나 그들에게 미치지 못할지도 모른다."

"아버님, 아버님도……."

"아니다."

손을 들어 말을 막은 나카노오에가 말을 이었다.

"나는 사청을 내놓아 야마토(大知) 정권을 부흥시키겠다."

나카노오에의 눈빛이 강해졌고 목소리에 기운이 실렸다.

"다만 사청이 내 적이 되지만 않는다면 놔둘 생각이다. 그, 사청과 나와의 교량 역할은……."

머리를 돌린 나카노오에가 나미코를 보았다.

"나미코, 부끄럽지만 네가 맡아라. 그래서 사청도 돕고 내가 제국을 이끌도록 도와다오."

나카노오에의 목소리가 떨렸다.

9장 지옥평정

해시(10시) 무렵, 침소로 들어선 사청이 걸음을 멈췄다. 앞에 시녀 하나가 가로막듯 서 있었기 때문이다. 이곳은 가쓰라의 대리(代理) 군주 사청의 침소, 시녀의 출입도 제한된 구역이다.

"누구냐?"

사청이 묻자 시녀가 무릎을 꿇고 엎드렸다.

"내궁(內宮) 오쓰야 님의 시녀 교코라고 합니다."

머리를 든 시녀의 얼굴에 홍조가 떠올라 있다. 20대 중반쯤으로 무르익은 얼굴과 몸이다. 사청의 얼굴에 웃음이 떠올랐다.

"오쓰야 님이 너를 보내셨단 말인가? 그래, 침상으로 가자."

"아닙니다."

놀란 시녀가 상반신을 뒤로 젖혔다.

"그것이 아니올시다."

"네 몸이 무르익었구나. 남자가 터뜨리지 않으면 병에 걸린다."

다가간 사청이 교코의 어깨를 잡아 번쩍 들어올렸다. 사청은 거구다.

6자(180cm)가 넘는 장신에 20관(80kg) 가까운 체중이었으니 5자(150cm)도 안 되는 체구의 교코가 달랑 들렸다. 왜인의 체구는 남자 성인이 5자 정도였고 여자는 4자 반이 평균 신장이다. 침실로 들어선 사청이 교코를 던지듯이 침상에 내려놓았다. 침상에 던져진 교코의 치마가 젖혀져서 허벅지가 드러났다. 교코가 옷을 추스르며 침상 아래로 내려와 다시 무릎을 꿇었다.

"군주님, 저는 오쓰야 님의 말씀을 전하려고 왔습니다."

저고리를 벗은 사청이 의자에 앉더니 지그시 교코를 보았다.

"네 이름이 무어라고 했느냐?"

"교코입니다."

"나이가 몇이냐?"

"스물여덟입니다."

"그동안 남자를 겪은 적이 있느냐?"

"없습니다."

얼굴을 붉힌 교코가 시선을 내렸다.

"열한 살 때부터 궁에서 오쓰야 님 시중을 들었기 때문입니다."

"네 미모를 보고 남자들이 탐내지 않더냐?"

"오쓰야 님 옆에 있었기 때문에 그런 일은 없었습니다."

"그럼 오늘밤 내 수청을 들라."

"오쓰야 님이 뵙자고 하셨습니다."

"그것은 다음에."

"오늘밤 제가 군주님을 모시면 오쓰야 님 앞에서 저는 죽어야 합니다."

"그 이유는?"

"오쓰야 님이 군주님을 사모하고 계시기 때문입니다."

"나를 사모해? 그것이 무슨 말이냐?"

"모시고 싶다고 저를 보내셨습니다."

"날 오쓰야 님이 모시고 싶다고?"

"예, 군주님."

"그래서 너를 보내?"

"예, 군주님."

"그럼 내가 종마처럼 오쓰야 님께 가야 하느냐?"

"아, 아닙니다."

"벗어라."

"군주님."

"벗으라고 했다."

사청의 목소리가 엄격해졌다.

"나는 너를 원한다. 알겠느냐?"

사청의 시선을 받은 교코의 얼굴이 촛불 빛을 받아 붉게 상기되었다.

"벗어라."

다시 사청이 말하자 교코가 비틀거리며 자리에서 일어섰다.

"군주님, 불, 불을……."

"네가 꺼라."

비틀거리며 촛불로 다가간 교코가 3개의 황초를 차례로 불어 껐다. 이윽고 방 안이 어두워지자 교코의 옷 벗는 소리가 들렸다. 자리에서 일어선 사청이 옷을 벗고 침상에 오르면서 말했다.

"실오라기 하나 걸치지 말고 오너라."

교코는 대답하지 않았고 옷 벗는 소리만 들려왔다. 이윽고 사청은 어둠 속에서 다가오는 교코의 알몸을 보았다. 교코의 가쁜 숨소리도 들렸다. 사청이 손을 뻗어 교코의 허리를 당겨 안고는 침상에 눕혔다. 교코의 몸은 이미 불덩이처럼 뜨거워져 있다. 남자의 몸을 받은 적이 없지만 오쓰야의 침상 옆을 언제나 지켰던 교코다. 가끔 열린 문틈으로 가쓰노리와 오쓰야의 합방을 보면서 몸을 비틀었던 교코다. 교코의 몸은 오쓰야와 대조적으로 풍만했고 젖가슴과 엉덩이가 컸다. 사청이 몸 위로 오르자 교코는 저절로 다리를 벌려 맞을 채비를 했다. 이미 숨은 턱 끝에까지 차올랐고 몸은 받아들일 준비가 다 되었다. 그 순간이다. 교코는 몸 안으로 뜨거운 것이 뚫고 들어오는 것을 느끼고는 입을 딱 벌렸다. 그러고는 그대로 실신해 버렸다.

"아마노 님이 불안하신 모양이군."

앞에 놓인 14개의 통을 바라보면서 시마무라가 쓴웃음을 지었다. 간지의 사자가 가져온 아리타와 노시로, 그리고 부녀자를 강간한 병사 14명의 머리가 담긴 통이다. 머리는 소금에 절여 있었지만 썩은 냄새가 났다.

"머리통을 치워라."

시마무라가 말하자 시종들이 다가와 통을 치웠다. 모겐의 거성인 모겐성의 청 안이다.

오후 미시(2시) 무렵, 아마노가 보낸 간지의 사자는 머리통만 내놓고 돌아갔다. 아마노다운 처신이다. 그때 아래쪽에 앉은 중신(重臣) 사사끼가 입을 열었다.

"주군, 말을 보내시지요."

"그러지."

쓴웃음을 지은 시마무라가 말을 이었다.

"내일 바로 보내도록 해라."

"주군, 며칠 유예했다가 보내는 것이 낫지 않겠습니까? 머리통을 보고 놀라서 보낸 것으로 생각할 수도 있습니다."

신중한 원로 가신 쇼타로가 말하자 시마무라가 머리를 저었다.

"아마노 님한테는 이렇게 맞받아치는 것이 낫다. 머뭇거리면 망설이는 것으로 오해할 거다."

"옳습니다."

사사끼가 웃음 띤 얼굴로 말했을 때 청 아래쪽 마당에서 시종이 뛰어왔다.

"주군, 가쓰라에서 사신이 왔습니다."

"무엇이?"

놀란 청 안이 잠깐 어수선해졌다. 그때 사사끼가 손을 들자 모두 조용해졌다. 사사끼는 48세, 가로(家老)다. 2천 석 녹봉을 받지만 아스카 주변 영주들로부터 명신(名臣)으로 인정받는 존재이기도 하다. 모겐을 건국한 시마무라의 3대조(祖) 하시모토 대(代)부터 사사끼 가문은 가로를 맡았다. 사사끼는 모겐의 3대(代) 가로인 셈이다. 사사끼가 시마무라를 대신하여 시종에게 물었다.

"가쓰라의 누가 보낸 사신이냐?"

"대리 군주 사청 님이라고 합니다."

"사신 이름은?"

"천황 시종장 다카야마 님의 무사였다가 지금은 가쓰라의 가신이 된 호리라고 했습니다."

"그 호리라면 내가 알지."

머리를 돌린 사사끼가 시마무라를 보았다.

"사청 님과 함께 백제 땅에서 적귀군에 합세했다가 당(唐)으로 건너가 의자대왕까지 만났다고 하는 호리 마사요시올시다."

"그자가 백제인이 다 되었다는 소문을 나도 들었어."

시마무라가 말했고 이번에도 쇼타로가 끼어들었다.

"가쓰라에서 1천 석 녹봉을 받는 중신(重臣)이 되었다고 합니다."

"주군, 들라고 하시지요."

사사끼의 건의를 받은 시마무라가 머리를 끄덕였다. 시종이 달려 나갔을 때 사사끼가 좁은 턱을 들고 시마무라에게 말했다.

"주군, 듣기만 하시지요. 가쓰라는 주변 영주들의 호의를 받아야만 할 처지입니다."

"짐작하고 있어."

"우리뿐만 아니라 고다이, 다무라 등에도 사신이 갈 것입니다."

그때 마당으로 호리가 들어섰다. 시종 무사 둘만 거느린 단출한 행차다.

"가쓰라의 사신 호리 마사요시가 영주님을 뵙습니다."

호리가 인사하자 시마무라가 직접 대답했다.

"호리, 청에 오르게. 사청 님의 무슨 말씀을 전하려고 왔는가?"

청에 오른 호리가 예의바르게 인사를 하고 나서 시마무라를 보았다.

"제 주군께서 영주님의 부친 이시다 님과 인연이 있다는 말씀을 먼저 드리라고 했습니다."

"무엇이? 내 아버님과?"

시마무라가 눈을 치켜떴고 사사끼는 숨을 들이켜면서 어깨를 치켜 올린 것이 칼을 맞받아치려는 자세와 비슷했다. 그때 상반신을 세운 호리의 목소리가 청을 울렸다.

"15년쯤 전에 제 주군의 부친 사준 공(公)께서 백제 남방 방령(方領)으로 계실 적에 모겐국에서 왔다는 가신이 영주의 등창에 쓸 약을 구하러 왔다고 했습니다. 그때 주군의 아버님께서 약국에 명을 내려 약을 지어 보내셨다고 합니다."

"아아."

그때 사사끼가 호리의 말이 끝나기도 전에 비명 같은 외침을 뱉더니 상반신을 세우고 시마무라를 보았다.

"주군, 그것은 제 가신 히로시올시다. 제가 히로시를 백제로 보내 선대(先代) 주군의 약을 지어왔지요!"

사사끼의 목소리가 청을 울렸다.

"그때 남방 방령 사준 님이 바로 사청 님의 부친이셨군요!"

시마무라는 숨을 들이켰다. 부친 이시다는 백제에서 지어온 등창약을 바르고 나았지만 갑자기 폐병이 도져 죽은 것이다. 그때 그 등창약이 신통했다는 것은 시마무라도 기억한다. 20대 초반이었을 때다. 사사끼가 이제는 떠들썩하게 말했다.

"주군, 이런 인연이 없습니다!"

자리를 옮겼다. 청 안쪽 복도 끝의 내실에 넷이 둘러앉았다. 시마무라 정면에 호리, 그 좌우에 사사끼와 쇼타로가 벌려 앉은 것이다. 주위는 조용하다. 이곳은 창도 없는 밀실이어서 기둥에 등불을 켜놓고 있다. 이윽고 시마무라가 입을 열었다.

"인연만 이야기하려고 오지는 않았을 것 아닌가?"

"예, 영주님."

허리를 굽실해 보인 호리가 시마무라를 보았다.

"가쓰라는 여러 대국의 사이에 낀 소국(小國)입니다. 따라서 지난번에 간지의 침공을 받았을 때처럼 순식간에 합병이 될 수도 있습니다."

"그런데 사청 님이 순식간에 되찾으셨더군."

시마무라가 정색하고 말했다.

"우리도 감탄하고 있었네."

"제 주군께선 모겐과의 동맹을 원하고 계십니다."

그때 사사끼가 헛기침을 했다.

"이보시게, 호리 님. 너무 쉽게 말하시는 것 같은데 우리 주군께선 듣기만 하실 테니 나에게 말해 주시게."

노련한 사사끼는 시마무라의 실언을 막고 생각할 시간을 주려는 의도였다. 호리가 사사끼를 향해 반쯤 몸을 돌렸다.

"과연 가로 님께서 정무를 관장하시는군요."

"우리 주군의 입술 노릇을 할 뿐이지."

"가쓰라는 모겐과의 동맹을 원합니다."

어깨를 편 호리가 사사끼를 보았다.

"사사끼 님. 제가 먼저 인연을 말씀드린 것은 모겐국의 영주 시마무라 님을 제 주군께서 이 난세를 함께 헤쳐 나갈 우방으로 믿으셨기 때문이올시다."

"어쨌든 고맙소. 선택은 우리가 하겠지만 말이오."

"우리 주군께선 저 같은 밀사를 고다이나 다무라에 보내지 않았습니다."

"아아."

"주군께선 중신 사사끼 님께도 당부를 하셨습니다,"

"허어. 가신인 나한테도?"

"일순간의 실수로 주군께 해를 끼치면 안 될 것이라고 하셨습니다."

"실수라니?"

사사끼가 일그러진 얼굴로 호리를 보았다.

"호리, 말장난으로 나를 우롱하면 밀사라도 용서하지 않겠다."

"이번 동맹은 중신인 사사끼 님께서 영주님께 건의해야 될 것입니다."

"그럴 필요가 있는가? 가쓰라와의 동맹으로 모겐은 사방의 적을 갖게 될 가능성이 있어, 호리 씨."

"모겐과 동맹이 안 되면 고다이와 동맹을 맺게 될 것입니다."

그때 쇼타로가 입맛을 다시더니 호리에게 엄숙하게 꾸짖었다.

"이보시오, 호리 씨. 협박하는 것이오? 주군이 계신데 무례하오."

"어쩔 수가 없습니다, 쇼타로 님."

호리가 눈을 치켜뜨고 사사끼를 보았다

"중신(重臣) 사사끼 님이 대국(大國)을 모르고 계시니 답답할 뿐입니다."

"그만."

그때 시마무라가 손을 들어 논쟁을 중지시켰다. 시마무라가 웃음 띤 얼굴로 호리를 보았다.

"고려하겠다고 사청 님께 전해주게."

"제 주군께서는 조정으로부터 소례(小禮) 직임을 받으셨습니다, 영주님."

"알고 있어. 축하드린다고 전하게."

시마무라가 웃음 띤 얼굴로 말했지만 사사끼의 얼굴은 찌푸려졌다. 시마무라는 소레보다 1등급이 낮은 5등급의 대신(大信) 관등인 것이다. 호리가 시마무라를 똑바로 응시하면서 말을 이었다.

"영주님, 기회를 놓치지 마시기를 간곡하게 바랍니다."

"알겠네."

"제 주군께서는 천황 전하로부터 아스카 주변의 불온 세력을 소탕하라는 칙지를 받으셨습니다."

시마무라의 시선을 받은 호리가 방바닥에 이마를 붙였다가 떼고 말했다.

"부디 백제에서 이어진 인연을 떼지 마소서."

가쓰라의 밀사 호리가 방을 나갔을 때 사사끼가 시마무라에게 말했다.

"백제는 이미 패망해서 지도에서도 없어진 왕국입니다. 패망한 왕국과의 인연은 끊어 던지는 것이 낫습니다."

그러나 쇼타로가 반박했다.

"인연은 소중합니다. 그 인연을 유지하고 키우면 득이 됩니다. 왕국의 성패에는 괘념치 마소서."

시마무라가 둘의 얼굴을 번갈아 보더니 머리를 끄덕였다.

머리를 든 오쓰야가 교코를 보았다. 두 눈이 반짝이고 있다.

"사청 님이 오셨다구?"

"예, 지금 거실에 계십니다."

오쓰야가 자리에서 일어서다가 다리가 꼬여서 앞으로 넘어졌다. 당황한 오쓰야가 기모노 자락을 움켜쥐었지만 엉덩이가 드러났다. 기모노는 겹옷이지만 속치마가 트여서 젖히기만 하면 바로 속살이 드러난다. 교코가 다가가 오쓰야를 부축해 일으켰다. 밤 해시(10시) 무렵, 내궁 안은 조용하다. 복도로 나온 오쓰야가 떨리는 목소리로 물었다.

"왜 오셨을까?"

"지난번에 제 말씀을 듣고 오신 것이 아닐까요?"

교코가 외면한 채 말했는데 얼굴이 붉어져 있다. 그러나 오쓰야는 눈치 채지 못했다. 그날 교코가 사청을 찾아간 지 닷새가 지났다. 교코는 사청의 침실에서 한 시진(2시간)이나 머물다가 돌아간 것이다. 그러나 교코는 사청과 몸을 섞은 것을 숨겼다. 늦게 돌아온 이유를 사청을 오래 기다렸다가 만났기 때문이라고 거짓말을 했다. 복도 끝의 거실로 다가간 오쓰야가 두 손을 가슴에 붙이고 교코를 보았다. 복도의 등빛을 받은 오쓰야의 얼굴이 요염했다. 얼굴은 붉게 상기되었고 두 눈은 반짝이고 있다. 머리가 교코의 귀 밑에 닿을 정도로 작다.

"교코, 나 어떻게 하면 좋지?"

속삭이듯 묻는 오쓰야의 말끝이 떨렸다.

"가만있으시면 됩니다."

교코가 오쓰야의 기모노 깃을 바로잡아 주면서 낮게 말했다.

"마님은 남녀 간 합방을 잘 아시지 않습니까?"

"교코, 무서워."

"안기고 싶습니까?"

"그럼. 내 몸이 뜨거워졌어."

오쓰야가 입안이 말랐는지 침을 모아 삼켰다.

"하지만 떨려."

"자, 들어가세요, 마님."

"교코, 옆방에 있어야 돼."

"그러지요."

교코가 오쓰야의 등을 밀었다. 오쓰야는 숨을 들이켜면서 휘장을 젖히고 방 안으로 들어섰다. 그러자 방 안쪽의 보료에 상반신을 기대고 앉은 사청이 보였다. 사청은 갑옷을 벗고 백제식 저고리와 바지를 입었는데 허리에 찬 칼을 풀어서 옆쪽 벽에 기대 세워 놓았다. 사청이 머리를 들고 들어선 오쓰야를 보았다.

"내가 늦은 시간에 왔소?"

사청이 묻자 오쓰야가 입을 열었지만 말문이 막혔는지 가쁜 숨만 헐떡였다. 그러나 오쓰야는 앞쪽 자리에 앉더니 사청을 보았다. 사청의 얼굴에 웃음이 떠올랐다.

"기찌보시 님은 건강하시오?"

"네."

겨우 대답한 오쓰야가 시선을 내리더니 몸을 웅크렸다. 그때 머리를 돌린 사청이 문 쪽을 보았다. 휘장 틈으로 이쪽을 바라보는 교코의 시선과 마주쳤다. 시선이 마주치자 교코는 얼른 머리를 숙였는데 얼굴이 금방 붉어졌다. 사청이 다시 오쓰야를 보았다.

"부인."

머리만 숙이고 있는 오쓰야를 향해 사청이 말을 이었다.

"가쓰라의 백성들이 내가 부인하고 동침하는 것이 기찌보시 님의 앞날을 위해서도 낫다고 한다는 것이오."

"……."

"가쓰라의 옛 가신들도 나한테 이곳으로 가라고 권하고 있소."

"……"

"특히 이노우에 영감은 부끄러운 줄도 모르고 매일 동침 이야기를 꺼내오."

이제 오쓰야는 머리를 숙인 채 꼼짝하지 않았고 사청의 시선이 교코에게로 옮겨졌다. 시선이 마주치자 이번에는 교코가 피하지 않는다. 그러더니 교코의 시선이 오쓰야에게 옮겨졌다가 다시 사청에게 돌아왔다. 사청의 얼굴에 다시 쓴웃음이 번졌다. 교코가 오쓰야를 안으라고 눈짓을 하는 것이다.

"부인, 이리 오시오."

사청이 말하자 오쓰야가 겨우 머리를 들었다. 그러나 시선은 사청의 가슴께에 둔 채 움직이지 않는다. 굳어 있는 것이다. 그때 사청이 자리에서 일어섰다.

"부인, 싫다면 난 가겠소."

그러고는 사청이 발을 떼어 오쓰야의 옆을 지날 때다. 오쓰야가 팔을 뻗어 사청의 바지를 잡았다. 그러고는 두 팔로 사청의 한쪽 다리를 감싸 안았다. 그때 사청이 말했다.

"알겠소."

몸을 돌린 사청이 다시 자리로 돌아가 저고리를 벗었다.

"옷을 벗고 이쪽으로 오시오."

사청이 말하자 그때서야 오쓰야가 꾸물거리면서 몸을 일으켰다. 가쁜 숨소리가 들린다. 오쓰야는 먼저 기둥으로 다가가 소매로 불을 껐다. 당황한 바람에 소매 끝에 초가 걸려 떨어지면서 불이 꺼졌다. 다시 벽 쪽으로 다가간 오쓰야가 남은 촛불을 끄자 방 안은 어둠에 덮였다. 사청은 침대에서 바지를 벗고 기다렸다. 이윽고 부스럭거리는 소리가 그치더니 오쓰야가 다가왔다. 오쓰야는 알몸이다. 방안의 불은 꺼 놓았지만 오쓰야의 알몸 윤곽은 희게 드러났다. 작다. 이윽고 오쓰야가 침대로 오르더니 사청의 가슴에 안겼다. 망설이지 않고 안긴 것이다. 사청은 오쓰야를 안아 침대에 눕혔다. 방 안에 곧 더운 숨소리에 이어서 오쓰야의 신음 소리가 울렸다. 얼마나 시간이 흘렀는지 모른다. 오쓰야가 정신을 차렸을 때는 인시(4시)에 도선사의 인경 소리가 울렸을 때다. 질펀한 육욕의 쾌락에 휩쓸렸다가 정신을 잃었던 오쓰야다. 정신이 든 오쓰야는 자신이 아직도 알몸으로 사청의 품안에 안겨 있는 것을 깨달았다. 순식간에 얼굴이 달아오른 오쓰야는 숨을 죽였지만 사청의 품에서 떨어지고 싶지 않았다. 그때 사청이 오쓰야가 깨어난 것을 알고 물었다.

"깨었소?"

부끄러운 오쓰야가 사청의 가슴에 더 얼굴을 묻고는 두 손으로 허리를 감았다. 알몸의 사지가 어지럽게 엉켜 있었지만 오쓰야는 더 빈틈없이 파고들었다.

"그대는 기찌보시 님의 장래를 걱정하지 않아도 될 것이오."

사청이 오쓰야의 몸을 안고 말했다.

"그리고 나는 이곳 가쓰라에 오래 머물 생각이 없소. 이곳에 대리인을 남겨두고 떠날 작정이오."

숨을 들이켠 오쓰야가 머리를 들고 사청을 보았다. 어둠 속이었지만 오쓰야의 눈동자가 반짝였다.

"어디로 가시는데요?"

"아직 정하지는 않았소."

"저는 어떻게 하구요?"

“여기서 기찌보시 님을 돌봐야지.”

“싫어요.”

오쓰야가 몸을 흔들었다.

“기찌보시는 유모한테 맡기고 전 낭군을 따라가겠어요.”

“그렇게 못한다는 걸 알면서.”

“다 필요 없어요.”

“기찌보시 님을 위해서 참아야 될 거요.”

“싫어요.”

쓴웃음을 지은 사청이 오쓰야의 작은 몸을 다시 안았다. 어느덧 다시 뜨거워진 오쓰야가 서두르듯 몸을 받을 준비를 한다. 방 안에 다시 폭풍이 휘몰아쳤고 오쓰야는 이제 거침없이 비명 같은 탄성을 뱉는다. 이윽고 창호지를 바른 창이 부옇게 밝아오기 시작했다. 다시 인경 소리가 울린 것은 묘시(6시) 무렵이다. 사청이 조심스럽게 몸을 일으켰다. 옷을 걸친 사청이 침상 위에 알몸으로 자고 있는 오쓰야를 내려다보더니 이불로 덮어주었다. 그러고는 몸을 돌려 옆방으로 들어섰다. 그때 자리에 단정하게 앉아 있던 교코가 몸을 일으켰다. 이곳은 촛불 하나를 켜놓아서 교코의 얼굴이 붉어져 있는 것도 드러났다. 교코 앞에 선 사청이 목소리를 낮추고 말했다.

“네가 마님 옆에 붙어 있어야 한다. 무슨 말인지 알겠느냐?”

“예. 압니다, 나리.”

“내가 오늘 마님을 안은 것이 잘못되었느냐?”

“아닙니다.”

머리를 든 교코가 사청을 보았다.

“잘 하신 것입니다. 마님은 이제 오늘밤의 기억을 품은 채 희망을 갖고 사실 것입니다."

"그런가?"

쓴웃음을 지은 사청이 발을 떼었고 교코가 복도까지 따라 나왔다.

"난 곧 이곳을 떠난다, 교코."

"예, 나리."

"시간이 지나면 마님은 나하고 맺어질 수 없는 인연이란 것을 알게 되겠지."

복도는 어둡고 조용하다. 맨 끝 쪽 기둥에 등이 하나 걸려있을 뿐 1백 자(30m)가 넘는 복도에는 둘이 서 있을 뿐이다. 사청이 교코에게 말을 이었다.

"교코, 네가 나한테 가끔 들르거라."

사청의 시선을 받은 교코의 얼굴이 더 붉어졌다. 사청이 말을 이었다.

"나에게는 마님, 시녀의 차별이 없다. 너는 나에게 첫 몸을 주었지 않느냐?"

몸을 돌린 사청이 발을 떼었고 교코는 눈을 크게 뜬 채 뒷모습을 응시했다. 그날 오전 사시(10시) 무렵, 사청은 후지와라성에서 달려온 사신을 대면했다. 성의 청 안이다. 사신은 나카노오에 황태자의 가신 기헤이다. 기헤이가 웃음 띤 얼굴로 사청을 향해 머리를 숙여 절을 해 보이고는 말했다.

"대감, 승전을 축하드립니다. 황태자께서는 든든한 영주님이 한 분 더해졌다면서 승전주를 드셨습니다."

"고맙다고 전해드리게."

사청이 기헤이를 응시한 채 말을 이었다.

"내가 이곳 영주 기찌보시 님을 보살피는 역할이지 영주는 아니야."

"대감께서는 4품 소례(小禮) 직임이십니다."

기헤이가 말을 이었다.

"근방 영주들은 모두 5품 대신(大信)이지요."

사청의 시선을 받은 기헤이가 어깨를 폈다.

"대감, 가쓰라를 차지하신 후에 병력을 1만 가깝게 확보하셨더군요."

"허, 소문이 빠르군."

보료에 몸을 기댄 사청이 지그시 기헤이를 보았다.

"내가 백제 무장이라는 것을 잊은 것 같군."

"그래도 한 달 만에 영지를 안정시키고 군사를 모으신 것이 놀랍습니다."

기헤이가 정색하고 청 안을 둘러보았다. 청 안에는 이노우에를 비롯한 가쓰라의 구(旧) 가신과 호리, 핫도리, 구라마 등 나카나오에의 구(旧) 가신, 그리고 마석과 연중 등 백제계 가신까지 모두 모여 있다. 기헤이가 입을 열었다.

"대감, 간지의 아마노 님이 제 주군께 사신을 보내 가쓰라를 임시 점거한 일을 사과했습니다."

사청의 시선을 받은 기헤이가 말을 이었다.

"가쓰라에 도적이 들끓고 인근 영지를 자주 침범하는 까닭에 치안을 바로잡으려고 군사를 보냈다는 것입니다."

"……."

"주군께선 듣기만 하고 사신을 돌려보내셨는데 다른 때 같으면 벌로 쌀 3만 석 정도는 징발했을 것입니다."

기헤이의 얼굴에 희미하게 웃음이 떠올랐다가 지워졌다. 사청은 조는 듯 눈을 가늘게 뜬 채 듣기만 했고 기헤이의 목소리가 청을 울렸다.

"대감, 소인이 이곳에 온 이유를 이제야 말씀드리겠습니다."

사청이 머리만 끄덕였고 기헤이가 말을 이었다.

"주군께서 따님 나미코 공주를 대감의 배필로 보내시겠다고 말씀하셨습니다."

그때 청안이 술렁거리기 시작하더니 곧 웅성거리는 목소리가 울렸다.

"나미코 공주님을 말씀이오?"

그렇게 물은 것이 호리 마사요시다. 가신 반열에 앉아 있던 호리가 상반신을 세우고 기헤이를 보았다.

"우리 주군의 배필로 말씀이오?"

"그렇소, 호리 님."

기헤이가 웃음 띤 얼굴로 호리를 보았다.

"호리 님도 잘 아시겠지만 이슬 공주 나미코 님은 우리 주군 나카노오에 황태자 저하께서 애지중지하시는 공주 아니오?"

"그, 그렇지요."

"이것은 곳 황실이 사청 님과 인척 관계를 맺으신다는 뜻이오."

다시 청 안이 웅성거렸으므로 사청이 허리를 폈다.

"황태자 저하께 말씀드리게, 기헤이."

"예, 대감. 말씀하십시오."

"나는 황실의 공주를 맞을 자격이 없네. 아직 영지도 갖고 있지 못할 뿐만 아니라."

사청의 얼굴에 웃음이 떠올랐다.

"나는 어젯밤 가쓰노리 님의 미망인 오쓰야 님과 상관했네."

그 순간 기헤이가 숨을 들이켜더니 눈을 크게 떴다.

"오, 오쓰야 님을 말씀입니까?"

"그러네. 서로 정분이 들은 걸 어떻게 하겠는가? 오쓰야 님도 내게 의지하고 싶으신 것 같네."

"그, 그렇군요."

"이런 상황에서 내가 어찌 나미코 님을 맞겠는가? 나보다 더 훌륭한 배필이 있을 것이네."

이제는 숨만 쉬는 기헤이를 향해 사청이 웃음 띤 얼굴로 말했다.

"어쨌든 잘 왔네. 온 김에 가쓰라에서 며칠 쉬면서 주민들 사는 것도 둘러보고 가게."

"아, 예."

기헤이가 아직 충격에서 깨어나지 않는 것은 사청이 가신들이 모인 자리에서 전(前) 영주 부인 오쓰야와의 불륜을 거침없이 내놓은 때문이다. 가신 중 절반 이상이 전(前) 영주 가쓰노리의 가신인 것이다. 그들의 반응이 궁금했으므로 기헤이는 숙소인 영빈관에서 돌아오자마자 민심을 탐문하기로 마음먹었다. 아마노의 침략에서 구해 냈다고는 하지만 전 영주의 부인과 간통을 했다면 민란이 일어날 가능성도 있는 것이다. 그때 시종 무사가 서둘러 들어오더니 기헤이에게 말했다.

"나리, 이노우에 님이 오셨습니다."

"어, 이리 모셔라."

놀란 기헤이가 자리에서 일어섰다. 기헤이도 이노우에와는 오래 알고 지낸 사이인 것이다. 기헤이의 부친 야마다가 이노우에와 함께 병법을 배운 동문이기도 했다. 그때 이노우에가 청으로 들어서더니 웃음 띤 얼굴로 말했다.

"기헤이 님, 놀라셨겠구만."

"여기 앉으시지요"

자리부터 권한 기헤이가 앞쪽에 앉더니 정색했다.

"이노우에 님, 사청 님이 가쓰라 영지뿐만 아니라 영주 부인까지 차지하신 겁니까?"

"그 반대야, 기헤이 님."

쓴웃음을 지은 이노우에가 말을 이었다.

"내가 사청 님께 권했지. 오쓰야 님을 안으라고. 오쓰야 님도 사청 님께 홀딱 빠졌고."

이노우에의 입가에 게거품이 돋아났다.

"아베, 몇 마리가 비었느냐?"

이찌로가 소리쳐 묻자 말몰이꾼 아베가 다가왔다.

"예, 세 마리가 보이지 않소."

긴 얼굴을 든 아베가 머리를 저었다.

"놔두고 가는 것이 나을 것 같습니다."

"3천5백 마리에서 세 마리만 빈 것은 대단한 일이야."

이찌로가 만족한 얼굴로 아베에게 말했다. 40대 중반의 아베는 모겐 영주 시마무라가 직접 관리하는 마장(馬場)의 말몰이꾼이다. 녹봉을 15석 받고 있었으므로 무사(武士) 대접도 받는다. 오후 미시(2시) 무렵, 시마무라의 중신(重臣) 이찌로가 이끄는 군마(軍馬) 수송대는 이제 아마노 영지가 눈앞에 보이는 이천강가에 닿아서 쉬고 있는 중이다. 이찌로가 말을 이었다.

"오늘 저녁 유시(6시) 무렵에는 간지의 나쓰성에 닿을 것이다. 거기서 고토다 님께 말을 인계하면 끝난다."

"아래쪽 강의 수심이 무릎까지밖에 안 되니 강 건너는 건 어렵지 않소."

그때 강 위쪽에서 다가오는 일단의 기마군이 보였으므로 이찌로가 손바닥으로 눈 위를 가리고 그쪽을 보았다.

"간지군(軍)인가?"

"3백 기(騎)는 되는 것 같소."

아베도 그쪽을 응시하며 말했다.

"말을 인수하려고 오는 모양인데 일을 덜어줘서 고맙군."

"군마가 급하다고 했으니까요."

이야기를 주고받는 사이에 어느덧 기마대가 강을 건너 이쪽으로 다가왔다. 그런데 군기(軍旗)도 없고 앞장선 장수도 처음 보는 얼굴이다. 자리에서 일어선 이찌로가 긴장했고 주위로 호송 무사들이 모였다.

"누구시오?"

아베가 이찌로 대신 소리쳐 물었다. 이제 3백여 기의 기마대는 주위로 벌려 섰는데 기세가 흉흉했으므로 이찌로는 칼자루를 쥐었다. 그때 벌려 선 기마대의 장수가 소리쳤다.

"나는 소레(小禮) 사청 님의 가신(家臣) 연중, 군마를 인수하려고 왔다."

"누구?"

한 걸음 앞으로 나선 이찌로가 마상의 장수를 보았다.

"사청 님이라면 백제 무장으로 가쓰라를……."

"그렇다."

말을 몰아 10보쯤 거리로 다가온 연중이 소리쳐 말했다.

"간지로 가는 군마는 우리가 대신 인수할 테니 내놓아 주기 바란다."

"왜 그런가?"

"간지군(軍)이 가쓰라를 한동안 점거하면서 끼친 피해를 말로 보상받으려는 것이야."

"그건 못하겠는데."

이찌로가 잇새로 말하자 연중이 머리를 끄덕였다. 얼굴에 웃음이 떠올라 있다.

"당연히 그러시겠지. 그래서 그대들을 다 죽이고라도 말 떼를 끌고 갈 작정으로 온 거다."

"우리 모겐과 전쟁할 준비가 되어 있는가?"

그때 연중이 얼굴을 일그러뜨리며 웃었다.

"병신 같은 놈. 그럴 생각도 없이 이렇게 말 떼를 가져가려고 왔겠느냐?"

"좋다. 죽이고 가져가라."

이찌로가 허리에 찬 칼을 빼들었고 주위에 선 호송대 1백여 명도 일제히 칼을 빼내 쥐었다. 그러나 기세에 압도된 데다 중과부적이다. 그때 아베가 이찌로에게 말했다.

"이찌로 님, 왜 개죽음을 하시려는 겁니까?"

목소리가 컸으므로 앞쪽 연중의 기마군도 다 들었다.

"무슨 말이냐!"

이찌로가 후려치듯 묻자 아베의 목소리도 커졌다.

"우리가 왜 간지를 위해 싸웁니까? 그냥 말을 주고 돌아가서 주군께 보고하면 되지 않습니까?"

"이 바보 같은 놈! 우리는 주군한테서 말을 간지로 가져다주라는 명령을 받았다! 그 명을 지켜야 한다!"

"주군께서 아마노 님과의 의리를 지키려고 우리가 싸우다 죽는 것을 기뻐하시겠소?"

아베의 목소리가 더 커졌다.

"이것은 아마노 님을 위해 우리가 목숨을 바치는 것이나 미찬가지요!"

"과연 그렇다!"

앞에서 듣던 연중이 소리쳤다.

"이것은 간지와 가쓰라 간의 문제다. 모겐은 말 떼만 인계하고 가면 되지 않겠느냐!"

"닥쳐라!"

이찌로가 소리친 순간이다. 어디선가 날아온 화살 한 대가 이찌로의 목을 꿰뚫고 뒤쪽으로 한 뼘이나 빠져나왔다. 목을 움켜쥔 이찌로가 엎어졌을 때 연중이 소리쳤다.

"대항하면 다 죽인다! 그냥 말 떼만 넘기고 돌아가 너희들 주군께 보고하면 되지 않겠느냐!"

연중의 목소리가 강변을 울렸다.

"간지의 아마노를 위해 개죽음을 할 것이냐!"

"전쟁이다."

사사끼가 몸을 돌려 시마무라를 보았다.

"주군, 지금 즉시 가쓰라를 쳐야 합니다. 간지의 아마노 님께 사신을 보내고 양쪽에서 치는 것이 좋습니다."

오늘 자시(12시) 무렵, 청 앞쪽에는 이천강가에서 말 떼를 빼앗긴 아베가 엎드려 있다. 2백여 리 길을 쉬지 않고 달려온 터라 아베의 몸은 땀과 먼지로 뒤덮였다. 아베는 옷도 갈아입지 못하고 청 안으로 불려 들어온 것이다. 그때 쇼타로가 아베에게 물었다.

"그자가 이것은 가쓰라와 간지의 싸움이라고 했단 말이냐?"

"예, 가쓰라의 점령 기간 동안 피해를 입힌 보상으로 말 떼를 가져간다고 했습니다."

"모겐하고는 상관없다고 했어?"

"예, 그런데……."

"이찌로가 대들었다고?"

"예. 그런 말 듣기 싫다면서……."

쇼타로가 머리를 돌려 시마무라를 보았다.

"주군, 그 말 떼는 간지의 소유물입니다. 간지와 가쓰라의 전쟁에 휘말릴 필요가 없습니다."

"아니, 쇼타로, 그게 무슨 말인가? 우리는 그 말을 아직 아마노 님께 전하지도 않았어. 그러니까 우리 소유물을 빼앗긴 셈이야."

"답답한 사람이군."

쇼타로가 혀를 찼다.

"그까짓 자존심으로 주군을 전쟁에 몰아넣으려고 하시오? 당신의 명신(名臣) 칭호는 지어낸 말이야. 당신은 제멋대로 주군을 조종하고 있어."

"용서할 수 없다, 쇼타로."

눈을 치켜뜬 사사끼가 어깨를 폈다.

"주군 앞이지만 너한테 진검 승부를 요청한다. 칼을 들고 밖으로 나가자."

"당신은 요즘 정무가 바빠서 칼을 뽑은 지가 10년도 넘었을 텐데, 사사끼."

"그만."

손을 들어 두 중신(重臣)의 말을 막은 시마무라가 입을 열었다.

"이찌로가 피살당했지만 이 싸움에 끼이들지 않겠다."

시마무라의 시선이 사사끼에게로 옮겨졌다.

"사사끼, 넌 너무 과격하다. 자택에서 근신해라."

"주, 주군."

얼굴이 하얗게 굳어진 사사끼가 시마무라를 보았다. 중신(重臣)의 자택 근신은 면직이나 같다. 곧 정무에 참여하지 못하고 대문 앞에 잡초가 돋아나면 폐가가 된다.

"저는 오직 충정으로……."

"그래서 전쟁을 일으키려는 것이냐?"

시마무라가 무표정한 얼굴로 사사끼를 보았다.

"사청 님이 인연을 이야기해 준 것은 곧 호의였다. 너는 그것을 무시하고 곧장 간지와의 동맹으로 밀고 나가려고 했다."

"주, 주군."

"넌 두 달 전 아마노 님이 보낸 하시모도로부터 금화 3천 냥을 받았다. 말 5필에 실린 금이었지. 그렇지 않느냐?"

"주, 주군, 그것은……."

숨을 들이켠 사사끼가 입을 더 열지 못했을 때 시마무라가 옆에 놓인 설렁줄을 당겼다. 곧 위사들이 사방의 문으로 들어왔고 시마무라가 지시했다.

"사사끼를 가두고 가문을 폐문한다. 지금 즉시 사사끼 저택을 봉쇄

하도록.”

시마무라가 사사끼를 눈으로 가리켰다.

“데려가라.”

위사들이 이제는 입도 열지 못하는 사사끼를 끌고 청을 나갔을 때 시마무라가 아직도 엎드려 있는 아베에게 물었다.

“이찌로가 사사끼의 심복이었지. 그렇지 않느냐?”

“소, 소인은 잘…….”

“너는 오늘밤은 쉬고 내일 가쓰라로 들어가 오늘밤 네가 본 일을 사청 님께 그대로 말씀드려라.”

“예, 주군.”

시마무라가 손을 들어 아베를 내보내고 나서 이제는 혼자 남아 있는 쇼타로에게 물었다.

“난세다, 쇼타로.”

“예, 주군.”

“사청이 그 역할을 해낼까?”

둘이 남았기 때문인지 시마무라가 사청이라고 불렀다. 쇼타로가 낮은 목소리로 대답했다.

“주군, 난세에는 양측 세력이 비등하다면 주류(主流) 측에 서는 것이 낫습니다. 주류는 곧 명분이 단단하고 안정을 바라는 주민의 지지를 받게 되기 때문입니다.”

“사사끼까지 매수해 놓다니 아마노는 믿지 못하겠다.”

사사끼와 아마노의 밀착을 보고한 것은 쇼타로였던 것이다. 그때 쇼타로가 입을 열었다.

“주군, 만일의 경우에 대비하여 군(軍)을 도성 주변에 대기시켜 놓는 것이 좋겠습니다."

"쇼타로, 너에게 중임을 맡기겠다."

시마무라가 말하자 쇼타로가 청 바닥에 이마를 붙였다가 떼었다.

"소신의 책임이 막중합니다, 주군."

쇼타로는 올해 48세, 사사끼보다 한 살 연상이다.

"말을?"

눈을 치켜뜬 기헤이가 카타를 보았다. 가쓰라 하루다성의 영빈관 안. 기헤이는 사흘째 묵고 있는 중이다. 오후 미시(2시) 무렵, 기헤이는 밖에서 뛰어 들어온 시종 카타한테서 가쓰라군이 모겐의 말 3천5백 필을 강탈했다는 말을 들은 것이다. 카타가 상기된 얼굴로 기헤이를 보았다.

"그, 그렇습니다. 지금 성안에서는 모두 그 이야기로 정신이 없습니다. 그리고 소인도 제 눈으로 그 말 떼들을 보았습니다, 나리."

"어허."

탄성을 뱉은 기헤이의 두 눈이 가늘어졌다. 옆에 앉은 모토노가 기헤이를 보았다. 모토노는 기헤이의 보좌 역할이다.

"기헤이 님, 그것이 사실이라면 사청 님이 이제 모겐과 일전을 겨루려고 하시는 것 같습니다."

"모겐과?"

되물은 기헤이가 머리를 저었다.

"간지로 보내는 말이니 간지 말이야. 사청 님은 간지에게 선전 포고를 하신 것이네."

"그렇긴 하지만 모겐이 말을 빼앗겼다고 하지 않았습니까?"

"모겐의 시마무라 님은 선뜻 나서지 않을 거야. 아마노 님 대리로 싸울 성품이 아니지."

"그렇군요."

"시마무라 님은 뒤로 빠지실 거네."

"그럼 아마노 님과 전쟁을……."

머리를 끄덕인 기헤이가 마당에 서 있는 카타를 보았다.

"카타, 네가 지금 후지와라성으로 달려가 황태자님께 네가 보고 들은 대로 보고하도록 해라."

"예, 기헤이 님."

"그리고 나하고 모토노 님은 이곳에 남아서 사태를 주시하면서 계속 보고를 드린다고 해라."

"예, 기헤이 님."

"가장 좋은 말을 골라 타고 가거라. 자, 어서 떠나!"

기헤이의 목소리는 활기에 찼고 눈동자는 반짝였다. 카타가 달려 나갔을 때 기헤이가 모토노에게 말했다.

"그렇군. 전쟁 준비를 하려고 나미코 님을 받아들일 수 없었던 거야."

"그럴까요?"

"오쓰야 님과 잠자리를 같이 함으로써 가쓰라 주민의 마음을 끌어들였어. 오쓰야 님이 사청 님을 원했다고 하지 않나? 주민들은 자연스럽게 사청 님과 오쓰야 님, 그리고 기찌보시 님을 한 식구로 생각하게 된 거야."

눈만 껌벅이는 모토노를 향해 기헤이가 이를 드러내고 웃었다.

"과연 큰 전장(戰場)에서 부대낀 백제 무장다운 전략이군. 사청 님이 말이야."

그 시간에 간지의 고로성에서 아마노가 아베를 노려본 채 입을 다물고 있다 청 안은 갑자기 물벼락을 맞은 것처럼 정적에 덮여 있다. 놀람이 커지면 웅성거리지도 않는 법이다. 방금 아베가 천신만고 끝에 고로성에 닿아서 아마노에게 자초지종을 보고한 것이다. 이천강에서 고로성까지는 가쓰라의 하루다성보다 두 배 가깝게 되는 먼 거리다. 그만큼 간지 영토가 넓은 것이다. 이윽고 아마노가 입을 열었다.

"이찌로 시체는 싣고 왔느냐?"

"예, 주군."

청 바닥에 엎드린 아베가 어깨를 늘어뜨렸다.

"그자들은 이찌로 님 시신을 싣고 가도록 해 주었습니다."

"간지와 가쓰라 간의 문제라고 했단 말이지?"

"예, 주군."

"알았다, 물러가라."

아마노가 머리를 끄덕이고는 중신(重臣) 노부토라를 보았다.

"시마무라의 반응이 궁금하군."

청 안에는 10여 명의 가신이 모여 있었으므로 잠깐 웅성거림이 일어났다. 그때 노부토라가 말했다.

"사사끼 님이 출병을 주장할 것입니다."

"좌우에서 협공하면 닷새 안에 가쓰라를 멸망시킬 수가 있어."

"모겐에 전령을 보내시지요, 주군."

노부토라가 정색하고 아마노를 보았다.

"사사끼 님이 손발을 맞춰준다면 말씀대로 될 것입니다."

"가네마! 네가 가라!"

아마노가 부채로 무릎을 치면서 소리쳤다. 가네마라고 불린 사내가 무릎걸음으로 나오자 아마노가 다시 소리쳤다.

"닷새 후에 가쓰라로 출병하자고 해라."

"사무라이는 어떻게 되는가?"

사청이 묻자 호리의 얼굴에 웃음이 떠올랐다.

"예, 주군. 왜국에서는 사무라이가 되려면 영주의 승인을 받아야 합니다. 충신들이 추천해서 올리지요."

팔짱을 낀 사청이 벽에 등을 붙이고는 앞을 지나는 일행을 보았다. 넷이다. 자수를 넣은 비단 겉옷을 입었는데 얼핏 보아도 화려하다. 어깨에 대나무 심을 박아서 좁은 어깨가 배는 넓어진 것처럼 보이는 것이다. 겉옷은 종아리까지 내려왔고 허리에는 대소(大小) 2개의 검을 찼는데 한껏 거드름을 피우며 지나가고 있다. 오후 신시(4시) 무렵. 이곳은 간지의 도성인 고로성 안이다. 가쓰라의 하루다성에서 550리나 떨어진 곳이다. 사청은 호리와 시종 둘만 데리고 정탐차 이곳에 와있는 것이다. 이틀 반나절 동안을 달려온 것인데 도중에 단 한 번도 검문을 받지 않았다. 상인 행색으로 말에 빈 바구니를 싣고 달리면서 도중에 세 번 말을 바꿔 탔을 뿐이다. 하루에 두 시진(4시간)을 자고 강행군을 한 셈인데 사청에게는 익숙한 이동이다. 대륙 담로에 있을 때는 열흘 동안 3천리를 주파한 적도 있는 것이다.

"주군, 전쟁 준비가 다 되어갑니다."

오가는 기마군과 보군을 보면서 호리가 말했다.

"이곳에 소집한 군사가 기마군 3천에 보군 6천 정도가 되겠습니다."

사청이 머리만 끄덕였다. 가쓰라의 전력(戰力)은 기마군 2천에 보군 5천이다. 이것이 전력(全力)인 것이다. 간지의 전력(全力)은 65만 석에 1만

5천이 정상인데 아마노는 2만5천을 징집했다. 기마군 5천에 보군 2만이다. 한때 보군을 2만5천까지 모았다가 줄였다고 했다. 거리에는 행인이 많았고 시장 거리 바로 앞이어서 떠들썩했다.

"아마노가 전쟁을 서두는 이유를 알겠다."

발을 떼면서 사청이 말했다. 사청과 호리는 모두 당인 행색으로 등에 등짐을 메었고 지팡이를 쥐었다. 제각기 7자에서 8자짜리 박달나무 지팡이를 쥐었는데 칼이다. 먼 길을 달려온 터라 땀과 먼지에 젖은 행색이 어울렸다. 호리의 시선을 받은 사청이 말을 이었다.

"간지 영토가 산이 많고 농지가 없는 데다 인구가 많아. 오면서 보니까 마을의 아이들이 굶주려서 말랐다. 아마노는 땅이 기름지고 주민이 적은 가쓰라를 점령하면 몇 년 사이에 군사력을 배로 증강시킬 수 있을 것이다."

"아마노 님이 가쓰라만으로 만족하지 않을 것입니다."

"사흘 후면 출발할 수 있겠다."

시장 거리로 들어서면서 사청이 옆에 붙어 걷는 호리에게 말했다.

"이곳에서 가쓰라 국경까지 열흘이면 닿겠군. 열흘 후면 전쟁이야."

"모겐에서 협공을 해 올까요?"

"시마무라 님이 사사끼를 구금시켰다고 아마노에게 등을 돌린 것이 아냐. 우리가 밀리면 바로 가쓰라 왼쪽으로 들어올 것이다."

"그렇군요. 가쓰라를 다 빼앗기지 않겠지요."

"이곳에서 신의나 의리를 찾을 수 없겠구나. 사방이 적이야."

그들이 시장거리를 빠져나갔을 때다. 사청이 호리에게 말했다.

"뒤에 무사 넷이 따라오고 있다. 시장 입구에서 본 놈들이다."

놀란 호리의 시선을 받은 사청이 눈으로 앞쪽 골목을 가리켰다.

"저 오른쪽 골목으로 들어가자."

"주군, 어떻게 하시렵니까?"

"사무라이의 검술을 보겠다."

"주군, 그러시면……."

"베어 죽인다."

사청이 담담한 표정으로 말하고는 걸음을 늦췄다.

"네가 먼저 골목 안으로 들어가서 숨어 있다가 놈들이 따라 들어오면 뒤를 막아라."

"예, 주군."

"자, 가거라."

불쑥 걸음을 멈춘 사청이 쪼그리고 앉더니 짚신의 끈을 조이기 시작했다. 뒤를 따르던 사무라이 넷이 따라서 길가로 붙어 멈춰 섰다. 그 사이에 호리는 곧장 앞으로 다가간다. 그때 몸을 일으킨 사청이 다시 발을 떼었다. 10보쯤 앞선 호리가 막 골목으로 꺾어 들어갔다. 시종 무사 둘은 숙소에 남겨 놓았기 때문에 둘이다. 그때 뒤쪽에서 사내 하나가 사청을 불렀다.

"거기 서라."

골목까지의 거리는 5~6보 정도. 사청은 못 들은 척 발을 떼었고 다시 사내의 목소리가 들렸다. 이제 3보가 남았다.

"상인, 거기 서라."

그러나 사청은 곧장 발을 떼어 세 걸음 만에 골목 안으로 들어섰다. 들어서자마자 사청은 앞쪽으로 곧장 내달려 깊숙하게 들어섰다. 골목은 사람 셋이 나란히 갈 만한 넓이였으니 칼을 든다면 한 명이 고작이다. 골목 양쪽은 7자(210cm) 높이의 담장이었고 인적은 없다. 그때 골목 안으로 사무라이들이 들어섰다. 넷 다 흉흉한 자세였고 안으로 들어서자마자 칼을 빼들었다. 그들은 이쪽을 향해 선 사청을 보더니 눈을 치켜떴다. 사청이 등짐을 내려놓고 지팡이를 쥔 채 서 있었기 때문이다.

"이놈, 서라고 했지 않느냐!"

앞장선 사무라이가 버럭 소리쳤다.

"수상하다. 네놈은 첩자가 분명하다!"

뒤에 선 사무라이 하나가 소리쳤다. 넷은 이제 조심스럽게 다가왔는데 모두 장검을 빼들었다. 그때 사청이 소리쳤다.

"호리, 뒤를 막아라!"

백제어다. 그때 사무라이들이 놀란 듯 표정이 굳어졌다.

"이놈이 백제어를 한다!"

사내 하나가 소리쳤다. 그때 앞장선 사내가 사청의 세 걸음 앞에서 멈춰 섰다. 이제 장검을 상단으로 치켜 올리고 있다.

"이놈, 단칼에 베어 죽이기 전에 무릎을 꿇어라!"

그 순간이다. 사청이 땅바닥을 짚고 있던 지팡이를 그대로 치켜 올리면서 사내의 배를 찔렀다. 사내가 뒤로 몸을 젖혔지만 자세가 흐트러졌고 치켜들었던 칼끝이 흔들렸다. 다음 순간 사청이 지팡이를 옆으로 후려졌다.

"턱!"

지팡이가 사내의 어깨에 맞으면서 둔탁한 소음을 내었다. 그때 뒤쪽에서 사내들의 놀란 외침이 들렸다.

"뒤에 한 놈이 있다!"

담장 안에 숨어 있던 호리가 나온 것이다. 그 순간 사청이 지팡이의 몸통을 쥐면서 칼날을 빼내었고 한 걸음 더 나가면서 내려쳤다.

"으악!"

처음으로 사내의 비명이 골목을 울렸다. 왼쪽 어깨에서 오른쪽 옆구리까지 비스듬히 잘린 사무라이가 내지른 비명이다. 다음 순간 사청이 두 걸음 뛰어 들어가면서 그 다음 사내의 가슴을 찔렀다.

"악!"

가슴이 꿰어 칼날이 등판까지 빠져나왔을 때 세 번째 사내가 내려친 칼날이 사청의 어깨를 스치고 지나갔다. 사청이 몸을 틀어 피했기 때문이다.

"으아악!"

사청이 발을 들어 가슴을 꿴 사내의 배를 밀면서 칼을 뽑았을 때 처절한 비명이 다시 울렸다. 사청이 칼을 뽑아내면서 옆으로 후려쳤다. 이번에는 칼날이 세 번째 사내의 목을 갈랐다. 목이 절반쯤 잘려진 세 번째 사무라이가 비명도 지르지 못하고 옆으로 쓰러질 적에 뒤쪽에서 비명이 울렸다.

"아악!"

호리가 네 번째 사내의 옆구리를 벤 것이다. 비틀거리는 사내의 목을 사청이 뒤에서 내려치자 머리통이 땅바닥으로 굴러 떨어졌다. 사무라이 넷을 모두 베어 죽인 것이다. 사청이 잠자코 몸을 돌려 골목 안쪽으로 뛰었고 뒤를 호리가 따른다. 골목 밖은 주택가다. 골목 입구에 멈춰 서서 옷차림을 가다듬은 사청이 호리에게 말했다.

"사무라이 넷이 당했으니 성안에 소동이 일어날 것이다."

"예, 성문을 모두 닫기 전에 나가야 합니다, 주군."

호리가 숨을 고르며 대답하자 사청이 머리를 저었다.

"내가 전쟁 준비를 하는 것을 보고 마음을 바꿨다."

사청이 골목 밖으로 나오자 호리가 옆에 붙었다.

"주군, 어떻게 하시렵니까?"

"우선 숙소로 돌아가자."

서둘러 발을 뗀 둘은 곧 주택가를 빠져나가 동문 근처의 숙소로 돌아왔다. 주막은 여행자 숙소도 겸하고 있어서 항상 술꾼들로 떠들썩했고 뒤쪽 숙사는 각지에서 모여든 장사꾼, 여행자로 북적이고 있다. 뒤쪽 방으로 들어선 사청이 문 앞으로 다가선 시종 무사 사또와 니키를 둘러보며 말했다.

"오늘밤 아마노의 내궁을 기습한다."

옆에 선 호리까지 숨을 삼켰고 사청의 말이 이어졌다.

"아마노를 죽이고 성을 나가기로 하자."

자리에 앉은 사청이 보퉁이를 끌러 분해된 각궁을 꺼내었다. 백제 각궁은 분해시켜 갖고 다니도록 만들어졌다.

"무엇이? 후라다가?"

버럭 소리친 아마노가 들고 있던 쇠부채로 보료를 내리쳤다. 쇠부채는 아마노의 무기나 같아서 보료의 끝 장식 부분이 잘려 나갔다. 청 안은 순식간에 조용해졌다. 오후 유시(6시) 무렵, 내성의 청 안이다. 방금 아마노는 중신(重臣)들과 전략 회의를 하다가 조카 후라다가 골목에서 참살되었다는 보고를 받은 것이다. 후라다는 죽은 동생 하타의 장남으로 아마노가 자식처럼 키웠다.

"누가 그랬느냐?"

버럭 소리쳐 물은 아마노의 목소리가 청을 울렸다. 대사건이다. 백주에, 그것도 도성 한복판에서 영주의 조카와 그의 일행 셋이 모두 살해된 것이다. 후라다와 함께 살해된 사무라이들도 모두 중신의 자제다. 넷이 20세 안팎으로 혈기왕성한 사무라이다. 긴장한 중신 아오리가 두 손으로 청 바닥을 짚었다.

"주군, 그 골목에서 수상한 행색의 사내 둘이 서둘러 빠져 나간 것을 보았다는 행인이 있습니다."

"둘이?"

"예, 장신에 지팡이를 쥔 장사꾼 행색이었다고 합니다."

"장사꾼 둘에게 당해? 후라다는 일도류의 수석 사범을 지냈고 일행인 와까무라는 합체류 사범이다."

아마노의 목소리가 높아졌다.

"죽은 마사키와 안도 또한 검술의 달인인데 장사꾼 둘한테 당해?"

"행인의 진술이 그러하여……."

"당장 성문을 닫고 범인을 색출하라."

아마노가 쇠부채로 청 바닥을 내려쳤다.

"범인을 잡을 때까지 성문을 폐쇄한다."

"예, 주군."

아오리가 허둥지둥 청을 나갔을 때 가로(家老) 마쓰다가 입을 열었다.

"주군, 가쓰라의 암살단이 온 것 같습니다. 아스카의 황실에서 이런 일을 저지를 리가 없습니다."

"내 생각도 그렇다."

어깨를 부풀린 아마노가 눈을 치켜뜨고 앞쪽을 보았다.

"그놈, 백제 놈, 사청의 짓이다. 가쓰라를 기습 공격으로 빼앗고 이제 암살단을 보내 내 측근들을 벤 것이다."

"내성 방비를 단단히 굳히셔야 하오."

"출전 준비는 언제 끝나는가?"

아마노가 소리쳐 묻자 옆쪽에서 감찰역 고토다가 대답했다.

"이틀 후에 출진할 수 있습니다."

"좋아, 모레 아침 진시(8시)에 출진이다. 완벽하게 준비를 마쳐라!"

아마노가 쇠부채로 다시 보료를 치면서 소리쳤다.

"맡은 직무를 소홀히 했을 때는 용서하지 않겠다. 서둘러라!"

그러자 가신들이 일제히 일어나 청을 나갔고 아마노 주위에는 마쓰다와 고토다 둘이 남았다.

"주군, 고다이와 다무라에서 회신이 올 때까지 기다려 보시는 것이 나을 것 같소."

62세인 마쓰다가 말했지만 아마노는 바로 머리를 저었다.

"영감, 이제 시기가 되었어. 기다리면 군(軍)의 사기만 떨어진다. 더구나 후라다까지 암살당했지 않는가?"

쓴웃음을 지은 아마노의 목소리는 차분해졌다.

"놈들이 기습 전법으로 나가면 이쪽은 정공법이야. 밀고 나가는 거다. 그럼 개구리 떼는 짓밟힌다."

"그렇긴 합니다만……."

그때 고토다가 말했다.

"주군, 사청은 백제 무장으로 이곳 무장이나 영주와는 다릅니다. 그 자는 대륙과 고구려, 신라 등 대국(大國)과의 전쟁에 익숙한 자입니다."

"이곳과 전쟁이 다르단 말이냐?"

"예, 전술이 다르고 용병이 다릅니다. 그러니 예측할 수가 없습니다."

"그러니 오히려 그놈한테 불리한 것이다. 이곳 상황이 다르니까 말이다."

그때 청 안으로 위사가 뛰어 들어왔다. 아마노의 측근 위사다.

"주군, 불입니다!"

소리친 위사의 눈동자가 흔들렸다.

"내궁 서쪽에서 불이 났습니다."

눈을 치켜떴던 아마노가 갈라진 목소리로 물었다.

"양곡 창고는 무사하냐?"

"양곡 창고가 불에 타고 있습니다."

"이런."

자리를 차고 일어선 아마노가 잇새로 말했다.

"내성의 병력을 모두 양곡 창고로 모아라! 서둘러라!"

군량미다. 이번 전쟁에 소용될 군량인 것이다.

양곡 창고의 불길이 더 번져가고 있다. 귀퉁이 세 곳에 기름을 붓고 불을 붙였으니 당연한 일이다. 점점 군사들과 군중이 모이면서 소란해졌으므로 창고 앞은 마치 시장통처럼 북적였다. 그러나 불길은 점점 더 커졌다.

"주군, 이번 전쟁에 출진할 수는 없을 것 같습니다. 양곡이 다 타버렸으니까요."

옆에 선 호리가 말했다. 이곳은 창고 정문에서 1백여 보 떨어진 민가의 지붕 위, 둘은 지붕 위에 엎드려 창고를 바라보고 있는 중이다. 술시(8시)가 되어가고 있다. 사청이 잠자코 손에 쥔 각궁에 화살을 끼우고는 호리에게 말했다.

"아마노가 올해 몇 살이냐?"

"45세입니다, 주군."

"아마노가 죽으면 간지는 누가 다스리느냐?"

"큰아들 마쓰부로가 25살, 작은아들 쇼지가 23살입니다, 주군."

어둠 속에서 호리의 두 눈이 번들거리고 있다. 화염이 더 높아져서 주위가 밝아지고 있었으므로 둘은 지붕의 비탈진 그늘 속에 납작 엎드렸다.

"주군, 그것을 왜 묻습니까?"

"마쓰부로가 아마노의 뒤를 잇게 될까?"

"마쓰부로보다 쇼지가 영주의 자질이 있다고 아마노가 총애하고 있습니다."

"그러면 쇼지가 간지 영주가 되나?"

"마쓰부로 측이 용납하지 않겠지요."

호리가 말을 이었다.

"마쓰부로는 마쓰다가 후원하고 있습니다. 쇼지는 노부토라, 고토다가 밀고 있지요."

"네 생각에는 누가 유능한 자식이냐?"

"쇼지가 아마노 님을 닮아 욕심이 많고 장악력이 뛰어나다고 합니다. 그래서 쇼지는 항상 아마노 님 측근에 머물고 있지요."

"마쓰부로는?"

"후계자 경쟁에서 밀려서 지금 변방의 성주로 가 있습니다."

그때 주위가 조용해진 느낌이 들더니 기마군의 말굽 소리가 울렸다. 머리를 든 사청은 일대의 기마군이 다가오는 것을 보았다. 앞에 선 기수는 흰 바탕에 매의 발톱이 검정색으로 그려진 영주의 깃발을 세워 들고 있다. 아마노가 나타난 것이다. 뒤쪽에 금갑을 입은 아마노는 투구는 쓰지 않았다. 주위에 중신(重臣) 10여 명과 위사 50여 명을 거느린 아마노의 위용은 주위를 순식간에 압도했다. 불을 끄던 경비대 대장이 땅바닥에 납작 엎드려 상황을 보고했고 아마노는 듣기만 했다. 그동안에도 불길은 더 솟아오르고 있다. 군사들과 주민들이 이제는 질서 있게 물을 나르고 안에서 양곡을 꺼냈지만 곧 벽이 무너지는 바람에 일제히 물러나는 소동이 일어났다. 그때 사청이 각궁에 살을 먹이면서 잇새로 말했다.

"오늘 아스카를 혼란에 빠뜨렸던 간지의 영주 아마노가 죽는다."

호리는 사청의 두 눈이 번들거리는 것을 보았다.

"나는 지옥을 평정하는 백제 무사로 이곳에 왔다."

곧 시위를 만월처럼 당긴 사청이 살 끝을 아마노에게 겨누었다. 거리는 1백여 보. 사청의 궁술을 아는 터라 호리는 숨을 죽였다. 다음 순간.

"쌕!"

어두운 대기를 가르는 파공음이 울리면서 화살이 날아갔다. 그때 호리가 숨을 들이켰다. 화살이 아마노의 목을 꿰뚫었기 때문이다.

"아악!"

외침은 1백여 보 앞의 아마노 주변에서 울렸다. 말에서 굴러 떨어진 아마노에게 수행하는 중신들이 모였고 외침이 연달아 일어났다. 그때 두 번째 화살을 시위에 먹인 사청이 만월처럼 당겼다. 어둠 속에서 사청의 두 눈이 번들거리고 있다.

"이로써 아마노 가문(家門)은 사라진다."

사청이 잇새로 말했지만 호리는 분명하게 들었다.

"쌕!"

다음 순간 두 번째 화살이 날아갔다.

"으악!"

비명과 외침이 한꺼번에 울렸고 창고 앞은 대소동이 일어났다. 아마노 뒤쪽에 서서 주춤거리던 둘째 아들 쇼지의 가슴에 화살이 깊숙이 박힌 것이다.

"기습이다! 막아라!"

칼을 빼든 가신 하나가 아우성을 쳤고 불을 끄던 경비병들이 사방으로 흩어졌다. 그러나 누가 어떻게 기습을 해 왔는지 모르는 터라 무작정 설치기만 한다. 놀란 주민들이 물고기 떼처럼 흩어지면서 창고의 불길은 더욱 거세게 타올랐다.

사청이 하루다성에 돌아온 것은 이틀 후, 저녁 무렵이다. 전령보다 빨리 말을 달린 터라 간지의 고로성 소식은 아직 전해지지 않았다. 소문은 행상이나 사신, 빠르면 전령을 통해 전해지기 때문이다. 하루다성과 고로성은 6백30리 거리여서 행상은 빨라야 열흘, 사신 행차도 그 정도였고 전령은 사흘 길인 것이다.

"주군, 이 시기에 민정 시찰을 가셔서 걱정했습니다."

이제 사청 휘하의 가신단(家臣團)에서 스스로 가로(家老) 노릇을 하는 이노우에가 이맛살을 찌푸리고 말했다.

"간지가 출병 준비를 마쳤다는 소문이 돌고 있는데 병력은 보기 2만이라는 것입니다."

사청이 머리만 끄덕이며 주위를 돌아보았다. 저녁 무렵이어서 청에는 촛불을 켜 놓았다. 급히 소집했지만 한 식경도(30분) 안 되어서 성안에 거주하는 중신들은 다 모였다. 모두 30여 명. 마석과 연중, 반명기까지 백제계 무장 출신이 있는가 하면 나카노오에 휘하 무장 출신, 그리고 가쓰라의 유신들까지 섞여 있다. 사청이 입을 열었다.

"지금 즉시 기마군을 모아라. 군량을 싣고 내일 아침 묘시(6시)에 간지로 출동한다."

사청의 목소리가 청을 울렸고 모두 숨을 죽였기 때문에 흔들리는 촛불이 만든 그림자만 출렁거리고 있다. 이노우에까지 입만 절반쯤 벌린 채 눈만 껌벅였으므로 사청이 말을 이었다.

"기마군은 몇 기가 나갈 수 있는가?"

"예, 2천 기가 조금 넘습니다."

마석이 어깨를 펴고 대답했다.

"이번에 모겐의 말을 징발한 터라 3천 기까지 만들 수 있습니다."

"아니, 그렇게까지는 필요 없어, 마석."

사청이 이제 2천 석 중신(重臣)이 된 마석을 웃음 띤 얼굴로 보았다.

"정예 2천 기만 뽑아라. 말은 1인당 3필이 될 수 있는가?"

"가능합니다."

"그럼 그대가 선봉장으로 5백 기를 이끌고 중군에는 내가 핫도리, 구라마와 함께 1천 기, 후위는 가또와 신스케가 5백 기를 이끌고 따르라."

사청이 후려치듯 명령을 이어갔다.

"내가 출정하는 동안 이노우에가 하루다성 수비장을 맡으며 연중, 반명기가 보군 5천을 지휘한다. 나머지 가신들은 성을 지키라."

일사불란한 명령이 떨어졌을 때 이노우에가 심호흡을 했다.

"주군."

어깨를 편 이노우에가 작심을 한 얼굴로 사청을 보았다. 주름진 얼굴이 잔뜩 굳어져 있다. 흰 턱수염 끝이 희미하게 떨리고 있다. 모두 숨소리도 내지 않았고 이노우에의 목소리가 곧 청을 울렸다.

“기마군 2천 기로 간지를 공략하시겠단 말씀이시오? 간지에 2만 대군이 출정 준비를 하고 있지 않습니까?”

사청의 시선을 받은 이노우에의 목소리가 열기를 띠었다.

“주군께서 일당백의 전술을 품고 계시는 것은 알고 있습니다만 가쓰라의 백성을 생각하시어 출진을 늦춰 주시지요.”

“…….”

“모두 주군만을 믿고 의지하고 있지 않습니까? 기찌보시 님도…….”

말을 잇지 못한 이노우에가 숨을 들이켰을 때 사청이 입맛을 다셨다. 난처한 표정을 짓고 있었으므로 모두의 어깨가 늘어졌다. 그때 사청이 말했다.

“내가 호리하고 같이 간지의 고로성에 잠입하여 아마노를 쏘아 죽이고 오는 길이다.”

청 안에 물벼락을 퍼부은 것처럼 일순간에 놀란 정적이 덮였다. 그러고 나서 한 호흡이 지났을 때 이번에도 가로 이노우에가 먼저 입을 열었다.

“주, 주군.”

이노우에는 막상 입을 열었지만 목소리가 떨렸다. 눈을 치켜뜬 이노우에가 물었다.

“그, 그것이 진담이십니까?”

“영감은 내가 가신들을 모아 놓고 한가하게 농담을 하는 것 같나?”

엄격한 표정이 된 사청이 꾸짖듯이 되물었을 때 호리가 한 걸음 나서서 좌중을 향해 말했다.

“내가 주군 옆에서 모시고 있었소.”

모두 숨을 죽였고 호리의 목소리가 다시 청을 울렸다.

"이틀 전의 밤이었소."

"……."

"주군께서 소인과 위사 마치, 모헤이와 함께 간지 고로성의 양곡 창고에 불을 지르신 후에 불타오르는 양곡 창고를 바라보며 아마노가 나오기를 기다렸소."

"……."

"이윽고 아마노가 깃발을 앞세우고 차남 쇼지와 함께 양곡 창고 앞에 나타났소."

"……."

"주군께서 아마노에게 첫 번째 화살을 날리셨소."

호리의 두 눈이 번들거렸다.

"첫 발에 아마노는 목이 꿰어 쓰러졌고 두 번째 화살은 쇼지의 가슴을 꿰뚫었소."

모두 숨을 죽이고 있다.

"아니, 마쓰부로 님이 오실 때까지 기다리도록 하지."

마쓰다가 누르듯이 말했다. 62세의 마쓰다는 아마노가 죽은 현재 간지의 1인자다. 녹봉지 2만 석, 집사 역으로 아마노 생전에도 2인자였다. 후계자로 차남 쇼지를 염두에 두었던 아마노에게 불만을 품고 있었지만 번복시킬 수는 없는 노릇. 그러다 이번에 아마노와 쇼지가 한꺼번에 암살당하자 재빠르게 사태를 수습하고 있다. 지금 마쓰다는 아마노의 장례를 치르자는 노부토라에게 장남 마쓰부로가 올 때까지 기다리자고 한 것이다. 장남 마쓰부로를 후계자의 자격으로 아버지 아마노의 장례를 치르도록 하려는 것이다. 중신(重臣)들의 이견이 없었으므로 노부토라는 입을 다물었다. 양곡 창고는 불에 전소되어 군사가 2년간 먹을 양식이 소실되었다. 거기에다 영주와 후계자로 내정된 차남 쇼지까지 피살된 터라 간지는 지금 백척간두의 위기 상황이다. 시급히 변방의 성주로 쫓겨난 장남 마쓰부로를 모셔와 사태를 수습해야 한다. 아마노가 피살된 다음날 아침에 전령을 보냈으니 늦더라도 오늘 저녁에는 마쓰부로가 올 것이다.

오후 유시(6시) 무렵, 아마노가 피살된 지 만 사흘째가 되는 날 저녁. 살인범은 가쓰라 영주대리 백제 무사 사청이 보낸 암살자일 것이었다. 아마노와 쇼지의 몸에 박힌 화살이 바로 백제시(百濟矢)였다. 백제 화살을 누가 사용하겠는가? 사청과 그 일당이다. 사청이 명궁(名弓)이라는 소문도 있었으니 사청이 직접 잠입했을지도 모른다는 소문이 났다가 곧 지워졌다. 사청이면 영주급인데 영주가 직접 졸개처럼 적지에 잠입해서 활을 쏜다는 것은 이곳 왜국에서는 듣도 보도 못한 일이었기 때문이다. 유시 끝 무렵(7시)쯤이 되었을 때 청 밖이 소란하더니 곧 시위 무사가 뛰어 들어와 보고했다.

"마쓰다 님! 하카마성에 갔던 나카노 님이 돌아오셨소!"

"오오!"

마쓰다가 허리를 펴고 긴장했고 청에 둘러앉은 1백여 명의 가신들이 술렁거렸다.

"조용히!"

손을 들어 좌중을 진정시킨 마쓰다가 숨을 골랐을 때 청 안으로 나카노가 들어섰다. 나카노는 무사 하나와 동행이다. 둘이 지친 표정으로 마쓰다 앞에 털썩 앉았다.

"나카노, 마쓰부로 님은?"

조급해진 마쓰다가 수염을 떨면서 묻자 청 안은 숨소리도 들리지 않았다. 그때 나카노가 어깨를 폈다. 두 눈을 부릅뜨고 있다.

"제가 하카마성에 도착했을 때 막 성에서 나오는 유치다 님을 만났소."

나카노가 옆에 앉은 사내를 눈으로 가리켰다. 모두 유치다를 안다. 유치다는 마쓰부로의 시종장이다. 그때 유치다가 눈을 치켜뜨고 마쓰다를 보았다.

"마쓰부로 님은 나카노 님이 성에 도착하시기 한 시진(2시간) 전에 피살되셨소."

유치다의 핏발 선 눈에서 눈물이 흘러내렸다.

"성안 거리에서 살에 맞아 숨을 거두셨소."

"으으으."

마치 칼에 찔린 것처럼 신음을 뱉은 마쓰다가 기를 모아 물었다.

"누, 누가 쏘았는가?"

"모르겠소. 갑자기 화살이 날아와 마쓰부로 님의 목을 꿰뚫었소."

유치다의 목소리가 청 안을 울렸다.

"딱 한 발이었소. 그런데 그 살이……."

모두 숨을 죽였고 유치다의 말이 이어졌다.

"살이 짧았소."

백제시(百濟矢)다. 마쓰다가 어깨를 늘어뜨렸고 청 안에서는 숨소리도 들리지 않았다. 이제 간지의 아마노가(家)는 멸망했다. 가문이 끊긴 것이다. 이윽고 머리를 든 마쓰다가 어깨를 폈다. 마쓰다는 2만 석 녹봉을 받는 간지의 집사다. 2만 석이면 영주급인 것이다. 그래서 마쓰다의 가신(家臣)도 있다.

"그러나 이렇게 아마노가(家)가 끊기면 안 된다. 공주가 넷이나 있지 않은가?"

마쓰다가 기를 쓰듯 말했지만 아무도 대꾸하지 않았다. 지금까지 여영주(女領主)가 지배하는 나라는 하나도 없다. 마쓰다가 말을 이었다.

"공주나, 아니면 그 부마를 간지의 영주로……."

"이것 보시오, 마쓰다 님!"

버럭 소리친 중신은 노부토라다. 눈을 치켜뜬 노부토라가 손바닥으로 청 바닥을 치면서 말했다.

"그게 말이나 되는 소리요! 공주 넷의 부마 중에 누구를 고른단 말이오!"

"그, 그거야……."

큰공주의 부마를 눈앞에 떠올렸던 마쓰다가 숨을 들이켰다. 3년 전에 자신이 아마노에게 참소하여 녹봉을 절반으로 깎았던 자다. 그때 다시 청 밖이 소란하더니 위사가 들어와 소리쳤다

"가쓰라의 영주께서 보낸 사신이오!"

그 순간 청 안의 모든 인간들이 숨을 들이켰다. 마쓰라가 노부토라와 얼굴을 마주 보았다. 그때 노부토라가 소리쳤다.

"들라고 해라!"

위사가 물러가더니 곧 무장한 무사 둘이 들어섰다. 거침없이 다가온 둘이 청 복판에 서더니 밀봉된 두루마리를 내밀었다.

"영주께서 간지의 중신들께 보내는 서신이오."

모두 '간지의 중신'이라는 말에 전율했다.

마쓰다가 손을 내밀었다.

"이리 내라."

가신 하나가 밀서를 받아 마쓰다에게 건네주자 노부토라가 다가앉았다. 같이 보겠다는 시늉이다. 그러자 숨을 들이켠 마쓰다가 가신에게 다시 내밀었다.

"오헤이, 네가 읽어라."

청 안의 모든 시선이 그들에게 모여 있다. 이미 어두워져서 불을 환하게 밝혀 놓았다. 가신 오헤이가 밀서를 받더니 조심스럽게 폈다. 가쓰라의 영주 사청이 간지의 중신들에게 보내는 서신이다. 곧 오헤이의 목소리가 청을 울렸다.

"나, 백제 무장 사청이 가쓰라의 통치를 맡아 간지의 중신들에게 고한다."

모두 표정이 제각각이다. 마쓰다는 눈을 치켜떴고 노부토라는 어금니를 물었으며 두 주먹을 움켜쥔 가신들도 많다. 오헤이가 소리쳐 읽었다.

"내가 직접 고로성에 잠입하여 아마노와 쇼지를 쏘아 죽였다."

그 순간 오헤이가 밀서를 내렸고 청 안이 소란해졌다. 모두 소리를 지르고 발을 구르며 몇 명은 가쓰라의 전령을 향해 눈을 치켜떴다. 당장에 칼을 뽑으려는 기세다. 마쓰다와 노부토라가 손을 들고 만류했다.

"조용히!"

"계속 읽어라!"

둘이 소리치자 청 안이 조용해졌고 다시 오헤이가 읽는다.

"마쓰부로는 내가 보낸 암살자에 의해 살해되었다. 이제 아마노의 대(代)는 끊겼으며 간지의 영주는 없다."

다시 청 안이 소란해졌다가 마쓰다의 호통에 조용해졌다. 오헤이의 목소리가 떨렸다.

"나, 사청은 간지가 병력을 모아 싸우다 멸망하기를 기대한다. 그래야 전란이 멈추고 백성들이 마음 놓고 생업에 종사할 수 있게 되지 않겠는가? 그대들이 이 밀서를 읽는 순간에 이미 나는 간지의 영지 내에 들어와 있을 것이다."

오헤이가 밀지를 내리고는 질린 표정으로 마쓰다와 노부토라를 보았다. 이제 청 안은 조용해졌다. 마쓰다와 노부토라가 서로의 얼굴을 보았다. 그러나 둘도 입을 열지 않는다. 그때 마쓰다가 머리를 들고 아직도 서 있는 가쓰라의 전령 둘을 보았다.

"너희들은 돌아가라."

마쓰다가 손을 들어 새를 쫓는 시늉을 했다.

"사신은 베지 않겠다."

무사 둘이 목례를 하더니 몸을 돌려 청을 나갔다. 그때서야 청 안에서 소음이 울렸지만 크지는 않았다. 이제 모두 긴장하고 있는 것이다. 그때 노부토라가 혼잣말처럼 말했다.

"그자가 사신을 보내 내막을 밝힌 이유는 무엇 때문일까?"

"무서운 놈."

마쓰다도 또한 외면한 채 혼잣소리처럼 말했다.

"간지는 내 영토라고 모두의 머릿속에 박아 놓는 수작이야."

그때 옆쪽에 앉아 있던 모리가 말했다.

"자신의 이름을 당당하게 밝히고 정면 대결을 하겠다는 것입니다."

"영지로 침입했을 것이라고 했지 않습니까?"

밀서를 읽은 오헤이가 소리치듯 물었다. 5백 석 녹봉을 받는 오헤이의 녹봉지는 가쓰라의 국경에서 가깝다. 다시 청 안이 소란해졌을 때 마쓰다가 한 손을 들고 소리쳤다.

"조용히!"

모두의 시선을 받은 마쓰다가 어깨를 펴고 말했다.

"간지가 존망(存亡)의 위기에 처한 지금 우리 가신들이 갑론을박으로 지체할 수가 없소. 이제 주장(主將)을 뽑아 침략군을 막아 사태수습부터 하고 나서 주군(主君)의 대를 잇는 논의를 해야 될 것이오."

옆에 앉은 노부토라도 머리를 끄덕였고 마쓰다의 목소리가 다시 울렸다.

"주장(主將)은 녹봉지가 많고 적음을 따지지 않고 인(仁)과 용(勇), 덕(德)으로 가신들을 이끌어갈 분을 모셔야겠소. 그러니 각각 종이에 써서 내주시도록 합시다. 어떻소?"

"좋습니다."

노부토라가 바로 찬성했다.

"그러나 가문의 중신(重臣) 중에서 선택하도록 해야 되오."

"당연하지요."

소리쳐 동의한 가신들이 여럿이다. 중신이란 1천 석 이상으로 3대 이상 아마노가(家)에 봉사한 신하를 말한다. 마쓰다와 노부토라의 주선으로 1백여 명의 가신들이 제각기 필통을 꺼내 쪽지에 중신을 써내기 시작한다. 오헤이와 모리, 위사장 고쓰가 참관인이 되어 자리를 잡았다. 이윽고 쪽지가 모였고 고쓰가 일일이 이름을 부르고 오헤이와 모리가 기록을 했다. 중신(重臣) 중 집사 격인 마쓰다가 2만 석 녹봉지를 가진 영주 격이었으나 47표, 4천5백 석의 노부토라가 64표를 얻어 영주를 잃은 간지의 주장(主將)이 되었다.

"노부토라 님, 내가 명을 따르지요."

마쓰다가 노부토라 앞에 두 손을 짚고 명에 복종할 것을 가장 먼저 맹세했다. 그러자 가신들이 일제히 엎드렸다.

"따르겠소!"

이제 간지는 노부토라가 주장(主將)이 되었다.

"네가 마쓰부로 님의 장례를 치르도록 해라."

사청이 말하자 히로시가 머리를 숙였다. 그러고는 잠자코 몸을 돌렸다. 한낮, 오후 미시(2시) 무렵이다. 마당에 햇살이 하얗게 부서지고 있다. 이곳은 아마노의 장남 마쓰부로의 거성(居城)이었던 하카마성. 사청이 이끈 가쓰라의 기마군 2천은 어젯밤 불시에 성으로 진입해 온 것이다. 이미 성주 마쓰부로가 피살당한 상태로 혼란에 빠져 있던 성은 한 시진(2시간)도 안 되어서 가쓰라군(軍)이 장악했다. 성안에 2천 가까운 군사가 있었지만 내성(內城)의 마쓰부로 측근 가신과 위사들만 저항하는 시늉을 했을 뿐 나머지는 모두 투항한 것이다. 지금 무장 해제된 아마노군은 창고와 마장에 분산 수용되어 있었는데 시간이 지날수록 힘이 떨어질 것이었다.

"주군."

옆쪽에 서 있던 마석이 사청을 불렀다. 선봉장 마석은 사청의 자문역이기도 하다.

"지금쯤 고로성에서는 이곳 하카마성의 함락 소식이 전해졌겠지요?"

"시간이 되었어."

"마쓰다가 대리 주장(主將)이 되지 않겠습니까?"

"마쓰부로를 후계자로 밀던 마쓰다였으니, 마쓰부로가 피살되었다는 소식을 들으면 가신들의 마음도 변할 것이다."

사청이 말을 이었다.

"누가 군(軍)을 이끌든지 시간이 지나면 지리멸렬해진다."

사청이 하카마성만 점령해놓고 기다리기로 작정한 이유다. 마당으로 무장(武將) 하나가 들어와 보고했다.

"히로시가 하인 10여 명을 데리고 마쓰부로의 시신을 싣고 나갔습니다. 성 밖 야산에 묻는다고 합니다."

"제사 도구를 준비해서 따라가 도와주도록 해라."

사청이 무장에게 지시했다.

"후군 대장에게 기마군 1백 기를 끌고 나가 예를 갖추도록 해라."

무장이 다시 나갔을 때 사청이 마석에게 말했다.

"여기서는 개나 소나 다 영주가 되어 있어. 바늘 장사를 하던 놈이 도적 무리를 모아 성을 점령하고 1년 만에 5만 석 영주가 되는가 하면 가신(家臣)이 주군(主君)을 죽이고 영주가 되는 일이 다반사야. 이러니 백성들은 전화(戰禍)에 시달려 지옥 같은 세상을 사는 것이네."

"주군께서 지옥을 평정하시지요."

마석의 얼굴에 쓴웃음이 번졌다.

"백제 땅은 신라 놈들에게 내어주고 왜국에서 새 세상을 만드는군요."

"마석, 그대도 영주가 되어라."

"소신은 장군을 주군으로 모시고 지낼 작정이오."

"간지와 가쓰라는 그대가 맡으라."

던지듯이 사청이 말하자 놀란 마석이 주위부터 둘러보았다. 청에는 10여 명의 측근 무장이 서 있었지만 모두 들은 것 같지는 않다. 마석의 시선을 받은 사청이 말을 이었다.

"나는 간지와 모겐, 고다이와 다무라 등을 평정한 후에 먼저 서쪽으로 나가 1백여 국의 나라를 평정하겠다."

마석은 숨을 죽였고 사청의 말이 거침없이 이어졌다. 청에 모인 가신들이 모두 몸을 굳힌 채 듣고 있었기 때문이다.

"천황 직속 영지인 야마토의 후지와라성 주변 영지는 고작 20만 석, 천황가(天王家)의 측근 영지 8개를 합하면 1백만 석 정도다."

머리를 든 사청이 주위를 둘러보았다.

"그러나 아스카 주변의 간지 같은 영지는 거의 3백만 석, 거기에다 서쪽 서해도, 남해도, 산양도에는 1백여 국에 1천만 석의 영지가 흩어졌다."

그리고 동쪽 북륙도, 동산도, 동해도에는 2백여 국의 나라에 2천만 석의 영지가 펼쳐져 있는 것이다. 사청의 목소리가 청을 울렸다.

"들었느냐? 동쪽과 서쪽에 3백여 개에 3천여만 석의 영지가 널렸고 수천만의 백성이 지옥에서 빠져나오기를 고대하고 있다."

이제 마석도 입을 다물었고 둘러선 가신들은 가쁜 숨만 내쉰다. 그때 앞마당으로 가또가 들어섰다. 어깨를 부풀린 가또의 얼굴은 활력이 넘쳐흐른다.

"주군, 하카마의 향족(鄕族) 6가문(家門)으로부터 복속하겠다는 서약서를 받았습니다. 곧 가문의 우두머리가 찾아뵈올 것입니다."

사청이 머리만 끄덕였고 가또의 말이 이어졌다.

"곧 향족들과 가신들이 줄을 이어 복속해 올 것입니다, 주군."

"수고했다."

사청의 시선이 둘러선 가신들에게 옮겨졌다.

"아느냐? 머리를 잃으면 왕국은 붕괴된다. 살아남는 것은 끈질긴 민초들이다. 민초들의 민심을 얻지 못한 왕국은 매일 밤 바뀔 수도 있다는 것을 명심하라."

자리에서 일어선 사청이 마석에게 말했다.

"그럼 창고와 마장에 억류된 향족들의 군사는 아군에 편입시키도록 해라."

마석이 깊게 머리를 숙였다.

나카노오에 황태자가 마당으로 들어선 료진을 보았다. 료진은 간지에 파견된 밀정이다. 한낮, 나카노오에는 지금 내실의 청에서 '이슬 공주' 나미코와 이야기를 나누는 중이다.

"왔느냐?"

마당에 무릎을 꿇은 료진을 향해 나카노오에가 말했다. 40대 중반의 료진은 옷을 갈아입었지만 얼굴은 볕에 탔고 지친 기색이 역력했다. 료진은 가쓰라와 간지를 거쳐 보름 만에 돌아온 것이다. 그동안 나카노오에는 수많은 소문을 들었고 전령을 받았다. 아스카 북방은 이제 전운(戰雲)에 휩싸여 있다. 그것은 백제 무장 사청 때문이다. 나카노오에가 그렇게 만든 주역인 것이다. 나카노오에가 힐끗 나미코에게 시선을 주더니 료진에게 말했다.

"말해라."

"예, 전하."

료진이 머리를 들었다.

"간지의 집사 마쓰다가 사청 님께 투항했습니다. 이로써 간지의 전력(戰力)은 붕괴되고 노부토라는 고로성으로 돌아갔지만 곧 투항할 것입니다."

"당연하지."

나카노오에가 머리를 끄덕였다.

"이미 머리 잃은 뱀이야. 예견된 일이었다. 사청은 지금 어디 있느냐?"

"하카마 주변의 성 6개가 투항했으므로 성들을 접수하고 있습니다."

"이로써 아마노의 간지가 멸망했군."

"허무하게 망했습니다, 저하."

"간지 내부에서 불만 세력은 없더냐?"

"일부 가신이 녹봉지로 돌아갔지만 마쓰다에게 설득당해 거의 대항하지 못하고 있습니다."

"노부토라가 가진 전력은?"

"보기 3천 정도입니다, 전하."

나카노오에가 머리만 끄덕였다. 이제 사청의 전력은 기마군 5천, 보군 7천으로 늘어나 있다. 주변 향족의 투항한 군사를 증원시킨 것이다. 곧 마쓰다의 간지 주력 병력이 추가되면 대군(大軍)이 된다. 나카노오에가 다시 물었다.

"모겐의 동향은 어떠냐?"

"군사를 모으고 있지만 사태를 주시하고 있을 뿐입니다."

"그럴 수밖에."

머리를 끄덕인 나카나오에가 한동안 침묵했다가 료진에게 물었다.

"앞으로 어떻게 될 것 같으냐?"

옆에서 듣기만 하던 나미코가 숨을 죽였다. 료진은 보통 밀정이 아니다. 현장 소식은 수시로 전령이나 행상을 가장한 간자(間者)에 의해서 보고를 받아온 나카노오에다. 료진은 3백만 석을 받는 가신(家臣)으로 대를 이어 밀정 역을 업으로 삼아왔다. 그것은 주군에게 대세를 보고하고 향후 진로를 결정하는데 조언하는 역할인 것이다. 어깨를 편 료진이 나카노오에를 올려다보았다.

"아스카 북방은 사청 님이 평정하실 것 같습니다, 저하."

"사청은 가쓰라에 이어 간지까지 수중에 넣었다지만 고작 20여만 석이다. 그것이 가능하겠는가?"

"모겐이 흔들리고 있습니다."

"모겐이?"

나카노오에가 쓴웃음을 지었다.

"시마무라는 통치를 잘했다. 가장 안정된 지역이 아닌가?"

"말 떼를 빼앗긴 후로 사기가 뚝 떨어져서 이번 사청 님의 간지 점령에 가장 흔들리고 있습니다."

"……."

"사청 님이 간지로 떠나기 전에 가신들에게 말했다고 합니다. 아스카 북방을 평정하고 나서 서쪽의 1천만 석 영지를 갖겠다고……. 그 다음에 동쪽의 2천만 석을……."

"1천만 석? 그리고 2천만 석?"

쓴웃음을 지은 나카노오에가 힐끗 나미코를 보았다. 나카노오에가 웅거한 후지와라성 주변의 영지는 20만 석인 것이다. 심호흡을 한 나카노오에가 머리를 끄덕였다.

"수고했다. 올라가라."

료진이 물러갔을 때 나카노오에가 나미코를 보았다.

"백제 무사가 대야망을 품고 있구나."

"……"

"아스카 북방을 평정하고 전국을 장악한다니. 나도 발을 딛지 못한 곳을……"

그때 나미코가 나카노오에게 말했다.

"아버님, 저를 사청 님께 보내주세요."

숨을 들이켠 나카노오에가 시선만 주었고 나미코가 말을 이었다.

"제가 사청 님 옆에 있겠습니다."

그러고는 자리를 고쳐 앉았다.

"저는 제가 갈 곳을 이제 찾았습니다."

<끝>